U0140507

中国社会科学院中国边疆史地研究中心　**厉声　主编**

当代中国边疆·民族地区典型百村调查：**云南卷（第二辑）**

分卷主编：**方　铁　翟国强**

小牛场瑶族村寨一隅（金少萍摄）

小牛场村后山的香蕉地（唐晓云摄）

调查组成员访谈小牛场村的邓秀珍老人（唐晓云摄）

调查组成员访谈小牛场村的瑶族宗教师（金少萍摄）

越南沙巴瑶族的童帽（金少萍摄）

越南沙巴瑶族手工艺品地摊（金少萍摄）

调查组与河口县政府部门人员座谈（唐晓云摄）

部分调查组成员（吴喜摄）

中国社会科学院中国边疆史地研究中心 厉 声 主编

当代中国边疆·民族地区典型百村调查·云南卷（第二辑）

蓝靛瑶村寨调查

——云南河口县老范寨乡斑鸠河小牛场村调查报告

金少萍 唐晓云 ◎ 著

社会科学文献出版社

SOCIAL SCIENCES ACADEMIC PRESS (CHINA)

"当代中国边疆·民族地区典型百村调查"

总 序

  深入实际、开展国情调研，是中国社会科学院肩负的重要科研任务，也是中国社会科学院履行好党中央、国务院赋予的"思想库"、"智囊团"职能的重要方式。中国边疆省区占国土面积的60%以上，边疆区情及当地的民族社会调研（边疆调研）是中国国情调研的重要组成部分。正如一位边疆工作者所说：不了解少数民族，就不了解中华民族；不了解边疆，就不了解中国。1983年中国社会科学院中国边疆史地研究中心建立后，特别是1990年以来，一直将边疆调研作为学科研究的重点之一。

  2004年，中国边疆史地研究中心承担国家社科基金特别项目"新疆历史与现状综合研究"（简称"新疆项目"）。2006年，中国边疆史地研究中心牵头，立项开展"当代中国边疆·民族地区典型百村调查"（简称"百村调查"），作为此特别项目的子课题。"百村调查"以新疆为重点，在全国新疆、西藏、内蒙古、宁夏、广西五个民族自治区和云南、吉林、黑龙江三省基层地区同时开展，共调查100个边疆基层村落。调查工作在"新疆项目"领导小组和专家委员会指导下，由"百村调查"

专家委员会暨编委会组织实施。在中国边疆史地研究中心主持拟定的调查大纲框架下，发挥每个省区的优势，体现各自的特色。

本项目的实施得到了边疆地区各级地方党政部门的支持。首先，调查工作注意与地方党政部门的相关工作衔接、听取意见，在实施调查之前，主动向各级党政部门汇报情况，听取指示和意见。其次，调查组主动让各级党政部门了解调研的全过程，在调研过程中出现问题时及时向相关党政部门请示。再次，调研阶段成果和最终成果的副本同时提供地方党政部门参考。

"百村调查"的调研主题是：改革开放30年来中国边疆基层村落的民族社会和经济发展的历史与现状。具体内容包括：乡村概况、基层组织、经济发展、社会生活、民族、宗教、文教卫生、民俗风情等。项目调研的时间是：2007～2008年（资料下限至2007年底或适当延长）。

"百村调查"的调研对象为：100个具有典型意义与特色的中国边疆基层村落。课题以基层乡、村两级为调查基点，大致每个省区选择2个地州，每个地州选择1～2个县，每个县选择2个乡，每个乡选择2个村。新疆共调查22个村，其他地区均为13个村（辽宁、吉林、黑龙江以东北边疆为单元，共调查13个村）。调查点的选择要求：

（1）本地区社会稳定与经济发展中具有典型意义的基层乡和村。

（2）存在边疆现实政治、社会或经济发展的热点、难点问题。

（3）与 20 世纪 50 年代全国边疆民族调查能有一定的衔接。

"百村调查"采取学术调查与现实政治相结合的方法，以社会人类学入村入户调研方法为主，同时关注现实政治、社会与经济发展中的热点、难点问题：一般共性调查与专题专访调查相结合，在一般综合性调查的基础上，选择好专访或专题调研的"切入点"——总结经验与完善不足相结合，在总结各项工作经验的同时，善于发现问题和提出解决问题的对策与建议。调研注重入户访谈和小范围座谈的专访调查。在一般性问卷和统计资料收集的基础上，注重对基层干部、群众典型、教师、宗教人士等特定人员的专题访谈，倾听和收集他们对基层社会稳定与经济发展的看法、意见和建议，形成能说明问题的专访或专题调研报告。

"百村调查"的成果形式分为调查综合报告与专题报告两大类。

（1）调查综合报告：依据大纲规定，撰写有关乡村经济社会等发展状况的综合报告，课题结项后分期公开出版。专题报告及调查资料可以公开发表的，在篇幅允许的情况下，作为附录附在综合报告末尾。

（2）专题报告：内容较敏感、不适宜公开出版的专题报告，集成《专题报告集》，内部刊印。

"百村调查"总主编　厉声　谨识
2009 年 8 月 25 日

目 录
CONTENTS

第三节　社会治安与社会稳定 / 249

附　录 / 254

图目录
FIGURE CONTENTS

1

表目录
TABLE CONTENTS

序 言
FOREWORD

一

云南地处祖国西南边陲，全省东西横贯 864.9 公里，南北纵跨 990 公里，总面积 38.3 万多平方公里，居全国第八位。境内绝大部分是山地，矿藏丰富，有 25 种矿产资源保有储量居全国前三位。不仅动植物资源呈多样性，而且少数民族文化也是复杂多样的。云南是个多民族的省份，有 52 个少数民族，其中 5000 人以上的世居少数民族有 25 个，是全国边疆少数民族种类最多的省区。云南历史悠久，公元前五六世纪，滇池地区已出现创造了灿烂青铜文化的滇国，两汉时云南正式进入中央王朝的版图。

19 世纪后期，英法殖民者以缅甸、越南为基地，把侵略矛头指向云南。传教士进入云南传教，随后开埠通商和修筑滇越铁路，蒙自、河口、思茅与腾越是最早设立的商埠。英法殖民者大量掠取锡等矿藏资源，云南封闭的状况也逐渐改变。

1950 年云南和平解放。1952 年至 1956 年，中央政府在少数民族地区进行民主改革。在白族、回族、纳西族和壮族聚居的地区，采取政策略宽于汉族地区的土改方式；在处于封建领主制和奴隶制阶段的傣族、藏族、哈尼族、普米族以及一部分纳西族、彝族的地区，采取和平协商土改的方式；在保留原始公社制度残余的傈僳族、景颇族、佤族、布朗族、基诺族、怒族、独龙族以及一部分拉祜族的地区，不进行土改，通过发展生产直接过渡到社会主义社会。土地改革与民主改革完成后，各族农民分到耕地和生产资料，农业生产获得较大发展。

新中国成立60年来，特别是十一届三中全会后，云南在农业、工业、贸易、文教卫生等诸领域都发生了巨大的变化。但目前与内地其他地区相比仍存在一些困难和问题。

据调查，云南边境县市地区有以下特点：一是社会经济发展速度普遍缓慢，总体上与先进地区的差距仍在扩大。二是基础设施与基本建设滞后，严重制约当地社会经济的发展。三是影响社会稳定的问题突出，治理难度很大。四是跨境民族境内外不同部分往来密切，本民族自我统一意识增强，并呈现继续发展的趋势。五是与邻国相比，云南边境县市一些地区获得国家支持的力度不够，与越南等国的优惠政策形成反差。六是地方财政较困难，难以落实国家规定的脱贫项目的配套经费。七是地方教育、卫生保健、文化事业等发展水平偏低。

因此，云南边境县市地区目前的状况，与建设和谐边疆的目标很不适应。最近中国与东盟10国共同签署中国—东盟自贸区《投资协议》。双方已成功完成自贸区协议的主要谈判，自贸区将如期在2010年全面建成。中国—东盟自贸区合作的高速进展，对云南边境县市地区以及当地少数民族的稳定与发展提出了更高要求。

在这一背景下，对国情、区情作进一步了解，以制定相应的政策、措施，显得十分必要。

中国社会科学院中国边疆史地研究中心主持的国家社科基金特别项目"当代中国边疆·民族地区典型百村调查"（简称"百村调查"），是一项涉及广西、云南、西藏、新疆、内蒙古、宁夏、吉林、黑龙江等八省区 100 个村寨的大型调研项目。云南省作为中国边疆少数民族种类最多的省，在本次调查中共选点 13 个，主要集中在云南沿边一线的各民族边疆村寨，个别分布在非边境县市地区。

二

在中国近现代发展史上，对于边疆地区的关注，主要出现在 19 世纪末 20 世纪初。一批学者对中国边疆尤其是西南边疆地区进行了调查研究，取得了一定成果。新中国建立后，在相关政府部门、研究机构的推动下，开展了对国内各民族社会历史的调查活动。20 世纪五六十年代，根据党中央和国务院的部署，国家有关部门在全国范围内进行了大规模的少数民族社会历史调查，其中也对云南各民族社会历史发展情况进行了全面的调查。该次调查对云南少数民族地区的社会、经济、文化发展起到了重要的推动作用，也为后来的学术研究积累了大量的历史学、民族学、人类学、社会学资料。2003 年 7 月至 8 月，云南大学组织力量对全国 32 个少数民族村寨进行了调查，其中包括云南各民族村寨调查。这次调查，也是一次典型的少数民族村寨调查，获得了 21 世纪初中国各民族典型村寨的珍贵资料，具有重要学术价值。

与历次少数民族社会历史调查不同的是，本次由中国社会科学院中国边疆史地研究中心发起的边疆"百村调查"项目，主要是从边疆学的角度考虑，突出了边疆、村落和

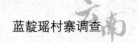

现实发展状况三个要点，期望通过深入的田野调查，面向中国边疆农村地区，真实反映现实的中国边疆村寨客观发展状况，为国家宏观把握边疆发展现状，构建和谐、安全、富裕边疆提供参考资料。此次调查虽然并未把少数民族因素作为关键内容予以突出，但由于中国历史上形成的边疆社会人口结构，决定了调查的内容必定要涉及大量的少数民族村寨。因此，云南的调查点与全国其他边疆地区的情况一样，涵盖了大量的少数民族村寨。

云南在本次调查中所选择的 12 个调查点，是根据总体项目的设计，选择具有代表性的 4 个地州，在每个地州选 1~2 个县，每个县选择 1~2 个乡，每个乡选择 1~2 个村（农场），最后完成 12 份村寨调查报告，以及相关的若干份调研咨询报告。通过调研和提交的研究成果，较全面地反映云南省尤其是沿边地区社会与经济发展的状况，以及存在的主要问题，并提出解决问题的基本思路和切实可行的对策建议。

选择什么样的村寨作为调查对象？云南项目组遵循以下原则：第一，尽量顾及民族特点，选择自治州、县的自治民族，即壮族、苗族、彝族、瑶族等；第二，尽量选择不同类型的乡镇、村寨，距离不能太近，避免雷同；第三，所选村寨要尽量大一些，以便进行 50 户问卷抽样。根据上述原则，我们分别选取以下 12 个村寨作为调查对象。

红河哈尼族彝族自治州所属河口瑶族自治县桥头乡下湾子村和老汪山村、河口县老范寨乡小牛场村、河口南溪镇马多依下寨和红河县迤萨镇跑马路社区安邦村；文山壮族苗族自治州所属麻栗坡县猛硐瑶族乡坝子村和丫口寨、麻栗坡县董干镇八里坪村和马崩村；临沧市沧源佤族自治

4

县勐董镇永和社区、沧源佤族自治县勐角乡翁丁村以及玉溪市元江哈尼族彝族傣族自治县甘庄华侨农场等。

这些村寨各具特点，例如下湾子村和老汪山村分别是苗族和布依族的村寨，是多元文化融合的典型。在这里我们可以看到内地汉儒文化与边疆苗族、布依族等少数民族文化的融合，是中华民族文化"和谐"与"多元"的实例见证。红河县迤萨镇跑马路社区安邦村素有"侨乡"之称，该村侨眷占绝大多数，分别与老挝、美国、法国、加拿大、泰国、越南等国有侨眷关系，逐渐成为中国看世界和世界看中国的一个窗口。

除以上所说的 13 个少数民族聚居村寨以外，3 个子课题组还对所调研地州的其他一些地区，选择较突出的一些问题进行了调研，并撰写相应的调研咨询报告。

三

本项目的调查和研究，拟在以下方面有所突破：一是云南边疆地区社会经济发展状况的总体评价；二是云南边疆地区社会经济发展趋势预测；三是云南边疆地区社会经济发展存在的突出问题；四是解决云南边疆地区社会经济发展中存在问题的基本思路；五是解决云南边疆地区社会经济发展中存在问题的对策建议；六是对包括云南在内的中国边疆地区，当前和今后一段时期存在的问题及解决办法的思考；七是对今后在边疆地区进行社会经济可持续发展调研的建议。

研究的方法，主要是采取社会学、人类学的基层调查方法，系统收集和整理相关的资料和数据，尤其重视新资料和经过调查得来的第一手资料，同时结合历史学的分析、演绎和归纳的方法，在此基础上进行全面深入的分析和研究，形成具有较高水平的研究成果。

在调查和研究的过程中，以云南大学西南边疆少数民族研究中心（教育部人文社科重点研究基地）以及云南省的红河学院、文山学院、临沧高等师范专科学校等高校的教师和研究生为基本力量，同时吸收相关地州民族研究所的研究人员和各级政府的有关人员参加，共同协作，博采众长。在调研的过程中，注重依靠各级政府有关部门和乡村两级干部，深入村寨进行调研，实施问卷调查，细心倾听各民族干部和群众的意见，在此基础上形成真实客观、有一定的深度和广度、符合科研规范、有较高学术含量的研究成果。可以说，通过参加者的共同努力，基本上达到了项目所设计的预期目标。

"当代中国边疆·民族地区典型百村调查·云南部分"项目，由以下人员分别担任项目组及子课题组的负责人。

课题主持人：方铁（云南大学西南边疆少数民族研究中心教授，该中心原主任）

课题副主持人：翟国强（中国社会科学院中国边疆史地研究中心副研究员）

红河哈尼族彝族自治州子课题组

组长：金少萍（云南大学西南边疆少数民族研究中心教授）

副组长：何作庆（云南省红河学院教授）

文山壮族苗族自治州子课题组

组长：杨永福（云南省文山学院教授）

副组长：杨磊（云南省文山学院教授，副校长）

临沧市子课题组

组长：邹建达（云南师范大学教授）

副组长：杨宝康（云南省临沧高等师范专科学校教授，副校长）

在调查研究的过程中，得到了云南省政府有关部门、红河哈尼族彝族自治州、文山壮族苗族自治州、临沧市、玉溪市及所属县乡各级政府的大力支持和有效帮助，谨此表示衷心的感谢！

最后，本课题能以专著的形式出版发行，应该感谢中国边疆史地研究中心、社会科学文献出版社等单位提供的机会和付出的努力。在审阅本书稿的过程中，中国边疆史地研究中心李方研究员付出了辛勤劳动，一并表示感谢。

主持人（分卷主编）：方铁　翟国强

2009 年 8 月 20 日

第一章 基本情况

第一节 自然概况

一 区位

河口瑶族自治县（以下简称河口县）位于云南省红河哈尼族彝族自治州东南部，地理坐标为东经 103°24′~104°17′，北纬22°30′~23°02′。地势北高南低，渐向东南倾斜，海拔相对差较大，由 76.4 米至 2354.1 米，最低处位于元江与南溪河汇合处，为云南省海拔最低点。河口县是云南省唯一的瑶族自治县，与越南社会主义共和国老街省山水相连，国境线长 193 公里（其中河界 73 公里，陆界 120 公里），与文山壮族苗族自治州马关县，红河哈尼族彝族自治州屏边县、金平县、个旧市毗邻。全县土地面积 1333.93 平方公里，其中山区面积占 97.8%。县城所在地河口镇距昆明市 469 公里，距越南首都河内 296公里，距出海口——越南北方最大的海防港 416 公里。

河口县地形的整体形状大致呈"V"字形。而老范寨乡位于河口县西北部，处于"V"字的中部。老范寨乡政府距河口县城 44 公里，昆河公路和滇越铁路经乡政府机关驻地老范寨而过，东与文山壮族苗族自治州马关县隔河相望，北与屏边县白

图1-1　并行的昆河公路、南溪河及滇越铁路（金少萍摄）

河乡接壤，西与河口县瑶山乡毗邻，东南与河口县南溪镇相连，东北紧邻河口镇（县城所在地），其中西部的部分地区属于大围山自然保护区。老范寨乡土地面积为172平方公里，是一个地广人稀、土地资源丰富的山区少数民族贫困农业乡，下辖贵良、斑鸠河两个村民委员会，共19个自然村。

斑鸠河村委会，全村土地面积80.45平方公里，地处老范寨乡北部，距乡政府所在地12公里，道路为柏油路，交通便利，距县城所在地50公里。东邻马关县，南邻河口县南溪镇，西邻河口县瑶山乡，北邻屏边县。斑鸠河村委会下辖小牛场组、丫都坡一组、丫都坡二组、丫都坡三组（此三组所在地统称丫都坡）、双龙组、横梁组、新寨组、金竹坪组、金竹梁组9个村民小组。①

---

① 说明：以上9个自然村是现在斑鸠河村委会辖下编制，其中丫都坡由特指原来的1个自然村，改为三个组（丫都坡二组和三组为后来划入）的统称，下文人口部分表1-1中提到的岩脚归到丫都坡名下，长田村在2007年调研期间已经不再属于该村委会管辖。

我们的田野调查点小牛场村寨隶属于老范寨乡斑鸠河村委会，位于老范寨乡西部，距离村委会5公里，土地面积为5.18平方公里。

二 环境

河口县的河谷地带属热带山地季风雨林湿热气候，炎热潮湿，静风多雨，冬无霜雪，夏日漫长，年平均气温22.6℃，历年最高气温40.9℃，最低气温1.9℃，年平均降雨量为1776.1毫米，最高年达2649.5毫米，年蒸发量1174.5毫米，相对湿度85%。全县有耕地66340亩，农村人均耕地1.61亩。境内气候热量充足，雨量充沛，高温多湿，土地肥沃，生物资源丰富，素有"小动物王国"、"植物王国"之称。[①]

老范寨乡是河口县除瑶山乡之外的另一个瑶族聚居之地，背靠大围山，森林茂密，有各种名贵中草药，盛产香蕉、菠萝、橡胶等经济作物。境内最高海拔1864.5米，最低海拔120米。年平均气温23.5℃，年平均日照1716小时，年平均降雨量1319毫米，属热带、亚热带季风雨林气候。[②]

斑鸠河村委会平均海拔300米，年平均气温20℃，年平均降雨量1320毫米，适合种植水稻、玉米等农作物。

小牛场自然村海拔460米，年平均气温25℃，年平均降雨量1290毫米，除种植水稻、玉米等农作物外，还适宜种植菠萝、香蕉等经济作物。

---

① 数据来源：河口县政府2007年《河口县经济社会发展和边境管理情况汇报》。

② 数据来源：老范寨乡政府提供。

三　村落

小牛场村所属的老范寨乡土地面积 172 平方公里，农用地面积 64444 亩，林地面积 123006 亩。[①] 老范寨乡人民政府驻老范寨，海拔 154 米，乡政府机关驻地和村落民居位于南溪河南岸、滇越铁路老范寨火车站南侧的山坡上，呈带状聚落分布。老范寨乡下辖贵良、斑鸠河两个村民委员会，共 19 个自然村，小牛场自然村隶属于斑鸠河村民委员会。

小牛场自然村与斑鸠河村委会之间有一条长达 5 公里的土路。土路尽头即是小牛场自然村的村落中心，此地有篮球场，平时村民在此晾晒稻谷，村中举办活动时则成为聚会的场所。篮球场旁边紧邻一排排平房，分别是村党员活动室、村民委员会办公室和小牛场小学。

小牛场村 2008 年共有 78 户人家，311 人。[②] 村落位于当地人称之为马皮梁山的山腰。全村除 4 人分别是汉族、苗族、彝族和壮族外，其余全部为瑶族的蓝靛瑶支系，聚族而居。村落民居因山势地形而建盖，户与户之间相隔一定的距离。全村的姓氏有李、盘、罗、王、邓、蒋、牛、黄等，其中以李、盘、邓三个姓氏（其中李姓 167 人、盘姓 67 人、邓姓 41 人）为主，占全村总人口的 88.4%。[③]

小牛场村寨下方有南溪河和斑鸠河两条河流缓缓流过，村子稍远处所在山梁背后的东北方向有与屏边县毗邻的金沙河。村寨位于半山腰，东面远眺南溪河，北靠茅草山，西倚

---

① 数据来源：《老范寨乡推进和完成林改工作情况报告》2008 年 6 月。

② 说明：含部分外嫁但户口没有迁出的人口，下文提到该年数据的部分与此相同。

③ 人口数据来源：调查组到老范寨乡政府户籍档案室统计得出。

图1-2　小牛场村村落一角（唐晓云摄）

马皮梁山，整个村落位于这两山一河的三角区域中，整体地势呈西高东低，南面倾斜，村庄所在的山麓之畔即为马关通往河口的公路以及昆河铁路。村寨东北面的茅草山坡上主要种植香蕉，对面马皮梁山坡则以菠萝种植为主，近两年来，小牛场村民又在聚居地的下方山坡上发展橡胶种植。小牛场自然村为瑶族聚居地，瑶族村寨的寨神位设在村落上方马皮梁山垭口处的牛滚塘（从前村中水牛洗澡的水塘，现已修葺成饮水池），居高临下守护着居住在半山腰的村民。

第二节　历史沿革

一　历史沿革

河口地域早在两千多年前就在封建中央政权的管辖之

下。在汉代（西汉元鼎六年，公元前 111 年）属于牂牁郡
进桑县。到了唐朝初期（公元 618 ~ 779 年），又划归剑南
道戎州都督府品州八秤县（即今天的蒙自）。元朝（公元
1280 ~ 1368 年）隶属于临安宣慰司阿𤄒万户府舍资千户。
明代（公元 1368 ~ 1644 年）隶属于临安府王弄山长官司。
清康熙四年（公元 1665 年）临安府析置开化府，河口改属
开化府安平厅（今马关县），设河口卡。清光绪二十三年
（公元 1897 年），设河口副督办，隶属临开广道。民国三年
（公元 1914 年），改副督办为督办，由云南省政府直辖。河口
1949 年 12 月和平解放；1950 年成立河口县人民政府，隶属
滇东南行署，同年 5 月 22 日改为河口市，隶属蒙自专区管
辖；1955 年撤销河口市改为河口县；1960 年 3 月河口、屏边
两县合并建立河口瑶族苗族自治县；1962 年恢复河口县、屏
边县建制；1963 年成立河口瑶族自治县，隶属红河哈尼族彝
族自治州。①

　　河口瑶族自治县下属的老范寨乡，在清康熙年间，属
开化府永平里。民国年间归屏边县管辖（民国二十二年将
靖边行政区改为屏边县），属屏边县第二区。1954 年属屏边
县瑶山瑶族自治区辖；其间由于历史原因瑶山区行政建制
称谓频繁变化，但是老范寨乡隶属不变，一直归瑶山辖。
一直到 1987 年 5 月改为老范寨乡，归河口瑶族自治县辖。②

　　需要说明的是，河口县的瑶山乡、莲花滩乡、老范寨乡
历来为瑶族聚居区，人们习惯将这三个乡所在的山区地带统

① 河口瑶族自治县人民政府编《瑶族通史——河口瑶族自治县资料汇编》，2001，第 1 页。
② 河口瑶族自治县人民政府编《瑶族通史——河口瑶族自治县资料汇编》，2001，第 5 页。

称为瑶山。并且从 1954 年 3 月至 1981 年 4 月，这三个瑶族聚居乡统属于一个行政区，称谓有：屏边县瑶山瑶族自治区、瑶山跃进人民公社、瑶山区、瑶山人民公社。[①] 因此，在论述河口瑶族聚居区的相关自然地理情况时，大部分资料都使用"瑶山"这一称谓。如今的老范寨乡斑鸠河村民委员会，在 1957 年时划归瑶山瑶族自治区辖，属于当时的冲头乡，辖 11 个自然村，其中 10 个瑶族聚居村，1 个彝族聚居村；小牛场村民小组当时尚未搬迁，仍为钟头寨自然村。

二　小牛场地区瑶族族源

追溯河口瑶族的族源，据清乾隆二十四年（公元 1759 年）纂修的《开化府志》记载，当时该府分为 8 个里，包括今河口县辖区在内，共有 1151 个村庄，只有东安里（今文山州麻栗坡县）的马棚寨有部分瑶族与壮族杂居，其余的 1150 个村庄概无瑶族。《开化府志》编纂至今 252 年。由此可以断定瑶族迁入河口今辖地的时间不超过 252 年。据相关资料记载，瑶族是分为若干批迁入河口地区的，路线有三条：一是由广西进入越南居住若干年，又由越南迁入中国河口，有的由越南迁往其他国家；二是由广西经云南的广南、砚山、文山、屏边进入河口；三是由广西经云南的富宁、广南、砚山、文山、马关进入河口。[②]

据小牛场村度戒师父李寿良讲述，小牛场村的瑶族先民最早是从湖南洞庭湖邻近广西一带迁徙到今广西百色后

---

① 河口瑶族自治县人民政府编《瑶族通史——河口瑶族自治县资料汇编》，2001，第 5 页。

② 河口瑶族自治县人民政府编《瑶族通史——河口瑶族自治县资料汇编》，2001，第 22~23 页。

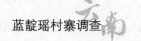

再迁至文山，到达文山后，又分别向蒙自、屏边、戛马三个方向迁徙，而迁至屏边的其中一支又搬到了大围山山麓名叫钟头的地方建寨，后来为了便于生计，于1971年全村27户人家举村迁徙到了现今村落所在地——小牛场，当时主要有邓、李、盘、罗、蒋姓5个家族。

关于瑶族的起源和迁徙，瑶族民间留存有大量的口头传说、神话故事，以及相关的文字文献记载。瑶族没有自己的文字，但是很早之前就开始使用汉字记载、瑶语念诵的方法保存历史记载，因此留下了包括传记经书、宗教祭祀以及民间歌谣等在内的大量的古籍文献。瑶族中还流传有许多神话传说、迁徙古歌等，其中也记载了有关瑶族族源及辗转迁徙的历史线索，如《葫芦兄妹造人烟》、《盘瓠的故事》、《漂摇过海歌》等。

三 地名由来

最初在今老范寨乡政府处建村的先人姓范，老范寨因此得名。其下辖的斑鸠河村委会共有9个村民小组。

斑鸠河村其名称来源于距村委会不远山箐中的斑鸠河，据传以前其附近皆为茂林沟箐，其中有一大水塘，常有斑鸠聚集在此饮水，故名斑鸠河。村后山之麓的金沙河曾有人从河中捞出金子，因此得名。

现今在小牛场居住的瑶族是于1971年为了便于就近农耕生产而从距现在居住地约10多公里的钟头寨搬迁而来。原来的老寨钟头寨位于大围山东面，因山形似钟而得名。现今的村落聚居地从前曾是周边彝族牧牛的地方，小牛场地名由此而来。当地瑶话称小牛场为"三妹坪"，意思是三位漂亮的彝族姑娘。据说曾有三位年轻美丽的彝族姑娘常年在此牧牛，当地瑶胞将她们牧牛放歌的地方称为"三妹坪"，即现在的小牛场。小牛场村的聚落呈点带状分布于马皮梁山山腰，位于大围山东面，北眺马尾河、火山下坝，西北临马龙河、马槽山，村落周边的山水名称皆由当地人根据山形地貌和水的流向而取。

第三节　行政区划

河口瑶族自治县辖四乡两镇，分别是：桥头苗族壮族乡、瑶山乡、莲花滩乡、老范寨乡、河口镇、南溪镇，共有 27 个村民委员会和 3 个居民委员会，247 个自然村和 269 个合作社。该县内还有河口、坝洒、南溪、蚂蟥堡 4 个国营橡胶农场。

其中瑶山乡、莲花滩乡和老范寨乡属于瑶族聚居乡。老范寨乡下辖贵良、斑鸠河两个村民委员会，共 19 个自然村，居住着瑶、苗、彝等 8 个民族。斑鸠河村民委员会下辖小牛场组、丫都坡一组、丫都坡二组、丫都坡三组、双龙组、横梁组、新寨组、金竹坪组、金竹梁组 9 个村民小组。贵良村民委员会下辖贵良组、大寨组、麻栗寨组、板蚌组、老冯寨组、茶坪组、半坡组、黄姜坪组、堂寨组、岩脚组等 10 个村民小组。

第四节　人口状况

一　河口县人口情况

河口瑶族自治县人口统计资料显示：1947 年，河口对讯特别区共有 6229 户 25696 人，其中瑶族 1266 户 4507 人，占总人口的 17.5%。1964 年，全国第二次人口普查统计，河口县共有 7546 户 37214 人，其中瑶族 1639 户 6684 人，占总人口的 18%。1982 年，全国第三次人口普查统计，河口县共有 12624 户 67627 人，其中瑶族 2934 户 15845 人，占总人口的 23.4%。1990 年，全国第四次人口普查统计，河口县共有 16546 户 73559 人，其中瑶族 4233 户 18627 人，占全县总人口的 25.3%。①

从上述统计数据上看，河口县人口增长较快，瑶族在总人口中所占的比重也不断增大，到 1990 年已经略超过全县总人口的 1/4。

据 2000 年人口统计资料，全县共计 22901 户 76837 人。其中男性 39724 人，占总人口的 51.7%；女性 37113 人，占总人口的 48.3%。农业人口 41774 人，占总人口的 54.4%；非农业人口 35063 人，占总人口的 45.6%。人口自然增长率为 4.73‰，每平方公里人口密度为 57 人。河口是云南省唯一的瑶族自治县，瑶族是河口县的主体民族。这里居住着包括瑶族在内的苗、汉、傣、壮、彝、布依等 24 个民族，有 7 个世居民族。少数民族人口 47464 人，占总人口的 61.8%，其中瑶族人口 20943 人，占总人口的 27.3%。②

据调查组 2007 年收集的数据资料，河口县全县总人口（含流动人口）为 102800 人，常住人口为 79444 人。少数

---

① 河口瑶族自治县人民政府编《瑶族通史——河口瑶族自治县资料汇编》，2001，第 8 页。
② 河口瑶族自治县人民政府编《瑶族通史——河口瑶族自治县资料汇编》，2001，第 8 页。

民族占总人口的 64.2%。各民族人口所占比例为：瑶族 21858 人，占总人口的 27.51%；苗族 12433 人，占总人口的 15.65%；壮族 8991 人，占总人口的 11.32%；彝族 3017 人，占总人口的 3.8%；布依族 2034 人，占总人口的 2.56%；傣族 1909 人，占总人口的 2.4%；其他少数民族 793 人，占总人口的 1%；汉族 28409 人，占总人口的 35.8%。①

二　乡、村委会、村人口情况

老范寨乡属于瑶族聚居乡，下辖贵良、斑鸠河两个村民委员会，共 19 个自然村。据 1990 年全国第四次人口普查统计资料，老范寨乡共有 696 户 3167 人，其中瑶族 509 户 2690 人，占全乡总人口的 84.9%。②

根据 1990 年人口统计，其中贵良村委会辖 10 个自然村，其中 8 个瑶族村寨（贵良、麻栗寨、板蚌、茶坪、茶坪寨、老冯寨、半坡、堂寨），瑶族 251 户 1235 人；2 个苗族村寨（大寨、黄姜坪），共有苗族 83 户 461 人。斑鸠河村民委员会辖 9 个自然村，除 1 个彝族村寨外，其余 8 个村寨都是瑶族聚居村落（2007 年辖区改变，只有 7 个瑶族聚居村，另外丫都坡二组和三组两个村落为苗族聚居村）。8 个瑶族村寨有瑶族 258 户 1455 人；1 个彝族村寨有彝族 14 户 83 人。具体各村人口状况见表 1-1③：

---

① 以上数据由河口县民族事务局 2007 年向调查组提供。
② 河口瑶族自治县人民政府编《瑶族通史——河口瑶族自治县资料汇编》，2001，第 13 页。
③ 这是斑鸠河地区 1990 年的村落建制，现在已有变化，参见第 2 页。

表 1 - 1 1990 年斑鸠河村民委员会辖 9 个自然村人口状况

村 名	民族	户数（户）	人口（人）	耕地（亩）
小牛场	瑶族	50	281	400
丫都坡	瑶族	28	156	189
岩 脚	瑶族	13	86	91
双 龙	瑶族	30	156	277
金竹梁	瑶族	35	205	340
金竹坪	瑶族	30	191	246
横 梁	瑶族	21	127	171
新 寨	瑶族	51	253	377
长 田	彝族	14	83	145
合 计		258	1455	2091

数据来源：河口瑶族自治县人民政府编《瑶族通史——河口瑶族自治县资料汇编》，2001，第 14 页。

据老范寨乡派出所 2008 年上半年人口统计，老范寨乡本地人口共计 4135 人，其中瑶族 3358 人，占总人口的 81.2%；苗族 557 人，占总人口的 13.5%；彝族 97 人，占总人口的 2.3%；汉族 78 人，占总人口的 1.9%；壮族 20 人，占总人口的 0.5%；布依族 15 人，占总人口的 0.4%。此外，还有哈尼族 3 人，傣族 2 人，回族 2 人，蒙古族 2 人，其他民族 1 人。斑鸠河村委会共有 429 户 1781 人，全部属于农业人口，其中男性 914 人，女性 867 人。其中瑶族 1673 人，占总人口的 94%；彝族 90 人，占总人口的 5.1%；汉族 7 人，布依族 5 人，壮族 2 人，苗族 2 人，蒙古族 2 人。[①]

1957 年划分瑶山瑶族自治区时，现斑鸠河村划归自治区

———————

① 老范寨乡边防派出所《2008 年度人口及其变动情况统计年报表》。

管辖，当时为冲头乡。据当年普选人口统计，冲头乡共计 625
人，其中瑶族 99 户，人口 579 人（男性 289 人，女性 290
人）；彝族 10 户，人口 46 人（男性 24 人，女性 22 人）。①

截至 2008 年上半年，小牛场村共有农户 78 户 311 人，
农业人口 311 人，男性 149 人，女性 162 人，其中瑶族 307
人，彝族 1 人，壮族 1 人，苗族 1 人，汉族 1 人。② 从以上
统计数据来看，小牛场村人口呈增长态势，男女比例基本
均衡。

表 1 - 2 2007 年斑鸠河村委会劳动力统计

单位：户，人

村 名	乡村户数	其中：男	乡村劳动力资源数	其中：劳动年龄内	乡村从业人员人数	其中：劳动年龄内	男	女	农业从业人员	种植业从业人员
丫都坡一	18	40	57	52	46	46	25	21	46	46
丫都坡二	46	87	90	87	80	80	42	38	80	80
丫都坡三	18	47	45	40	37	36	20	16	36	36
小 牛 场	68	145	180	171	150	150	80	70	150	150
双 龙	41	82	106	97	96	95	51	44	95	95
横 梁	30	72	86	76	74	72	35	37	72	72
新 寨	63	145	141	130	128	127	67	60	127	127
金 竹 坪	52	124	118	109	109	108	53	55	108	108
金 竹 梁	45	117	106	95	95	95	47	48	95	95
合 计	318	859	929	874	815	809	420	389	809	809

数据来源：斑鸠河村委会提供。

---

① 河口瑶族自治县人民政府编《瑶族通史——河口瑶族自治县资料汇
编》，2001，第 8 页。
② 人口数据来源：调查组到老范寨乡政府户籍档案室统计得出。

13

第五节 资源

一 资源状况

河口县历来将瑶山乡、莲花滩乡、老范寨乡所在的山区统称为瑶山。瑶山属云岭山系，处于哀牢山中峡谷区和滇东南岩溶盆地边缘，古名结露山，也是现今六诏山南向末端。主脉大围山，山脉走向自西北至东南，大致呈向南延伸的弧形，山脉末端接近元江。主峰大尖山，是河口全县第一高峰，海拔 2354.1 米。大围山自然保护区共有 15.9 万亩原始森林。

瑶山地区水资源丰富，大大小小的河流沟渠纵横交错，有 18 条主要的河流发源于大围山中，有清水河、蚂卡依河、莲花滩河、二道河、黑箐河、蚂蚁河、躲雨河、达沟河、五道河、独店河、白石头河、金沙河、斑鸠河、子母河、尾溪河等，延绵数里分别流入元江、南溪河。

瑶山地区海拔落差大，具有立体气候特点，整个山脉区有热带雨林、山地雨林、季风常绿阔叶林和山地苔藓常绿阔叶林等多种自然林带。整体气候属热带、亚热带山地季风雨林湿热型气候，兼有热带、亚热带、温带等各种气候，年平均气温 22.5℃，极端最高气温 40.9℃，极端最低气温 1.5℃，年平均降雨量为 1600 ~ 1800 毫米。①

---

① 河口瑶族自治县人民政府编《瑶族通史——河口瑶族自治县资料汇编》，2001，第 5 页。

图1-3 南溪河（金少萍摄）

大围山自然保护区动植物资源丰富。据当地有关部门统计显示，大围山自然保护区现有动物9目41科116种，药用珍贵植物约150余种。大围山集聚了植物的古老性、珍稀性、多样性、完整性，是珍稀濒危动植物最丰富的保护区之一，是研究种质植物起源、系统发育、分类学及区系学的重要地区。大围山有"雾海绿洲"之美称，年均雾日达218天，非常适合植物生长。1956年，云南省政府将大围山列为禁伐区，1959年将大围山列为"引进热带、亚热带、暖温带珍贵稀有的植物种保护区"，1986年建立大围山省级自然保护区。区内分布有国家级珍稀濒危保护植物鸡毛松、树蕨、福建柏、长蕊木兰、木莲等50种，云南省级保护植物60种。①

——————————

① 相关数据由河口县林业部门提供。

图 1-4　云雾笼罩的大围山（唐晓云摄）

瑶山金属矿藏主要有铁、铜、铅、金等；瑶山土壤有砖红壤、红壤、黄壤等，适合水稻、玉米、花生、肉桂、八角、水果等农作物和经济林木生长。据相关资料记载，瑶山地区开垦土地总面积为 711 平方公里，折合为 1066500 亩，其中稻田 12825 亩，占总面积的 1.2%；轮歇地 31000 亩，占总面积的 2.9%；森林 482954 亩，占总面积的 45.2%；开发种植香蕉 23958 亩，菠萝 3161.5 亩，草果 14067 亩，八角 4902 亩，肉桂 11733 亩，橡胶 1360 亩，用材林 13748 亩。[①]

老范寨乡土地总面积为 172 平方公里，森林 46484 亩。其中自然保护区 15000 亩，乡有林（包括村有林、水源林）

---

① 河口瑶族自治县人民政府编《瑶族通史——河口瑶族自治县资料汇编》，2001，第 5 ~ 6 页。

26400 亩，经济林（包括八角林、肉桂林）3022 亩，其中肉桂林 2062 亩。[1]

斑鸠河村委会土地面积 80.45 平方公里，海拔 300 米，年平均气温 20℃，年平均降雨量 1320 毫米，适合种植水稻、玉米等农作物。该村以农业为支柱产业，经济水平较低，农民收入以林业为主。全村有耕地 7847.6 亩（其中田 1029.55 亩，地 6818.05 亩），人均耕地约 4.7 亩，主要种植水稻、玉米等农作物；拥有林地 20575.95 亩，其中经济林果地 3456.8 亩，人均经济林果地 2.09 亩，主要种植八角、肉桂等经济林果；荒山荒地 8260 亩。[2]

小牛场自然村土地面积 5.18 平方公里，海拔 460 米，年平均气温 25℃，年平均降雨量 1290 毫米，适宜种植水稻、玉米等农作物。该村属于贫困村，如今农民收入以菠萝种植为主。全村耕地 2476.7 亩（其中水田 258.7 亩，旱地 2218 亩），人均耕地 9 亩，主要种植水稻、玉米、菠萝等作物；拥有林地 4096.2 亩，其中经济林果地 433.36 亩，人均经济林果地 1.57 亩，主要种植肉桂、八角等经济林果；荒山荒地 1200 亩。[3]

二　资源的开发利用

老范寨乡的西北部紧邻大围山保护区，人均占有土地 60 亩以上，地广人稀，土地资源丰富，是河口瑶族自治县除瑶山之外的另一个瑶族聚居的乡村。粮食作物以稻谷、

---

① 数据来源：老范寨乡政府提供。
② 数据来源：斑鸠河村委会提供。
③ 数据来源：根据斑鸠河村委会农业统计报表和乡政府林业局访谈整理。

旱谷、玉米为主,经济作物以香蕉、菠萝为主,近年来发展了橡胶、肉桂、咖啡等生态产业。

斑鸠河村委会土地资源丰富,近年大力发展经济作物和热带、亚热带水果种植,具体发展情况如表1-3、1-4、1-5、1-6所示。

表1-3 2007年斑鸠河村委会热带、亚热带水果、林产统计

单位:亩,吨

村　　名	年末果园面积	香蕉园面积	菠萝园面积	年末水果产量	香蕉产量	菠萝产量	八角面积
丫都坡一	395	375	20	352	280	72	36
丫都坡二	385	312	73	308	250	58	275
丫都坡三	49	49		40	40		113
小牛场	1679	581	1098	1348	520	828	141
双龙	879	411	468	461	240	221	98
横梁	436	284	152	345	205	140	95
新寨	1391	715	676	1055	570	485	103
金竹坪	282	110	172	199	89	110	176
金竹梁	244	146	8	202	103	99	115
合　计	5740	2983	2757	4310	2297	2013	1152

数据来源:斑鸠河村委会2007年《农村经济综合年报表》。

表1-4 小牛场村热带、亚热带水果、林产统计

年份	年末果园面积（亩）	香蕉园面积（亩）	菠萝园面积（亩）	年末水果产量（吨）	香蕉产量（吨）	菠萝产量（吨）	八角产量（公斤）
2005	700	250	450	372.2	162	356	3280
2006	1716	410	1306	369.5	195	350	5500
2007	1679	581	1098	1348	520	828	4800

数据来源:斑鸠河村委会2007年《农村经济综合年报表》。

表 1－5　2007 年斑鸠河村委会 6 个万亩园种植统计

村名	橡胶（实有）（亩）	八角（实有）（亩）	八角产量（公斤）	草果（实有）（亩）	草果产量（公斤）	肉桂（实有）（亩）	肉桂产量（公斤）	杉树（实有）（亩）	竹（实有）（亩）
丫都坡一		36	3200	5	87	88	3152	108	2
丫都坡二		275	12600	278	860	73		224	
丫都坡三		113	2100	136	474	21		29	
小牛场	82	141	4800	110	490	210		145	
双龙		98	6500	5	90	110	50	20	
横梁		95	200	64	250	210	478		
新寨		103	5200	68	394	253	100	10	
金竹坪		176	2680	134	332	195		25	
金竹梁		115	1020	212	988	321			
合计	82	1152	41300	1102	3875	1481	3780	561	2

数据来源：斑鸠河村委会 2007 年《农村经济综合年报表》。

表 1－6　小牛场村 6 个万亩园种植统计

年份	橡胶（亩）	八角（亩）	八角产量（公斤）	草果（亩）	草果产量（公斤）	肉桂（亩）	肉桂产量（公斤）	杉树（亩）
2005		180	3280	210	436	351	7000	320
2006		141	5500	113	220	322	600	290
2007	82	141	4800	110	490	210		145

数据来源：斑鸠河村委会 2007 年《农村经济综合年报表》。

从以上 4 个表的统计数据可以看出，近三年来作为瑶族地区的小牛场村传统种植作物八角、草果、肉桂，其种植面积呈下降趋势；而香蕉和菠萝的种植面积和产量总体呈增长趋势，且较为迅速；另外经济林木杉树的种植面积大幅度减少。近年来小牛场村对土地资源的利用，以热带水果种植为主，并且从 2007 年开始种植橡胶。

另一方面，小牛场村近年来充分利用自然资源，加强农村能源建设，大力兴建农村沼气，以减少因农户烧柴等造成森林资源低价值消耗，而且以帮助农民增加收入，促进农业生产增收为村落发展目标。为进一步加快农村能源建设步伐，有效保护森林资源，保护生态平衡，促进农村经济协调发展，近年来村庄响应政策保护基本农田，按照要求全面落实老范寨乡保护基本农田的各项制度，进一步健全和完善了老范寨乡各村二级基本农田保护台账和签订责任书制度，建立了乡人民政府耕地保护目标制度，以确保不减少辖区内耕地总量。

第二章　基层政权建设

　　基层政权机构、基层党组织和基层自治组织共同构筑了我国边疆少数民族地区的基层政治体系。在边疆少数民族地区的政治生活和社会生活中，基层政治体系处于主导地位，对边疆民族地区的民主政治建设以及政治和社会的稳定都发挥着十分重要的作用。由于自然和历史的原因，河口瑶族自治县老范寨乡的基层政治体系建设（主要指基层党组织建设和村民委员会建设）面临着许多特殊因素的影响。就内部因素而言，主要有：一是新中国成立前国民党在该地区推行的保甲制度；二是该地区曾经是民族"直接过渡区"；三是民族社会内部固有的政治权力结构并未完全消失，如寨老制。就外部环境而言，一是该地区地处祖国边疆及边缘地带，交通不便，信息不畅；二是地广人稀，村落布局分散，社会发展状况和经济发展水平较为落后。20世纪90年代以来，祖国的西南边疆由改革开放的末梢变为改革开放的前沿，一时间，边境一线成为各种信息相互交融、各种思想观念相互碰撞的特殊地带。伴随着经济一体化进程的推进，以及在我国不断深化改革、扩大开放的社会背景下，正确认识老范寨乡基层政权建设的历史沿革、发展现状以及所面临的特殊挑战，对于加强其基层政权建设显得尤为重要。

第一节 政权机构的历史变迁

一 新中国成立前国民党在瑶山地区的统治

国民党曾于统治时期，在河口瑶山地区实行保甲制度，将瑶山①7个乡划为五保，贵良、冲头（现斑鸠河村委会）为一保，梁子、牛塘为一保，戛马、白岩、独甸各为一保。其中，牛塘、梁子、独甸属河口督办管辖，而戛马、白岩、贵良、冲头则属屏边县管辖。在1935年以前，瑶山地区政权体制依次为：河口督办—瑶山团长—连长—排长；1935年以后则为屏边县长—乡长—保长的体制。②

表2－1　国民党统治时期瑶山地区政权组织情况

乡　名	保长	甲长	火头	兵头	合计
梁子乡	2	7	3	1	13
独甸乡		5	3	1	9
牛塘乡		3	5		8
贵良乡	2	4	3	1	10
冲头乡		3	3		6
白岩乡		6	7		13
戛马乡	2	4	5		11
合　计	6	32	29	3	70

数据来源：河口瑶族自治县人民政府编《瑶族通史——河口瑶族自治县资料汇编》，2001，第36页。

---

① 瑶山以瑶族聚居而得名，位于河口瑶族自治县西北部，包括现河口瑶族自治县所辖瑶山乡、莲花滩乡和老范寨乡。
② 河口瑶族自治县人民政府编《瑶族通史——河口瑶族自治县资料汇编》，2001，第36页。

二　新中国成立后瑶山地区政权机构的变化

　　河口于 1949 年 12 月 25 日解放。1950 年 1 月 1 日河口县人民政府成立。在瑶山的行政区划中，冲头和贵良（现区划属老范寨乡）、白岩（现区划属莲花滩乡）、瑶山 4 个行政村属屏边县管辖；独甸、梁子和牛塘（现区划属瑶山乡）3 个行政村属河口县第三区管辖，1953 年 10 月，划归屏边县。1954 年 3 月 15 日，两部分合并成立了瑶山地区历史上第一个人民当家作主的政权机构——屏边县瑶山瑶族自治区人民政府。1957 年 2 月，中共云南省委批准瑶山瑶族自治区为“直接过渡地区”（后简称“直过区”），直接向社会主义过渡。1958 年 10 月，成立屏边县跃进人民公社。1960 年 3 月，河口、屏边合并成立河口瑶族苗族自治县，瑶山便成为河口县辖的一个基层单位。1962 年 3 月，恢复河口、屏边两县建制，瑶山仍划归河口县管辖。1963 年 7 月成立河口瑶族自治县后，瑶山自治区改为瑶山区。1968 年设瑶山人民公社，1986 年 3 月瑶山人民公社设莲花滩、老范寨办事处，1987 年 5 月改建瑶山乡、莲花滩乡、老范寨乡。[①]

　　目前，老范寨乡下辖斑鸠河村委会和贵良村委会。2006 年 1 月，顺利选举产生第七届老范寨乡党委；2008 年 1 月，选举产生第八届老范寨乡人民政府。

---

　　① 参见中共红河州委党史研究室编《红河民族“直过区”研究》，2004，第 112 页。

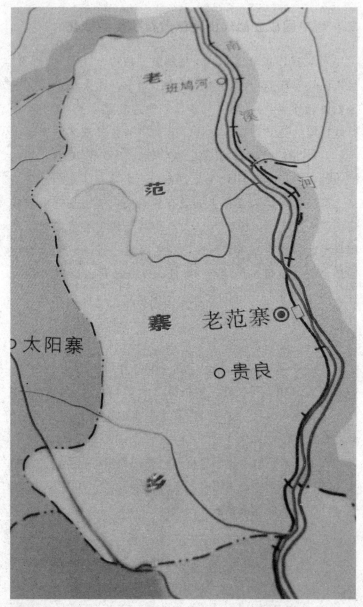

图 2-1　老范寨乡村落布局（金少萍摄）

第二节　基层党组织建设

一　基层党组织历史沿革

（一）中国共产党河口特别支部

1949 年 7 月，中国共产党滇东南地区工作委员会在者腊召开会议，贯彻中国共产党滇桂黔边区党委扩大会议的精神。同年 8 月抽调马关县护乡团副政委李维贵，32 团李萍、李乐 3 人组成工作组，开辟河口、屏边工作。同年 9 月，由边区 7 县总指挥陈希古主持，在马关古林箐召开会议，正式成立了中国共产党河口特别支部，李萍任特别支部的书记，李维贵、李乐为委员，开展解放滇南的宣传和组织工作。①

（二）党组织的发展历程

1949 年 12 月 25 日，河口解放。1950 年 1 月 1 日，河口县人民政府成立。其后，随着河口行政区划以及政权机构的不断变动，中国共产党党组织的设置和发展也随之发生频繁的变动。

从 1950 年 4 月至 1976 年 10 月，其发展沿革的历程为：中国共产党河口市工作委员会（1950 年 4 月 ~ 1954 年 4 月），中国共产党河口市委员会（1954 年 4 月 ~ 1955 年 2

---

① 河口瑶族自治县地方志编纂委员会编《河口县志》，三联书店，1994，第 437 页。

月），中国共产党河口县委员会（1955 年 2 月 ~ 1959 年 6 月），中国共产党河口瑶族、苗族自治县委员会（1959 年 7 月 ~ 1962 年 3 月），中国共产党河口瑶族自治县委员会（1963 年 7 月 ~ 1964 年 2 月），中国共产党河口瑶族自治县第一届委员会（1964 年 2 月 ~ 1966 年 4 月），河口瑶族自治县军事管制委员会（1967 年 3 月 ~ 1968 年 5 月），中国共产党河口瑶族自治县第二届委员会（1970 年 12 月 ~ 1976 年 10 月）。[①]

自此之后，河口中国共产党党组织的发展才走上了平稳的道路。从 1949 年建立特别支部的 3 名党员开始，截至 2007 年 6 月，全县四乡两镇共有 38 个农村党总支，198 个党支部，共有农村党员 1761 名。

二 基层党组织建设情况

（一）党员队伍建设

老范寨乡党委下设 3 个党总支，即机关总支、斑鸠河总支、贵良总支；下设 19 个党支部，其中农村党支部 14 个；共有党员 154 人（少数民族党员 152 人），其中男党员 110 人，女党员 44 人，农村党员 89 人；党员平均年龄 46 岁，最大年龄 81 岁，最小年龄 24 岁。斑鸠河党总支建有党支部 6 个，下设 7 个党小组，共有党员 35 人，少数民族党员 35 人，其中男党员 27 人，女党员 8 人。

小牛场村党支部是斑鸠河党总支下设的一个农村党支

---

① 河口瑶族自治县人民政府编《瑶族通史——河口瑶族自治县资料汇编》，2001，第 92 ~ 94 页。

图 2-2　老范寨乡政府（金少萍摄）

部，其支部 2008 年党员总数为 12 人，其中男党员 8 人（盘正光、李发宝、李勤忠、邓绍发、李光明、盘正清、盘国华、李明光），女党员 4 人（邓秀珍、邓秀琳、李永英、李国英）；该支部还有预备党员 1 人（李忠祥），考察对象 1 人（李国伟）。

　　从老范寨乡各级基层党组织党员队伍建设的发展历程可以看出，党员队伍的规模正在不断壮大，基层党组织职能部门的设置也在不断完善。以斑鸠河村委会小牛场村党支部为例：1971 年小牛场村从钟头寨整村搬迁至小牛场，小牛场党小组随之建立，当时仅有 3 名党员（盘绍荣、邓秀珍和李保强），由盘绍荣任组长，这 3 名党员都是于 1960 年同一批加入中国共产党的。1977 年邓绍发和李发宝加入党组织，党员队伍发展至 5 人；1978 年又有邓秀琳（女）、李光明、李永英（女）、李保春 4 位同志加入党组织。目前，小牛场村党支部设支部书记 1 名，由李明光担任；设组织委员 1 名，由盘国华担任；设宣传委员1名，由李国英担任。

但与此同时，老范寨乡各基层党组织的建设也存在一些潜在的问题。如党员队伍中年龄结构偏大的问题。就全乡154名党员而言，党员平均年龄46岁，最大年龄81岁，最小年龄24岁；小牛场村党支部党员的年龄结构更具典型性，在党支部12名党员中，有6名党员是在1978年以前（包括1978年）加入中国共产党的，即：邓秀珍（1960年入党），邓绍发和李发宝（1977年入党），李永英、邓秀琳和李光明（1978年入党），其年龄都在60岁以上，最大的为81岁（邓绍发）。[1]

图2-3 小牛场村老党员邓秀珍（唐晓云摄）

---

[1] 以上数据系调研期间根据老范寨乡、斑鸠河村相关部门提供的资料整理。

（二）执政能力建设和先进性建设[*]

在上级党委的组织和领导下，老范寨乡党委围绕"云岭先锋"工程，按照"五好五带头"的目标要求，以"强组织、建阵地、聚人心、固边疆"为主要任务，实施民警任村官政策，推行"农村致富先锋"行动计划，积极开展"搭建平台、技能支撑、促进发展"主题实践活动，全面加强党的执政能力建设和先进性建设，为老范寨乡的全面发展提供了坚强的组织保证。

老范寨乡党组织执政能力建设和先进性建设具体目标和要求如下。

图 2 - 4　老范寨乡政府办公楼和文化站（金少萍摄）

---

 * 主要参考老范寨乡政府和党委提供的相关文件。

29

1. 推进"云岭先锋"工程，建设边疆党建长廊

强组织：创新组织设置，选好配强站所和村级领导班子，抓好党员队伍建设，完善并落实各项制度。建阵地：建好、管好、用好党组织活动场所，发挥活动室的功能，筑牢思想阵地。聚人心：宣传落实好各项惠民政策，强化服务，让群众切实感受到党和政府的温暖。固边疆：发展乡域经济，构建和谐老范寨。

2. 让党旗更红，让边疆更固

政策支边：以省、州、县实施新三年"兴边富民工程"为契机，积极争取各项政策，加快基础设施建设，促进各项事业发展。产业富边：实施"农村致富先锋"行动计划，推广科技，示范带动，以香蕉、咖啡、橡胶等特色产业，促进农民增收。组织固边：发挥党委核心作用，完善党员服务体系；全面推行"四项"制度，深入实施"民警任村官"政策，落实"三培养"，巩固执政基础。民主兴边：发挥党员主体作用，为全乡发展建言献策；推进党务、政务公开，广纳群众意见建议。

3. 抓党建、打基础、强服务、构和谐

围绕一个目标：建设富裕文明、开放、和谐、生态、平安老范寨。落实一个要求：按照"生产发展、生活宽裕、乡风文明、村容整洁、管理民主"的要求，实现农村经济有新发展，农村面貌有新变化，农民生活水平有新提高，公共服务有新改善，农村治理有新机制，乡风民风有新风尚。突出4个重点：优化基层党组织设置，把支部建在产业链上；转变基层党组织领导方式，探索"支部＋公司＋基地"发展模式；利用远程教育载体，抓好党员干部培训；尊重党员主体地位，推进农村基层民主。争做三个表率：

做服务群众的表率，做爱岗敬业的表率，做争创一流的表率。

4. 制定落实"五学"、"四议"、"三争做"、"三个培养"、"一帮一"的党建方针政策

党员"五学"：学政治理论，学政策法规，学市场经济，学科学技术，学先进典型。党员"四议"：议党建，议工作，议发展，议致富。党员"三争做"：争做优秀共产党员，争做产业发展带头人，争做科技致富示范户。党员"三个培养"：把农村致富能手培养成党员，把农村党员培养成致富能手，把农村致富能手中的优秀共产党员培养成村干部。党员"一帮一"：致富能力强的党员与思想素质、经济发展相对滞后的群众以"一帮一"的形式结成对子进行帮扶。

（三）宣传思想阵地建设

老范寨乡宣传思想阵地有乡党委、村党总支、党支部三级宣传网络。老范寨乡党委和机关党总支是全乡宣传思想政治工作的主要阵地，现已建有较为规范的宣传场所和设备，设专职宣传干事 1 名。农村党总支是基层宣传思想政治工作的基础阵地，有农村党总支 2 个。在各级党委的高度重视下，村级已建有集宣传思想、学习政策、党员活动及培训为一体的活动室及宣传专栏。农村党支部是农村宣传思想政治工作的前沿阵地，共有 14 个。目前，有 4 个党支部已建有宣传活动场所和宣传栏。

目前，老范寨乡宣传思想阵地建设已经取得很大成就，宣传思想阵地骨干力量齐备，乡党委、村党总支及部分党支部建有宣传活动场所。但是，宣传思想政治工作仍然存在一些不容忽视的问题，比如宣传设备还比较落后，宣传方式还较为单一，农村宣传思想阵地作用发挥还不够。主要体现在：一是农村有50%的老百姓买不起电视，长期看不到电视和新闻，对党和国家的方针、政策了解不够；二是农村还有80%的村民小组无宣传思想文化活动阵地，难以开展文化宣传、政策宣传、思想教育等精神文明建设。

图2-5　村委会党员介绍工作情况（唐晓云摄）

（四）党风廉政建设

为切实加强老范寨乡各级党组织党风廉政建设，为老范寨乡的全面、和谐发展提供强有力的政治保障，乡党委制定了党风廉政建设责任书，并确保其在全乡各级党组织中得到落实。党风廉政建设责任制是乡党委、乡政府要求各村委会、乡属各单位主要领导对本地区、本部门的党风廉政建设负总责的具体体现。其具体内容主要包括以下几个方面。

1. 建设好本级（部门）领导班子

（1）重视党风廉政建设。实行部门领导负总责，其成员各负其责的领导体制，将党风廉政建设列入部门的议事日程，具体研究安排，抓好落实。建立各级各部门干部廉政勤政制度。各级部门要有具体抓党风廉政建设的工作人员。

（2）抓好班子建设。认真践行"三个代表"的重要思想，为民、务实、清廉。按照政治坚定、求真务实、开拓创新、勤政廉洁、团结协调的要求，注重理论学习，深入调查研究，敢于探索创新，抓好领导干部"思想作风、学风、工作作风、领导作风、生活作风"建设，不断提高执政能力和水平。认真贯彻执行党的路线方针、政策和国家的法律法规。

（3）认真贯彻民主集中制原则。严格执行集体领导制度和议事规则，充分发扬民主，自觉遵守党的纪律，讲政治，顾大局，团结共事，有凝聚力和战斗力，切实保证政令畅通。

（4）坚持党的核心领导作用。加强党组织建设，做到党组织健全、党内生活正常，提高民主生活质量。

2. 抓好本地区、本部门党风廉政建设宣传教育

（1）抓好党员、干部、职工的思想政治教育、职业道德教育和理论学习，积极营造反腐倡廉的良好氛围，做到计划落实、内容落实、时间落实，取得成果。

（2）认真组织党员、干部学习政纪条规和法律法规，增强党员、干部的纪律意识和法律意识，做到遵纪守法。

（3）各部门要按要求积极撰写党风廉政建设稿件，向上级报刊投稿，并按要求积极撰写相关理论文章。

3. 认真落实反腐败三项任务

（1）抓好领导干部廉洁自律的工作。严格执行廉洁自律规定，用制度规范领导干部从政行为；各部门领导干部要进行述职述廉，在群众中进行公示，并由群众评议；各部门领导干部要积极配合任期经济责任审计工作。

（2）抓好查处违纪违法案件的工作。有案件查处权的职能单位，部门领导要高度重视，严肃执纪，有案必查，查必有果，确保质量。积极配合上级部门提供案件线索，不得出现压案不办现象。

（3）抓好纠正损害群众利益的不正之风的工作。认真贯彻落实上级有关纠风治乱的各项措施和规定，深入开展执法监察和纠风治乱工作，要以解决人民群众反映的突出问题为重点，切实纠正本村、本部门、本行业的各种不正之风。

4. 党风廉政建设责任书还包括详细的检查考核与奖惩办法

在考核方面，分为一等奖、二等奖及合格、不合格四个等次。经考核达到95分（包括95分）以上的为一等奖，90分（包括90分）至95分的为二等奖，80分（包括80分）至90分为合格，80分以下为不合格。

在奖惩办法方面，主要采取以下三项措施。

一是与责任单位挂钩。经考核评定仅为合格的单位或部门，在年度考核中不得评为先进；考核评定为不合格单位或部门的主要领导，在年度考核中定为不合格，并限期制定整改措施。

二是与经济利益挂钩。经年度考核获一等奖的单位，奖给单位的主要领导干部 300 元；获二等奖的奖给单位的主要领导干部 200 元；考核为合格的单位不奖不惩；对考核为不合格的单位的主要领导干部罚 200 元，罚金交到乡党风廉政建设责任领导小组办公室，并限期整改。

三是与领导职务直接挂钩。连续两年考核为不合格的单位或部门的主要领导，视情况采取必要的组织措施，情节严重的，要追究其失职、渎职责任。

第三节 基层民主与管理

一 村委会建设情况

（一）村民自治从无到有

斑鸠河村民委员会是在原老范寨乡政府的派出机构斑鸠河村公所的基础上发展起来的。2000 年老范寨乡全面推行和落实了"村改委"的政策方针，将乡政府的派出机构村公所转变为村民自治组织即村民委员会。2000 年斑鸠河村民委员会通过其下设的 9 个村民小组直接选举的方式，选举产生了第一届斑鸠河村民委员会委员，实现了村民进行自我管理、自我教育、自我服务的基层直接民主，实现了当家作主的基本权利。2007 年 4 月 20 日，斑鸠河村民委员会选举产生了第三届村民委员会委员，其组织结构为：支部书记李泽兴，主任邓金华，妇女主任盘绍芬，副主任李明光、李梅，计生宣传员盘国华。

小牛场村民小组是斑鸠河村民委员会下设的一个村民

图 2-6　斑鸠河村民委员会一角（金少萍摄）

小组。目前，该小组的组织结构为：组长 1 名，由盘卫民担任；副组长 1 名，由李保龙担任；妇女组长 1 名，由李国珍担任；治保员 1 名，由盘东才担任；出纳员 1 名，由盘正东担任；会计 1 名，由李保龙兼任。

为了能够更好地服务群众和贯彻落实党和国家的政策方针，按照《中华人民共和国村民委员会组织法》（1998年 11 月 4 日第九届全国人民代表大会常务委员会第五次会议通过）的规定和上级组织的要求，斑鸠河村民委员会对村民委员会及村民委员会主任的职责作出了明确的规定（详见附录 2：村民委员会职责；附录 3：村民委员会主任职责）。

（二）村民自治建设任重而道远

按照《中华人民共和国村民委员会组织法》的规定，村民委员会是农村各族群众进行自我管理、自我教育、自我服务的基层群众性自治组织。它不是政权组织，也不是基层政权的派出机构。乡镇人民政府和村民委员会的关系是指导关系，而不是领导关系。斑鸠河村委会各族人民通过村民委员会进行基层自治，就基层的社会生活发表意见，参与管理，实现了当家作主的基本权利，实现了基层的直接民主，在社会主义民主政治建设中取得了辉煌的成就，是社会主义民主政治制度优越性的重要体现。

但在深入的实地考察过程中，我们发现斑鸠河村委会建设过程中仍然存在一些不容忽视的问题。

一是乡村关系变样，群众自治受到削弱。边疆少数民族地区农村政治体系的基本格局是"乡政村治"，乡镇政府与村民委员会的关系是指导与被指导的关系而非领导与被领导的关系。但实际上，这种格局和关系都变了样，由乡镇政府直接领导村民委员会，让村民委员会去完成本属于乡镇政府的任务，在一定程度上将村民委员会变成乡镇政府的延伸，群众自治受到严重削弱。

二是干部素质不到位。基层政治体系的干部即乡村两级农村基层干部，既是国家权力在农村基层的代表者和执行者，又是农村社会生活的管理者和服务者。党的方针政策的落实，国家法律、法令的执行，基层社会民主管理的实现，最终都要落在基层干部的身上，因此，乡村干部的素质直接关系到基层政治体系功能的有效发挥。基层干部的文化水平、知识结构、思想观念、领导能力及管理水平等与现实需要仍存在一定差距。

三是政策资源短缺，经济支撑薄弱。基层政治体系的活动，绝大部分属于执行政策，而影响政策能否得到有效执行的重要因素之一就是可供调配的政策资源，"政策资源是对政策过程具有积极影响的各种因素，诸如金钱、技术、劳务、实物、服务、福利、荣誉、地位、机会、信息、职位、人员等"①。由于自然和历史的原因，边疆少数民族地区的经济和社会发展程度都比较低，乡镇企业不发达，村办企业更是凤毛麟角，基层政治体系在执行政策过程中，可供调配的政治资源短缺，导致许多好的政策难以落实到位。

四是行政设施严重不足。老范寨乡辖区到目前为止没有一家宾馆、酒店及饭店，乡机关行政设施建设滞后，缺乏必要的会议室和机关食堂。每年召开乡人民代表大会等大型会议时，代表只能坐在门外走廊，代表也只能被安排到干部职工家中借宿。直到2005年才修建了乡党政办公综合楼、斑鸠河村委会办公楼和小牛场科技文化活动室。但办公设施依然严重不足，斑鸠河村委会办公楼总面积不到100平方米，根本满足不了开展村民大会等大型活动的需要，小牛场科技文化活动室也只有60平方米左右。小牛场科技文化活动室是斑鸠河村民委员会下辖的9个村民小组中唯一的村民小组村务活动室，其他的一些村民小组连最基本的办公桌椅都不具备，村务活动一般只能在村组长家里进行。乡村两级行政设施建设不到位，严重制约着乡村干

---

① 马啸原主编《边疆少数民族地区政治发展与政治稳定》，云南大学出版社，2000，第137页。

部工作的开展，制约着党的方针政策的贯彻落实、农业科学技术的推广、农民文化素质的提高以及村民自治的真正实现等。

让直接民主真正发挥作用的关键，是坚持宪法和法律赋予村民委员会的群众性自治的性质，而不能将其变成乡镇政权的派出机构，或基层行政机关的延伸。具体改进措施如下：

一是整合乡村关系，加强村民自治，改变"乡政"干预"村治"，"乡政"取代"村治"的局面。

二是提高干部素质，加强组织建设，组织乡村干部的在职培训，提高干部各方面的素质。

三是发展乡村经济，巩固经济支撑，乡政府及村民委员会要因地制宜，结合当地资源优势和经济特点，走特色致富道路。

四是增加乡村两级行政设施建设投入，进一步完善基层组织为人民服务的硬件设施建设。

（三）村务公开制度

为进一步加强基层民主建设，完善民主管理和加强民主监督，建立健全村党组织领导的、充满活力的村民自治机制，斑鸠河村民委员会在上级组织的领导下，结合自身实际，制定了村务公开制度。凡是涉及村里的重大事项、村民普遍关心的问题，都要通过多种形式向村民公开。村务公开是实现村民自治、依法自主管理的具体体现，是农村经济改革和利益格局变化的必然要求，是实现农村基层管理制度化、规范化的重大举措。

村务公开的内容包括[①]：

一是财务收支公开。

收入情况。包括农民上交的各种费用（公积金、公益金、管理费等），土地、果树承包费，土地转让费，国家专项扶持金、贷款和其他专项拨款，国家下拨的优扶、救灾、救济款及其他集体收入。

支出情况。包括村提留的使用情况，各项公益事业开支，村办企业项目开支，集体经费的使用情况，五保户、困难户生活补助费，村干部的工资、补贴、奖金、公务活动招待费及其他各项开支。

二是专项收支情况公开。

指重大项目的专项收支情况，如大型农田水利基本建设，修路，建校，建厂，添置大型农业机械和文化宣传设备、设施等，主要包括预算金额、集体筹款总额、承包合同、各项开支、资金结余情况。

三是计划生育情况公开。

计划生育情况包括年度人口规划，按政策生育的指标、条件、人员名单，计划外怀孕、生育、超生子女费的征收及使用等情况。

四是救灾、救济款物发放情况公开。

主要是指救灾、救济款物发放的时间、数量、办法、对象等。

五是集体经济项目承包、经营情况公开。

主要是指村办企业、林场、农场、鱼塘、果园、新开

———————

[①] 相关规定条款参照 2007 年调查组调研期间河口县政府提供的《河口县创建"民主法治村（社区）"工作的实施意见》。

发土地承包、租赁的经营情况及兴办集体企业、新上项目等情况。

六是村干部工作责任目标公开。

包括村干部岗位职责、任期及年度工作目标，实现目标的措施及目标完成情况等。

七是村民代表会议认为需要公开的其他内容。

为了扎实有效地做好村务管理工作，2006 年斑鸠河村委会村务管理工作采取了如下政策措施。①

一是推进民主决策、民主管理、民主监督，确保村务管理工作落到实处。

推进民主决策，增强群众参政议政意识，从完善村级民主决策机制入手，明确民主决策主体、规范程序。尤其是村民大会、村民代表会议、村务公开等制度的建设，紧密结合村委会的选举，规范村民代表的选举，理清村民代表会议与村民会议及村委会的关系，把村民代表会议与村委会和村民会议有机地结合起来，形成村民会议或村民代表会议民主决策，村委会管理村务，村民积极参与的农村治理格局。让农民切切实实地当好主人翁，真正体现"自"与"治"的结合。

推进民主管理，强化村务公开的责任。突出重点，全面推行民主理财。财务管理历来是村民关注的焦点问题，是村务公开的重点。随着村民民主意识的增强，不仅需要了解钱花到什么地方，要求对财务具有监督权，还需要参与决定钱怎么花，要求对财务具有决定权。通过建立民主理财制度，村民不仅对财务收支结果进行监督，也对办事

---

① 数据来源：2008 年调研期间，斑鸠河村委会提供的资料。

的过程进行了监督，保证了公开真实可靠性，而且对财务
具有最终决定权，真正当家作主。村委会建立健全了村民
代表、党员代表、村民议事会和村民理财小组等人员和组
织，并制定和认真执行了《村规民约》、《会议议事制度》、
《村务公开》、《财务管理制度》、《村委会工作制度》等有
关制度。工作中，村委会充分发挥自我教育、自我管理、
自我监督、自我服务的举措，一切村务党务公开、透明地
展示在村民面前，财务收支每月接受村民理财小组审计，
并向群众公开，同时接受乡镇经济管理中心的监督检查。
大型开支、公益事业、计划生育等重大事项，需经过村民
代表大会或村民大会讨论，严格按制度和程序办事，增进
了群众参政议政意识，融洽了党群干群关系。

村务公开普遍实行了"五规范，一满意"的工作推进
方式。"五规范"即规范公开内容、规范公开时间、规范公
开形式、规范公开阵地、规范公开管理，"一满意"即公开
的效果群众满意。

建立了目标责任制。对村务公开民主管理实行目标管
理，层层落实责任，分级负责、责任到人，使民主管理规
范运行健康发展。村务公开坚持"八不"安民之策深得民
心，即：不搞半公开，不搞假公开，不搞花架子，不做假
账，不做两本账，不设小金库，不弄虚作假，不欺上瞒下。

健全村务公开网络机构，强化村务公开的组织协调，
配备村务公开信息员，切实做到村务公开有人抓有人管。

推进民主监督，促进廉政建设。政务公开、财务公开
都由村民代表议事会讨论，监督小组对各项规章制度的执
行情况进行经常性监督。

乡党委、乡政府设立了举报电话，各村设有意见箱，

并通过舆论宣传部门介入，及时反映群众的意见和建议。

将村务公开纳入村领导考核的主要指标，层层落实责任，明确奖惩，定期对村务公开情况进行检查考评。

村民委员会成员每半年测评一次，将干部的政绩、廉洁自律、村务中政务公开情况与工作实绩挂钩。通过民主监督，促进了农村基层组织的党风廉政建设。

接受监督，严格实行财务公开。实行民主理财，凡是村里的现金收入，如各种资金的筹集和各项大小支出，每季度由理财小组和村务监督小组清算一次，逐张审核发票，并签字盖章后入账。除在村委会设立公开栏外，各村民小组均设立了公开户，方便了群众监督。

建立档案，保证村务公开质量。村委会设立了村档案室，建立了规范的村务公开档案，按规定统一规格、统一模式，编号登记，装订成册。档案记载了历届村干部三年任期目标、年度工作计划、个人述职、年度考核、村务财务公开内容、村民代表和村务监督组会议记录等十几项内容，做到了村务公开的历史资料有据可查。

二是深化村务公开，推动农村工作的全面发展。

实行村务公开是新形势下的安民之策，落实民主管理是促进自我发展的治村之本。由于扎实开展了村务公开、民主管理，坚定不移地贯彻党在农村的各项政策，开展村民自治，实现了农业增效、农民增收、农村稳定的目标。

村务公开的深化，进一步密切了农村干群关系，维护了社会稳定。随着村务公开的进一步推进，使村务公开更直接、更彻底，民主监督更扎实、更有效，真正给群众一个明白，还干部一个清白。

村务公开的深化，促进了农村经济发展，加快了农民奔小康的步伐。村务公开适应了农民当家作主的要求，调动了广大农民建设社会主义新农村的积极性，促进了农村经济的发展。

二 村民会议制度

（一）"村民会议制度"的内容

"村民会议制度"是村民自治制度的重要组成部分，是农村基层民主建设的重要内容。落实"村民会议制度"是村民民主管理政治、经济、社会事务的重要途径。完善"村民会议制度"是加强社会主义基层民主政治建设与实现基层民主管理的必然要求。

在上级党委与政府的组织和领导下，按照《中华人民共和国村民委员会组织法》的规定，斑鸠河村委会制定了"村民会议制度"，其具体内容为：（1）村民会议由本村 18 周岁以上的村民组成或每户派代表参加，必要时可邀请村企业和驻本村的企事业单位、群众团体代表参加。（2）村民会议每年举行一次，由村民委员会召集，由主任或副主任主持。（3）村民会议必须由全体 18 周岁以上的村民的过半数或户代表的 2/3 以上出席，方能举行。（4）村民会议讨论决定的事项，由出席会议人数一半以上通过方可生效，通过的决定，村民委员会和全体村民必须遵照执行。（5）召开村民会议要有组织、有领导，按程序有条不紊地进行，会议情况要整理归档，以备查阅。

（二）贯彻落实"村民会议制度"的困难

《中华人民共和国村民委员会组织法》规定，村里重大事项都要召开村民会议集体决策。但我们调查组通过对斑鸠河村委会主要负责人的访谈了解到，村民会议很少召开，除了每三年一次的村委会换届选举外，很少甚至不召开村民会议。归结起来，村民会议的召开主要存在"五难"。

一是村民会议难召集。其原因如下。一是村委会辖 9 个自然村，辖区面积较大，村民数量多，居住分散，有的距村委会十几公里甚至几十公里，给村民会议集中召开带来了很大困难。二是该地区农民外出打工现象较普遍，人数较多，农村劳动力流动增加，有的甚至常年在外，使村民会议很难达到法定人数。三是村民参政议政意识不强，村民一般没有召开村民会议议事的主动要求。自落实生产责任制以来，村民的集体观念逐渐淡薄，加之"各扫门前雪，不管他人瓦上霜"陈旧观念的影响，很多村民不愿意参与和自己关系不大的事务，借口推托不参加村民会议，所以参会人数很难达到法定要求，一般很难召集。在这种情况下，村委会也不愿意花费精力和成本去组织村民会议。

二是村民意见难统一。村民会议上，部分村民没有明确的观点和态度，一言不发，村民意见在会上很难统一，往往导致会议"无果而散"。

三是会议决策难执行。这主要体现在涉及村民出资出劳的决策执行过程中。因利益驱动，对决策持反对意见的人往往以种种理由拒绝执行。对于这些人，乡村组织又没有行之有效的约束办法，往往导致"半拉子"工程的出现。

四是历史遗留问题难解决。每个行政村或多或少地遗留着这样或那样的问题，这些问题往往反映到村民会议上来。如统筹费尾欠难清问题，使村民感到老实人吃亏；与村干部存有矛盾，个别人借机搅浑水；决策事项为解决遗留问题而触及个人利益，少数人产生抵触情绪等。

五是村民对村级组织及干部缺乏一定程度的信任。村党组织、村委会工作涣散，凝聚力、吸引力、战斗力不强，一部分村干部缺少诚信力、亲和力，对形势分析不透，工作方法过于简单，不能很好地控制局面。这些因素都严重影响着基层组织及基层干部在村民中的形象和地位。

（三）解决"村民会议制度"难以贯彻落实的各种措施

"村民会议制度"是基层民主建设的重要内容，解决"村民会议制度"贯彻执行中的各种难题，应从以下几方面入手：（1）根据有关法定程序合理确定参会人数，限定会议讨论的具体事务的范围，确保村民会议只决策"大、少、精"的事务，提高"村民会议制度"的可操作性。（2）建立和完善《村规民约》。《村规民约》具有"村法"的效力，是完善"村民会议制度"不可缺少的配套"法律"。因此，要通过建立、完善《村规民约》，为"村民会议制度"的落实创造良好的舆论、道德环境。（3）切实解决历史遗留问题，把关系村民切身利益的事情摆在工作首位，下力气切实解决村民普遍关注的热点难点问题，保护村民利益；要积极主动地调解处理民间纠纷，及时化解社会矛盾，为村民营造团结、稳定的生产生活环境。（4）加强基层组织建设。一是选好党组织班子和村委会班子，提升村委会的整体工作水平。二是加强对村干部的培训教育，增强他们的服务意识、责任意识和发展意识，提高班子的凝聚力、诚信力和领导能力，为落实"村民会议制度"提供坚强的组织保证。

第四节　寨老制度的变迁

寨老制度，按照文化人类学对文化的界定，属于制度文化，是政治制度文化的一种建构，这种制度文化建构也是历史上瑶族对山居生活的一种文化适应。在生产力水平十分低下的生态文化背景下，为了生存和种族的繁衍，人们需要协调资源、组织生产，需要共同抵抗自然灾害和外敌入侵，需要调整内部的社会关系、人际关系，需要与神灵沟通的媒介，于是寨老应运而生，成为瑶族山居生活中政治、经济、军事、宗教的组织者、协调者、领导者。

寨老制度在历史上对瑶族村寨的生存和发展曾起过重要作用。凡是民族群体的重要事情，均须通过古老的民主方式，由公众讨论作出决定，再由寨老监督执行。但各瑶族地区的寨老制其名称、职权、性质均存在着一些差异。据学者的调查研究表明，云南瑶族地区的寨老制大致可划分为三种类型：第一类是村社政治制度严重封建化，寨老制和族老制并存，或是族长逐渐取代寨老制。第二类是寨老制与土司制度或保甲制度并存，寨老不是由民主选举产生，而是由土司或其代理人委派，实际上变成统治工具。第三类由村民民主选举产生，村内大小事务寨老都有权过问。① 小牛场村蓝靛瑶的寨老制度属于上述的第三种类型。

---

① 徐祖祥著《瑶族文化史》，云南民族出版社，2001，第91~92页。

新中国成立前，河口瑶山区各寨都设有寨老，全区共有 84 个瑶族聚居村，共有寨老 177 人。其中贵良乡有寨老 27 人，冲头乡有寨老 18 人。①

一　寨老的选举

在河口瑶族地区，寨老由全村各户代表大会民主选举产生，具有浓厚的原始民主色彩。凡寨中成年男子，不论长幼，都有权作为寨老的候选人，但也有一定的标准和条件，一般能识字、会祭神和祭鬼、德高望重、秉公办事的人才会被选中。寨老并非只是一个人，一般由三人组成，各地名称不一，有的地方称寨老、寨主、龙师，有的地方则称寨老（中元）、出主（下元）、出师（上元）。从各地对寨老的称呼中还可看出道教文化影响的印迹。寨老制的三个人既有分工又有合作，其中以寨老为核心。据相关资料记载，寨老选举的办法有三种，一是酿白酒选举，二是烧香选举，三是簸扬选举。用第一种方法选举的，则酿白酒若干筒，将候选人名字贴附其上，酿好之后以酒味最甜三者当选；用第二种方法选举的，则同时烧香若干炷，将候选人名字系其上，以最先燃尽之三炷香者当选；用第三种方法选举的，则用纸包稻米或包玉米，写上候选人的名字，置入簸箕内旋转簸扬，以最先跳出簸箕或是最后留在簸箕内的三人当选。② 寨老的任期一般为 3～5 年，可以连选连任。如果任期内村寨中多病多灾，作物歉收，六畜不旺，则一年改选一次。若在任期内粮食丰收，人畜兴旺，

① 河口瑶族自治县人民政府编《瑶族通史——河口瑶族自治县资料汇编》，2001，第 36 页。
② 徐祖祥著《瑶族文化史》，云南民族出版社，2001，第 93 页。

可任职多年。凡经公众推选出来的寨老，不仅不能借故推诿，还要竭尽全力为村民办事。以前，当地瑶族人的心中普遍认为：能够当选寨老，是一生中最大的荣幸和荣耀。历史上小牛场村寨老的选举，一般采取上述的第三种方式，即将候选人的名字写在纸上，然后用纸包稻米或玉米，置入簸箕内旋转簸扬，以最先跳出簸箕或是最后留在簸箕内的三人当选。

二　寨老的职责

在河口蓝靛瑶的传统社会中，寨老起着举足轻重的作用，其主要职责有以下几个方面。一是农耕生产方面，在每年的农历正月初二和七月初七，各家各户派一名男子，携带酒菜到寨老家会餐，称之为"吃丛会"，由寨老主持，共同商定全村的封山育林、农田耕作等生产事务。刀耕火种旱地农耕曾经是瑶族传统山居生活中赖以生存的一种重要的生产方式，寨老的重要职责之一便是组织和管理旱地刀耕火种农耕生产。二是平时村民之间发生了纠纷时，则由寨老负责出面调解。三是主持狩猎活动。传统狩猎活动历来是瑶族山居生活重要的生存方式之一，而在村寨的狩猎活动中，则由寨老选择吉日并指定狩猎带头人，猎获物由寨老主持祭献神灵后，平均分配。四是当有外敌侵犯时，由寨老组织村民进行抵抗。五是村内的婚丧嫁娶和增添人口必须事先向寨老报告，由龙师主持仪式和记入人口册。①

---

① 河口瑶族自治县人民政府编《瑶族通史——河口瑶族自治县资料汇编》，2001，第50页。

直到新中国成立初期，在河口瑶族地区寨老制度仍然发挥着一定的作用，工作队下乡宣传党的方针政策，开展各项工作往往依靠和通过寨老来进行。1956 年实行民主改革后，许多村寨的寨老制度已经不复存在；但也有一些村寨保留了传统的寨老制度；也有一些村寨在民主改革时期废除了寨老制度，改革开放后又重新恢复寨老制度。通过调查了解到，小牛场村自 1971 年从钟头寨迁来，就不再保留寨老制度，到了 80 年代，村内相继发生过几起"闹鬼"事件，于是村民又开始商议"请神位"的事，1986 年小牛场村通过选举重新确立了寨老制度。但是，此时确立的寨老制度并非历史上寨老制度的翻版，寨老制度的功能、寨老的职权都发生了根本的改变。特别是共产党在基层农村建党建政，以及建立健全了乡村等党群组织，培养选任各级干部后，农村的各项工作都由乡村干部出面组织实施，寨老的权力受到了限制，并逐步呈弱化的趋向。寨老制度的功能也发生了巨大的变迁，不再参与村寨政治、经济等相关方面的决策。据小牛场现任村民小组组长盘卫民（同时担任村内的寨师，即龙师，1997 年由村民选出）介绍，现在村里的寨老只负责与本寨的"寨神"相关的事务，即只负责主持逢年过节时村落的宗教祭祀活动，已经不再介入村里的政治、经济及其他社会事务。现在村里的三位寨老（寨老、寨主、龙师）都由抽签的方式选出。由于寨老制在村民日常生活中的作用减弱以及寨老在村民心目中的地位日益下降，抽到担任寨老的人家会略有不满的情绪，但既然抽到就不得不担任，心中有埋怨也不能说出来。现在村内的年轻人大多数都不太熟悉寨老必须履行的宗教祭祀活动的具体方法和程序，在这种情况下如果被抽到，只能由自家出钱请村里熟悉具体祭祀活动的人来主持。

第三章　经济发展

第一节　经济发展概况

一　新中国成立前经济状况

民族"直接过渡区"，简称"直过区"，指的是20世纪50年代初期，对云南省还处在原始社会末期或已经进入阶级社会，但阶级分化不明显、土地占有不集中、生产力水平低下的景颇族等8个民族和部分拉祜族、哈尼族、瑶族等民族约66万人居住的地区，采取特殊的"直接过渡"方式，即不进行土地改革，以"团结、生产、进步"为指导方针，通过党的特殊帮扶政策，保证他们直接但是逐步地过渡到社会主义，实现历史性的跨越。[①]

河口"直过区"是一个以瑶族为主，彝族、苗族、布依族、傣族、汉族等民族聚居的区域，地处河口县的西北部，包括瑶山乡、莲花滩乡、老范寨乡3个乡，土地面积709.33平方公里。南与本县河口镇、南溪镇相连，东与文

---

① 王元辅：《云南民族"直过区"经济社会发展调查》，《云南社会科学》2007年第1期。

山壮族苗族自治州马关县、红河哈尼族彝族自治州屏边县接壤，西与蒙自县、个旧市毗邻，西南与红河哈尼族彝族自治州金平县、越南社会主义共和国隔河相望，边境线长10公里。地势北高南低，呈东西走向。国家自然保护区大围山自西北向东横贯全境。整个"直过区"有13个村委会，即牛塘、八角、水槽、太阳寨、梁子、地谷白、戛马、干龙井、石板寨、中岭岗、莲花滩、贵良、斑鸠河，涉及113个村民小组，99个自然村，其中瑶族居多，占50%以上。① 河口"直过区"生产力水平低下，经济基础薄弱，人民生活十分贫困。

据新中国成立初期的相关资料记载，当时的"直过区"瑶山区（于1962年划归河口县）土地山林全部集中于外县外区26户地主手中，本区地主虽有3户，但所占土地不多。②

小牛场村属河口瑶山"直过区"。新中国成立前，小牛场村的蓝靛瑶（当时居住在钟头寨）经济落后，生活艰苦，直到1948年粮食仍不能自足，还需要靠挖山药、野菜充饥。长期以来生产力水平低下、生活贫困的状况一直持续到新中国成立后的五六十年代。

二　新中国成立后经济发展状况

1949年12月河口解放时，河口瑶族地区的生产力水平

---

① 中共红河州委党史研究室编《红河民族"直过区"研究》，2004，第111页。
② 《中共屏边县对瑶山瑶族自治区直接过渡的意见》，1956年10月，转引自中共红河州委党史研究室编《红河民族"直过区"研究》，2004，第2页。

还处在原始社会末期，以刀耕火种旱地农耕为主要生计方式，辅以狩猎、采集等。生活居住条件极差，瑶山全部都是权权房、茅草房。

小牛场村地处大瑶山，地广人稀，周边自然环境以山地为主，少有平地，山高林密。加之过去该地区生产力水平低下，土地多属旱地，并且多采用轮歇地粗放的耕作形式，土地利用率较低，作物以粮食和蓝靛为主。从总体情况来看，小牛场村新中国成立后经济的发展历经这样几个时期。

（1）土地改革时期。河口县1954年开始进行土地改革，河口县认真贯彻中共云南省委"慎重稳进"的边疆工作方针，土改中不搞面对面的斗争，通过教育说理协商，动员地主自愿交出土地，不动浮财，不挖底财，地主同样分得当地农民平均水平的土地。瑶山地区采取不划阶级，不搞土改，以缓冲的方式，帮助群众提高认识，发展生产，直接向社会主义过渡。1957年2月6日，中共云南省委批准瑶山为直接过渡区，保证了边疆民族地区的社会稳定。这一时期，小牛场村（原钟头老寨）主要以家庭为单位实行农耕劳作，仍然沿袭着传统的、简单粗放的生产经营方式，以刀耕火种的耕作方式为主，犁耙、刀斧、锄镐是主要的生产工具，部分农户连玉米、蔬菜都不会栽种，广种薄收，劳动生产率十分低下。

（2）互助合作时期。1955～1957年，土地改革后，河口县广大农民的生产积极性普遍高涨，全县粮食增长迅速。当时仍在大围山钟头寨生活的现今小牛场村村民由于村寨离劳动地距离很远，往返需6个小时以上，以及谷种劣质、生产工具落后等原因，其生活仅能维持温饱，农业生产增收不明显。

（3）人民公社时期。1958 年农业合作化高潮掀起了"农业生产大跃进"，兴修水利，开挖梯田，改良土壤。基本农田建设取得了显著成绩。1958 年秋，全国掀起开展人民公社化和大炼钢铁运动，小牛场自然村（当时的钟头寨）组成生产队，实行集体劳作。由于受"左"的思潮影响，出现了高指标、高争购、虚报浮夸、瞎指挥、一平二调等"五风"，严重挫伤了农民的生产积极性，损伤了瑶山地区原本脆弱的生产力，农业连续减产，群众生活重陷困境。1962 年开始贯彻中央"调整、巩固、充实、提高"的八字方针，对人民公社体制和政策进行调整，瑶山区除保留三十七、丫都坡两个社外，其余全部退回一家一户单干，稳定了群众情绪，调动了群众的生产积极性，农业生产和农村经济得到了一定程度的恢复和发展。

（4）"文化大革命"时期。这一时期农村工作以阶级斗争为纲，经历了建立三结合的革命委员会、大批判、清理阶级队伍、整党、农业学大寨、政治边防等一系列政治运动。怀疑一切、打倒一切的"革命"浪潮冲击着人民公社的管理体制，农村体制呈现混乱的局面。在这一时期，居住在钟头寨的村民为了更靠近劳动地以便于生产，于 1971 年举寨搬迁到了现今的小牛场地域。同年，时任队长邓绍发以谷易谷，从邻近的贵良村换回 1000 斤品质较好的谷种，1972 年稻谷获得丰收，当年全村人基本解决了温饱问题。

三　改革开放至今经济发展状况

改革开放以来，1979～2000 年，河口县委、县政府贯彻执行十一届三中全会精神，结合河口县的实际，制定了

"在不放松粮食生产的前提下，以林业为主，多种经营，因地制宜，发挥优势"的生产方针。一是实行家庭联产承包责任制，建立统分结合的双层经营体制；二是进行政社分设和乡级政权体制改革，以原生产队为基础成立农业生产合作社；三是调整农村经济政策，改革粮油统购和其他农副产品派购制度，调整农副产品的价格，建立市场管理机制；四是调整优化农业产业结构；五是认真贯彻全国扶贫工作会议精神，落实国家"八七"、云南省"七七"扶贫攻坚计划，积极推行小额信贷扶贫和党员干部结对扶贫工作，加快脱贫致富步伐；六是加强农业基础设施建设，改善农村水、电、路、通信等基础设施条件；七是推广农业科学技术，建设稳产高产农田，彻底改变过去刀耕火种的生产方式；八是加强以党支部为核心的农村基层组织建设，保证农村社会稳定，民族团结，经济发展，农民收入逐步增加。这一时期涌现了一批种植专业户。①

小牛场村1971年从钟头寨搬迁过来以后，仍以农业为其支柱产业，但农业生产一直处于徘徊不前的局面。改革开放以来，家庭承包联产责任制的推行，大大解放了生产力。该村到2008年年底，已签订农业承包合同73份，农村土地承包面积达666.70亩。近年来，该村农业种植结构有所调整，以前农业种植以粮食作物稻谷和玉米为主，现在变为以菠萝、香蕉、橡胶等热带经济作物种植为主，以蔬菜种植、畜牧业为副业。整个村庄的经济获得发展，村民生活得到改善，但目前小牛场村仍属于贫困村。

---

① 河口瑶族自治县人民政府编《瑶族通史——河口瑶族自治县资料汇编》，2001，第125页。

图 3 - 1　瑶山特产香蕉（金少萍摄）

第二节　农业

在小牛场蓝靛瑶的传统社会中，以山地农业作为生计之本，世世代代沿袭着与山地农耕相适应的生产生活方式。耕种土地多属旱地、坡地，旱地有固定耕地和轮歇地两种；有少量水田和旱田（雷响田）。水田和固定耕地一般使用犁耕，轮歇地则根据地势，有用犁耕的，也有用刀锄耕作的。

传统旱地农耕曾在村民的经济生活中占据举足轻重的位置，是其经济的主要命脉、衣食生活的主要来源。与旱地农耕相适应，村民一般使用适宜于山地耕作的生产工具，如弯刀、镰刀、扁刀、砍刀、条锄、斧头、犁和耙等（见图 3 - 2）。这些工具基本上都能够自己打制，铁由汉族地区输入。旱地很少施肥，土质贫瘠，其耕作较为粗放，主要依靠锄挖，有时也用牛犁。

传统旱地农耕主要种植旱谷、玉米、荞麦、豆类、瓜类、红薯类等粮食作物。旱谷约占稻谷总产量的20%，广种薄收，产量不高，但村民普遍认为旱谷煮饭好吃，家家都要种植。玉米也是主食的一部分。而豆类、瓜类、红薯类既是粮食的重要补充，又可作为蔬菜食用，其藤、叶、茎还是喂猪的主要饲料。除各种粮食作物外，村民还在旱地上种植草果、八角、棉花等经济作物，并在背阴潮湿的山箐地带种植蓝靛，除自给自足外，以此作为重要的交换品，以物易物，满足生活之需。

图 3 - 2　老范寨乡村集市的农具地摊（金少萍摄）

表 3-1　2007 年斑鸠河村委会耕地统计

单位：亩

村名	年初耕地总资源	年内增加	年内减少	年末耕地总资源	常用耕地面积	水田	水浇地
丫都坡一	248		100	148	148	70	16
丫都坡二	316.3		34.3	282	282	115	36
丫都坡三	203.4		26.4	177	177	38	15
小牛场	426.2	39		465.2	465.2	259	18
双龙	277.7	1.1		276.6	276.6	105	10
横梁	216.2	29.4		245.6	245.6	83	8
新寨	401.6		14.6	387	387	140	20
金竹坪	334	5.6		339.6	339.6	121	8
金竹梁	596.5		82.5	514	514	98	9
合计	3019.9	75.1	257.8	2835	2835	1029	140

数据来源：斑鸠河村委会提供。

一　传统农作物种植

（一）稻谷、玉米等传统粮食作物种植

小牛场村村民种植的稻谷主要有水稻和旱稻两种类型。20 世纪 80 年代以来全国推广种植杂交水稻，村民普遍种植新品种，谷种多从乡农业站以及附近集市购回，产量较高，是各个家庭口粮的重要来源。2007 年小牛场村稻谷种植面积为 258.7 亩，其中杂交水稻种植面积为 248 亩，占稻谷种植面积的 95.9%（见表 3-2）。旱谷一般种老品种，亩产不高，仅几十斤，但村民普遍认为旱谷好吃，一般每户人家都会种一些自用。

表3－2 2007年斑鸠河村委会粮食种植统计

	全年农作物种植总面积（亩）	全年粮食种植面积（亩）	全年粮食总产量（公斤）	秋收粮食种植面积（亩）	秋收粮食总产量（公斤）	稻谷种植面积（亩）	稻谷总产量（公斤）	其中：杂交稻种植面积（亩）	杂交稻总产量（公斤）	中稻和一季晚稻种植面积（亩）	中稻和一季晚稻总产量（公斤）	旱谷种植面积（亩）	旱谷总产量（公斤）	玉米种植面积（亩）	玉米总产量（公斤）	杂交玉米种植面积（亩）	杂交玉米总产量（公斤）
丫都坡一	148	110	37932	110	37932	69.55	27820	52	20800	69.55	27820			40.45	10112	30	7500
丫都坡二	282	155	86000	155	86000	115	66000	98	39200	115	66000			40	20000	35	8750
丫都坡三	177	177	34935	117	34935	37.9	15160	35	14000	37.9	15160			79.1	19775	67	16750
小牛场	465.2	379.2	3605	379.2	83605	258.7	58480	248	49600	258.7	58480	1.3	240	120.5	25125	110	22000
双龙	276.6	205.6	65140	205.6	65140	106.8	42440	102	40800	106.8	42440			98.8	22700	95	21850
横梁	245.6	169.6	44850	169.6	44850	83	28200	80	24000	83	28200			86.6	16650	82	16400
新寨	387	235	88825	235	88825	140.5	66200	125	50000	140.5	66200			94.5	22625	90	22500
金竹坪	339.6	230.6	93185	230.6	93185	132.9	67760	118	47200	132.9	67760	12	2400	97.7	25425	93	23250
金竹梁	514	407	73625	407	73625	356.5	61000	98	39200	356.5	61000	58	21600	50.5	12625	42	10500
合计	2835	2009	608097	2009	608097	1300.85	433060	956	324800	1300.85	433060	271.3	24240	708.15	175037	644	161000

数据来源：斑鸠河村委会提供。

表 3 - 3　2007 年斑鸠河村委会木薯、蔬菜、西瓜等作物统计

单位：亩，百公斤

	木薯种植面积	木薯产量	其他农作物种植面积	蔬菜种植面积	蔬菜产量	叶菜类种植面积	叶菜类产量	瓜菜类种植面积（黄瓜）	瓜菜类产量	西瓜种植面积	西瓜产量
丫都坡一	28	420	10	10	20	6	1200	4	800		
丫都坡二	107	107	1600	20	20	40	10	10	10	2000	
丫都坡三	50	750	10	10	20	7	1400	3	600		
小牛场	53	800	33	33	66	25	5000	8	1600		
双龙	47	700	24	24	48	17	3400	7	1400		
横梁	45	670	31	23	46	16	3200	7	1400	8	80
新寨	82	1230	70	38	76	28	5600	10	2000	32	320
金竹坪	60	900	49	37	74	26	5200	11	2200	12	120
金竹梁	42	630	65	45	90	30	6000	15	3000	20	200
合　计	514	7700	312	240	480	165	33000	75	1500	72	720

数据来源：斑鸠河村委会提供。

表3-4 2007年斑鸠河村委会用电、化肥使用统计

单位：千瓦时，吨

	农村用电量	农用化肥施用量（实物量）	氮肥	磷肥	钾肥	复合肥	农用化肥施用量（按折纯量计算）	氮肥	磷肥	钾肥	复合肥	农药施用量
丫都坡一	2870	18	7	4			1.1	0.7	0.4			0.08
丫都坡二	5810	20	10	8			1.8	1	0.8			0.15
丫都坡三	2530	12	6	5			1.1	0.6	0.5			0.09
小牛场	8920	101	40	8	12	35	9.5	4	0.8	1.2	3.5	0.6
双龙	5640	52	32	7	8	20	6.7	3.2	0.7	0.8	2	0.4
横梁	4250	56	18	9	10	22	5.9	1.8	0.9	1	2.2	0.4
新寨	9060	105	35	15	15	32	9.7	3.5	1.5	1.5	3.2	0.9
金竹坪	6430	55	24	10	8	20	6.2	2.4	1	0.8	2	0.3
金竹梁	5950	44	10	9	9	15	4.3	1	0.9	0.9	1.5	0.28
合计	51460	463	182	75	62	144	46.3	18.2	7.5	6.2	14.4	3.2

数据来源：斑鸠河村委会提供。

现在随着经济的发展和村民生活水平的提高，一方面部分村民有了足够的经济能力购买口粮满足生活需要，另一方面为了尽可能留出土地种植经济作物以增加收入，因此稻谷种植面积逐年减少。目前随着热带经济作物如菠萝、香蕉等在当地的广泛种植，现在小牛场村稻谷等粮食作物的种植呈逐年减少的趋势，稻谷显然已经不再是当地主要的种植作物。据斑鸠河村委会农业年报表统计，截至2007年末，小牛场村稻谷播种面积为258.7亩、玉米种植面积为120.5亩，而热带水果（香蕉、菠萝）的种植面积却为1679亩。热带水果的种植面积远远超过稻谷和玉米的播种面积，充分反映出作物种植品种的巨大变化。

图 3-3 小牛场村的香蕉林（金少萍摄）

从小牛场村留存不多的稻谷种植生产来看，其谷种来源，播种、灌溉、施肥、芟草等技术与其他地方大致相同。另外，由于现在稻谷种植已不再是村民的主业，全村只有约 10 户人家种植。稻谷的脱粒、脱壳早已实现了机械化，村内有几户经济条件较好的人家多年前就购进了脱谷机，附近村民也向其借用或租用。村民平时晾晒稻谷、玉米等农作物一般在村中小学旁的篮球场上进行。

图 3-4　小牛场村村民晾晒玉米（唐晓云摄）

　　玉米也是小牛场村的传统种植作物，当地人称其为包谷。玉米种植对环境、水源要求不高，所以一般在坡地、平地甚至房前屋后都有种植。当地村民根据玉米的生长阶段，多在拔节到抽雄开花的穗期追加氮肥。其他肥料则视情况进行追加。目前小牛场村种植的玉米品种既有传统老品种，也有杂交玉米。据斑鸠河村委会的统计，2007 年小牛场玉米种植面积为 120.5 亩，产量 25125 公斤，其中杂交玉米种植面积为 110 亩，占玉米种植面积的 91%。以前玉米也是村民的主食之一，并用于酿酒，而现在村民种植的玉米，除了部分新鲜玉米当零食吃之外，大多用于喂养牲畜，已不再作为家庭的主要粮食。

　　其他蔬菜等的种植与传统习惯一样，村民多在自家房前屋后开垦小块园地进行种植，品种主要有四季豆、蚕豆、豌豆、萝卜、青菜、冬瓜、葫芦以及葱、姜、蒜、辣椒等作料，供日常食用。村民也常常在赶集时从市场购买一些蔬菜，以满足生活的需求。

（二）蓝靛种植

小牛场瑶族属蓝靛瑶支系，其支系名称因历史上广泛种植蓝靛、擅长制作蓝靛，并喜欢穿蓝靛染制的服饰而得名。蓝靛种植，曾在当地瑶族的传统经济生活中起过重要作用，村民常常通过种植蓝靛、制作染料自用，或者以物易物，与周边的壮族、苗族、彝族等相交换，以满足生活之需。蓝靛喜背阴潮湿的环境，过去多于山野密林之中开垦种植。蓝靛成熟后要割下靛叶和茎用清水浸泡至腐烂，然后榨取液汁，捞出叶渣，然后加入石灰水和草木灰等使之发酵，多日后将上面的水打干，留下沉淀物取出晒干，即制成蓝靛染料。过去因家家户户都种植蓝靛，当地人往往在蓝靛种植地就近挖建蓝靛塘，方便制取运回。由于蓝靛的种植和制作工序繁杂耗时，生产成本较高，并且随着林地大多被开垦用于种植热带水果，加上瑶族以及周边各少数民族不再使用传统植物染料染制民族服饰，从20世纪80年代初期开始蓝靛种植在小牛场地区已经完全绝迹，不再有农家种植。

（三）八角种植

八角是一种有经济价值的香料，过去也曾是小牛场瑶族主要的经济收入来源。小牛场瑶族服饰上至今仍喜欢使用平绣八角花作为装饰，八角在过去瑶族生产生活中的重要性由此可见一斑。栽种八角一般选择15度至35度向阳背风的山坡地，以酸性土壤、土层厚、沙质土为好，播种季节以夏末秋初为宜，那时雨水充沛、气温渐转凉。该地一般采用这样几种方法栽种，成活率较高：林中造林（小灌木林中套栽八角）；混交林（先种桐果，后种八角）；深塘深栽（苗木不出土面）；粮林间作（在旱谷地里间种八角）；荒地、熟地造林（人工创造背阴条件）；苗地留苗（苗地移栽时，按株行距留苗）。幼苗栽下后，注意加强肥、水管理，施肥要施经过发酵的农家肥，化肥容易烧根。要防止牲畜践踏或吃八角树嫩叶，还要防虫害，勤除草修枝。八角幼苗成活后，一般 8 年结果。

图 3-5 瑶山特产八角（金少萍摄）

八角成熟后，及时精收细摘、认真加工是极为关键的一环。采摘八角是一项较为艰辛的劳作，八角树一般都是笔直冲天，树杈较少，不易攀登，为摘八角从树上摔下来的事情常有发生。八角共有三个等级：7 月份摘的叫角花，品质一般、不太成熟，为第二等；8 月份摘的叫大红，为上品；8 月份过后，熟后自然落地的叫干枝，为最低等。八角的加工分为水煮和烘烤两种，小牛场村使用的是烘烤法。以前各家都有土灶烘烤八角，耗费大量柴薪。

近年来八角的市场价格下降，八角树的生长周期又较长，村民没有进一步扩大种植。据斑鸠河农业年度报表统计，2005 年小牛场村有八角 180 亩，2006 年、2007 年均为 141 亩，其种植面积大体保持稳定但略有下降。

（四）棉花种植

棉花历来是河口瑶山地区旱地农耕重要的农作物品种，在传统的山居生活中，瑶族擅长种棉、纺棉、织布，以满足衣着的需求。小牛场村在搬迁前后都在种植棉花，棉花地主要分布在村落周边山地及河谷地带。

棉花属深根植物，可以多年种植，适合大范围种植，但种植土地需要精耕细作，并且要注重田间管理，同时还不是高效农作物。小牛场村的棉花种植技术一直以来较为落后，管理粗放，生产效率不高。该地区瑶族一般在每年农历正月、二月开始平整棉花地，三月播种，到五、六月间进行间苗、拔草、打顶等棉田管理，七月开始陆续收摘棉桃，一直持续到八月。收获的棉花除留做自家纺线织布外，也用于以物易物换回需要的生产生活物品。

20 世纪 80 年代以来，小牛场村的棉花种植开始减少，主要原因在于棉田管理困难和高效热带经济作物的引进。伴随着棉花种植的消失，村里纺线织布的人家日渐减少，2008 年我们在村内调查期间，村中只有三四户人家还保存

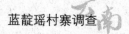
有纺棉的纺轮，而且已经破烂不堪。村民平日穿着的衣物全部都是购买而得，而民族传统服装的用料则改用腈纶毛线纺织的布来制作。

（五）其他传统经济作物种植

小牛场村传统作物除了以上列出的稻谷、玉米、蓝靛、八角、棉花外，还有杉树、草果和肉桂。目前杉树、草果和肉桂这三种传统经济作物的种植面积开始逐年减少。

图 3-6　瑶山特产草果（金少萍摄）

杉树，因成材后具有耐湿不蛀的特性，其种植历来备受村民重视，是瑶山建房的主要用材。但热带经济作物种植的兴起，冲击了这一传统种植品种。据统计，杉树的种植面积 2005 年为 320 亩，2006 年 290 亩，到了 2007 年降至 145 亩，仅 3 年时间种植面积就减少了一半多。

　　草果和肉桂也是瑶山的特产，其种植也受到热带经济作物种植的冲击，加上近年来草果和肉桂的市场价格走低，村内的种植面积也逐年减少，如草果 2005 年有 210 亩，2006 年 113 亩，2007 年 110 亩；肉桂 2005 年有 351 亩，2006 年 322 亩，到了 2007 年仅余 210 亩。[①]

图 3 - 7　小牛场村后山的肉桂林（金少萍摄）

二　新兴热带经济作物种植

（一）菠萝种植

　　小牛场村自农村经济体制改革实行包产到户责任制，从 1983 年开始种植菠萝，至今已 20 多年。据调查最早由邓

---

① 数据来源：斑鸠河村委会 2005~2007 年度农业统计报表。

绍发的女婿从西双版纳引进优质菠萝品种，开创了小牛场村种植菠萝的先河，增加了家庭收入，并带动了周边村民种植菠萝。历经 20 多年的发展，菠萝种植一跃成为当地特产和主要的经济支柱。据斑鸠河村委会《农村经济综合年报表》统计，截至 2007 年末，小牛场村菠萝种植面积达 1098 亩，在斑鸠河村委会 9 个自然村中位居第一，并且菠萝的种植技术也日臻完善成熟。其具体种植过程和技术如下。

购苗：小牛场村早期种植的菠萝苗主要从西双版纳引进，而现在主要从广西等地购进，也部分购进本县苗种。现在小牛场村种植的菠萝苗种主要有卡因种和巴厘种，主要根据土地情况决定具体栽种品种。肥沃的土地选用卡因种，土质较差的地段选用巴厘种。为了提高产量，虽然外地苗种价格较高，村民还是愿意购买外地的菠萝苗。

栽苗：小牛场村因地理环境原因，一般一年四季都可以种植菠萝，但一般在七、八月间开始种植。

追肥：一般从种植菠萝苗直到菠萝成熟，一共要追 3 次肥，所用肥料不用粪肥，以尿素、碳铵或复合肥为主。第一次追肥在菠萝栽种后，使用尿素。第二次追肥在第一次追肥后两个月，主要用碳铵。第三次追肥与第二次又间隔两个月，大多使用尿素。具体视各家情况不同而有所区别。

打药：在菠萝生长过程中还要打药，这有助于菠萝的催花和壮果，提高菠萝产量和品质。催花药在七、八月菠萝种下时进行。然后平均每月要打一次壮果药，直到菠萝成熟卖出。

除草：菠萝地杂草生长较快，由于种植面积大，小牛场村村民需要雇用外地工人或采取"换工"的形式请本村人帮忙除草，总体来说需要除3次草。第一次除草需要除得彻底些，所以最为耗时耗工，雇请的人也最多，后面两次可逐步减少劳动量和劳动时间。

菠萝种植的生长周期较长，一般需要16个月，所以当年七、八月种植的菠萝要到次年年底或隔年元月才能收获。各家各户采取划分土地进行轮种的方式，将菠萝地分年度种植，以确保每年都有菠萝成熟。

（二）香蕉种植

小牛场村香蕉的引进略晚于菠萝，但发展也较为迅速，与菠萝种植一并成为小牛场村的重要经济支柱。据统计，小牛场村2007年共种植香蕉581亩，由于种植香蕉对病虫害的防治、果株管理要求较高，所以村民较少自己管理，大多数人家是将土地租赁给外来客商，由商家另行组织管理，在此不做赘述。

（三）橡胶种植

橡胶对于小牛场村民而言是一种新兴经济作物，橡胶种植也是由邓绍发一家率先开始的，2005年引进橡胶5000多棵，再度开创新的经济作物种植的先河。此外，邓绍发一家还运用科学的农业种植方法，采用橡胶和菠萝套种的方式，极大地提高了土地利用率，这一种植模式也被周围农户借鉴采用。据2007年斑鸠河村委会《农村经济综合年报表》中6个万亩园种植统计，整个斑鸠河地区仅有小牛场村率先种植有82亩橡胶林，但目前橡胶林还没有收益。

图 3-8　老范寨乡的民营橡胶厂（金少萍摄）

三　农业产业结构的调整与变化

（一）老范寨乡农业产业结构的调整

自 2002 年以来，老范寨乡政府始终把"三农"工作放在全乡工作的首要位置，紧紧围绕农业增效、农民增收这个目标，因地制宜，采取有效措施，积极调整农村农业产业结构。

一是加大开发力度，鼓励农户种植香蕉、菠萝、橡胶、肉桂等热带经济作物，不断提高热带经济作物的科技含量，经济作物的品质和价位不断得到提升，使热带经济作物成为老范寨乡农村经济发展的重要支柱。

二是积极引进外来资金和技术，在小牛场、麻栗坡、金竹梁、横梁、双龙等地发展花椒、咖啡、甜龙竹、橡胶等新兴种植产业。

三是加快发展新型养殖业，成功地在茶坪一组建成了一个 80 头仔猪的养殖示范基地后，又在此基础上建设了一个 20 头种用母猪的养殖示范点，在双龙小组和大寨一组、茶坪分别建设了 3 个 120 头仔猪的养殖示范点。

四是加大冬季农业开发力度，在全乡范围内推广密本南瓜、冬玉米、西瓜等冬季农作物种植，使冬季农作物成为老范寨乡农村经济发展的新亮点。2005 年全乡冬季农业面积 2900 亩，其中南瓜 700 亩，仅此一项人均增收 30 元。大力发展生态经济，营造和谐生态环境，紧紧抓住国家实施退耕还林政策的机会，荒山造林 1326.1 亩和封山育林 10000 亩。

对于下一步的产业发展，老范寨乡拟继续加大资源开发力度，扶持特色种养产业，逐步改善农民群众的生活环境，提升农民群众的生活质量。一是做好做强特色产业，推动农业产业化进程。引导农民群众以多种方式联合，从资金、土地、政策、服务等方面加大对咖啡、花椒、橡胶等重点产业的扶持力度，巩固提高香蕉、菠萝等热带经济作物开发力度。二是加强生态建设，推进生态经济发展。抓好实施退耕还林以及林业惠民政策的机遇，进一步扶持八角、肉桂等绿色经济作物发展，优化生态环境，发展生态经济，切实保护和合理利用国土资源，巩固和发展造林绿化成果，提高森林覆盖率。三是抓好种猪、土鸡、大牲畜的发展，增强兽医服务能力和技术水平，提高农村养殖业的质量和效益，培育新的经济增长点。四是加大农业科技的推广力度，继续举办各类科技培训班，使老范寨乡农业成为农村经济发展的新亮点。据老范寨乡党委书记介绍，2009 年将在小牛场等较高海拔地区对咖啡进行推广试种，为产业结构多样化、减轻生态压力提供新出路。

据统计，老范寨乡 2007 年农村经济总收入达 635.49 万元。其中：农村经济纯收入 509.08 万元，比 2003 年的 359 万元增加 150.08 万元，增长 41.8%；农民人均纯收入 1383 元，

比 2003 年的 722 元增加 661 元，增长 91.55%；粮食产量 127
万公斤，比 2003 年的 126 万公斤增加 1 万公斤，增长
0.79%；农民人均有粮 346 公斤，比 2003 年的 334 公斤增加
12 公斤，增长 3.59%。水果产量 12900 吨，其中：香蕉产量
9000 吨（以每公斤 0.5~0.6 元计算），菠萝产量 3800 吨（以
每公斤 0.4 元计算），其他水果产量 100 吨。橡胶产量达 60
吨，创产值 60 万元。生猪存栏 1530 头，大牲畜存栏 1850 头
（匹）。粮食作物种植面积 4105 亩，同比减少 0.46%，其中：
水稻种植 1996 亩，同比增长 6%；玉米种植 1723 亩，同比减
少 9.79%；旱谷种植 386 亩，同比增长 16.61%。①

　　截至 2008 年上半年，老范寨乡以社会主义新农村建设
统领"三农"工作，充分发挥自然资源优势，大力发展具
有优势特色的产业，为新农村建设提供了有力的产业支撑。
2008 年上半年，老范寨乡农村经济发展迅速，全乡农村经
济总收入达 560 万元，其中农村人均纯收入达 1500 元；粮
食播种面积 2459.9 亩，其中水稻育秧 739 亩，旱谷种植
439.5 亩，玉米种植 1218.4 亩。香蕉种植总面积 24045.6
亩，其中本地户种植 6857.6 亩，外来户种植 17188 亩；菠
萝种植面积 4726 亩，其中本地户种植 4534 亩，外来户种植
192 亩；木薯种植面积 3095 亩，西瓜种植面积 66 亩。生猪
存栏 1559 头，大牲畜存栏 784 头（匹），家禽存栏 9958 只。
注射猪瘟疫苗 122 头、猪口病疫苗 552 头、蓝耳病疫苗 926
头，注射禽流感疫苗 9877 余只。加大产业结构调整的力度，
大力发展咖啡、橡胶等经济林产业，上半年全乡种植橡胶

---

① 数据来源：老范寨乡政府 2008 年相关部门统计报告。

1184 亩，规划咖啡种植 2000 亩，目前已种植咖啡 500 亩。[①]

（二）斑鸠河村委会和小牛场村农业产业结构的调整

近年来，斑鸠河村委会及小牛场村产业结构的变化和发展与当地乡政府的扶持和引导是密不可分的。以下分别列出 2007 年斑鸠河村委会和小牛场村粮食种植面积和经济作物种植的面积，以此说明农业产业结构的调整和变化。

1. 2007 年斑鸠河村委会粮食种植面积

全年粮食种植面积 2009 亩，其中稻谷种植面积 1300.85 亩（其中杂交水稻 956 亩、旱谷 271.3 亩），占粮食种植总面积的 64.8%；玉米种植面积 708.15 亩（其中杂交玉米 644 亩、老品种 64.15 亩），占粮食种植总面积的 35.2%。

2. 2007 年小牛场村粮食种植面积

全年粮食种植面积 379.2 亩，其中稻谷种植面积 258.7 亩（其中杂交水稻 248 亩），占粮食种植总面积的 68.2%；玉米种植面积 120.5 亩（杂交玉米 110 亩、老品种 10.5 亩），占粮食种植总面积的 31.8%。

3. 2007 年斑鸠河村委会经济作物种植面积

全年经济作物种植面积 10634 亩，其中香蕉种植面积 2983 亩，占经济作物总面积的 28.1%；菠萝种植面积 2757 亩，占经济作物总面积的 25.9%；肉桂种植面积 1481 亩，占经济作物总面积的 13.9%；八角种植面积 1152 亩，占经济作物总面积的 10.8%；草果种植面积 1102 亩，占经济作物总面积的 10.4%；杉树种植面积 561 亩，占经济作物总面积的 5.3%；木薯种植面积 514 亩，占经济作物总面积的

---

① 数据来源：老范寨乡政府 2008 年相关部门统计报告。

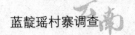

4.8%；橡胶种植面积 82 亩，占经济作物总面积的 0.8%；竹子种植面积 2 亩，占经济作物总面积的 0.02%。

4.2007 年小牛场村经济作物种植面积

全年经济作物种植面积 2420 亩，其中香蕉种植面积 581 亩，占经济作物总面积的 24.0%；菠萝种植面积 1098 亩，占经济作物总面积的 45.4%；肉桂种植面积 210 亩，占经济作物总面积的 8.7%；八角种植面积 141 亩，占经济作物总面积的 5.8%；草果种植面积 110 亩，占经济作物总面积的 4.5%；杉树种植面积 145 亩，占经济作物总面积的 6%；木薯种植面积 53 亩，占经济作物总面积的 2.2%；橡胶种植面积 82 亩，占经济作物总面积的 3.4%。

从上述相关统计数据可以看出：

一是经济作物的种植面积远远超过粮食的种植面积，斑鸠河村委会全年粮食种植面积 2009 亩，而全年经济作物种植面积为 10634 亩；小牛场村全年粮食种植面积 379.2 亩，而全年经济作物种植面积 2420 亩。

二是在经济作物中香蕉和菠萝的种植面积占据大部分，成为经济作物中的重要支柱。斑鸠河村委会香蕉种植面积 2983 亩，占经济作物总面积的 28.1%；菠萝种植面积 2757 亩，占经济作物总面积的 25.9%。小牛场村香蕉种植面积 581 亩，占经济作物总面积的 24.0%；菠萝种植面积 1098 亩，占经济作物总面积的 45.4%。

（三）小牛场村产业结构调整的问题分析

小牛场村近年来大力发展热带经济作物种植，尤其是菠萝和香蕉的种植，成为经济发展的重要支柱，增加了村民收入，使村庄的经济面貌和村民的生活发生了转变。据

2006 年统计，全村经济总收入 44.31 万元，农民人均纯收入 917.00 元。据 2008 年的统计，全村农村经济总收入 92.14 万元，其中种植业收入 80.14 万元，畜牧业收入 5 万元，林业收入 7 万元；农民人均纯收入 2393 元。

产业结构的调整使农民增加了收入，但生产粗放，没有发展深加工产业，农民收入水平仍较低。与此同时，土地利用方式与生态环境的问题也日渐突出。

小牛场村地广人稀，有耕地 2476.70 亩，人均耕地 9 亩；有林地 4096.2 亩。常年大范围毁林开荒扩大菠萝、香蕉等热带果林的种植面积，对生态环境造成了极大的压力。瑶山地区历来山高坡陡，小牛场村庄周边的耕地在 25 度以上山地陡坡的面积较大。现在村庄周边举目四望全是香蕉和菠萝地，毫不夸张地说，在小牛场村香蕉和菠萝已种到了高山之巅。以前小牛场瑶族村庄四周森林密布、林木葱郁的景色已一去不复返。香蕉、菠萝等热带水果属于根系较浅的物种，其保水固土作用甚微。现在小牛场周边山地的生态环境已十分脆弱，每逢雨季必有多处山体塌方，严重时造成道路交通中断数天，不仅人身财产安全受到威胁，种植经济也受到破坏。我们亲历的一场雨后的灾害足以说明问题的严重性；2008 年 8 月 8～10 日连降 3 天大雨，由于山体严重塌方，从斑鸠河村委会至各个村寨的 8 条乡村土路全部中断，从斑鸠河村委会到小牛场村的乡村土路也不例外。当时我们冒雨步行在泥泞的山道上，亲眼看见四周山体塌方，有的菠萝地、香蕉地整块崩塌，甚至刚种上橡胶不久的地方也没能幸免。据老范寨乡政府的统计，这场灾害全乡仅是损失的农田就达 667.5 亩，其中香蕉地 505 亩、橡胶地 120 亩、水稻 22.5 亩、其他作物 20 亩。因此，瑶山经济的发展必须走可持续发展的道路。一是必须考虑瑶族村庄周边生态环境的保护，否则位于高山之地的村庄和村民的生存将面临危机。目前必须加大、加快发展林业，以改善村庄周边的生态环境；二是土地的利用方式与生态环境如何协调的问题。目前在小牛场村发展香蕉和菠萝等热带经济作物，应将种植面积控制在一个适当的量上，重点在于提高热带经济作物的科技含量，而不是一味地扩大种植面积。老范寨乡政府于 2008 年开始鼓励村民在较高海拔地区改种咖啡，以期能减缓生态环境压力，但目前效果不明显。针对瑶山生态环境以及发展林业的问题，正如老范寨乡政府的相关报告中指出的：应加强生态建设，推进生态经济发展。抓住实施退耕还林以及林业惠民政策的机遇，进一步扶持八角、肉桂等绿色经济作物发展，优化生态环境，发展生态经济，切实保护和合理利用国土资源，巩固和发展造林绿化成果，提高森林覆盖率。

图 3-9　雨后发生滑坡的香蕉园（唐晓云摄）

四　小牛场村村民农业生产活动时间及其变化

(一) 村民一年农业生产活动时间安排及其变化

表3-5　新中国成立初期河口蓝靛瑶一年的
主要生产活动及时间安排

月份（农历）	主要生产活动
正月	挖茅坡地、挖棉花地、挖修水沟、灌田水、拔采谷杆、砍箐地、整水利
二月	整包谷地、整棉花地、犁板田、整秧田、砍箐整地、打猎
三月	撒秧（撒秧要继续到四、五月）、撒棉花籽、种包谷、打猎
四月	撒采谷秧、灌田、犁田、耙田
五月	薅棉花、薅包谷、栽秧，一直继续到六月底
六月	薅棉花、薅旱谷、烧石灰、打靛
七月	收棉花、收包谷、薅地谷，部分妇女开始织布染衣，一部分男子打柴，一部分男子打猎
八月	收包谷、收棉花，属农忙季节
九月	全部出动收割谷子
十月	收打谷子、弹棉花、压棉花、纺线织布
冬月	修建房屋、编制屯包、度戒、讨亲嫁女、纺纱织布
腊月	基本同冬月，杀年猪

数据来源：黄惠焜：《屏边瑶山瑶族自治区社会历史调查》，《云南苗族瑶族社会历史调查》，云南民族出版社，1982，第100页。

表3－6　　近年来小牛场村村民主要生产活动及时间安排

月份（农历）	主要生产活动
正月	栽木薯，菠萝壮果、打药、除草，收香蕉，新种的香蕉除草、施肥打药
二月	卖菠萝、卖香蕉、播种玉米
三月	撒秧要继续到四、五月，玉米、木薯除草
四月	菠萝除草、育新苗、灌田、犁田、耙田
五月	栽秧，管理菠萝、香蕉
六月	栽秧，管理菠萝、香蕉
七月	种菠萝、菠萝施肥催花
八月	香蕉逐渐成熟，一直持续到过年前后
九月	收玉米、收割稻谷
十月	管理菠萝、香蕉
冬月	修建房屋、度戒、讨亲嫁女，壮菠萝果
腊月	基本同冬月，杀年猪、壮菠萝果、收香蕉

数据来源：据2008年在村中访谈调查资料整理。

　　从上述两表的农事安排上可以看出，小牛场村村民近年来的主要生产活动与新中国成立初期相比已经有了明显的变化。新中国成立初期的农事活动主要以粮食生产和纺织原料棉花的生产为主，而近年来转变为以粮食种植和菠萝、香蕉等经济作物种植为主，农业产业结构出现了重要变化，这种变化既是市场经济调节的结果，也是政府积极引导的结果。伴随着农业产业结构的变化，村民传统的生产节奏和一年中劳动时间的安排都出现了相应的变化。在这一变化的过程中，村民劳动的科技含量不断提高，经济收益也在不断增多，经济作物的种植对村民科学文化素质的要求也在不断提高。

（二）村民一天的生产活动

表3－7 小牛场村村民一天的活动时间

时 间	活动安排	时 间	活动安排
早晨5：30半～6：00	起床，并开始做早饭	下午3：00左右	再次下地或上山干活
上午7：00～8：00	吃早饭，并准备下地或上山干活	晚上7：00左右	收工回家，做晚饭，闲聊、看电视
中午12：00左右	收工回家吃午饭，做家务	晚上10：00左右	睡觉

数据来源：据2008年在村中访谈调查资料整理。

由于中午天气比较炎热，小牛场村村民长期以来养成了早上和下午外出干活、中午在家休息和做家务的生产和生活习惯。小牛场村的田地离村庄都比较远，过去，一天中这样两次往返，浪费了许多生产劳动的时间。现在，随着经济的发展，许多田地较为集中的地方都由村民自己修通了简易公路，村民下地干活一般都骑摩托车前往，大大提高了生产劳动的效率。

第三节 畜牧业与养殖业

瑶族人民在长期生活和生产实践中培育了适应性强、可粗放管理和食用粗劣饲料、性情温和、繁育性能良好的家畜家禽品种，主要有牛、马、猪、骡、驴、鸡、鸭等。

一 生猪

小牛场村主要饲养地方品种——中型小耳朵猪。20 世纪 60 年代开始，先后引进过少量的长白猪、荣昌猪、梅花猪、内江猪等。但这些品种抗病力弱，不耐粗饲。生猪饲养以舍养和放养并举。饲料以青饲料、粗料为主，精料为辅。每日喂三次，仔猪常用玉米、碎米、米糠等，掺入少量幼嫩的青饲料，煮熟饲喂。断奶 1～2 个月后，逐步增加青饲料、粗料和米糠类饲料，猪的架子基本长定后，再增加精饲料。猪的饲养以满足自家的食用为主，特别是瑶族传统宗教活动度戒等都需要杀猪，因此村民对猪的饲养也较为精心。每年冬季村民都要杀年猪，邀请亲朋好友一起聚餐，届时还用余下的猪肉和油一起炸成肉油，存放在罐中可食用半年以上。现在平时多到市场购买新鲜肉，平时用年猪炸的肉油炒菜。近年来随着经济的发展和生活的改善，特别是村内大部分村民家里相继购买了摩托车，方便下山到附近集市购买物品，所以近几年村内的生猪饲养略有下降，如 2005 年生猪出栏数 70 头，2006年 68 头，到了 2007 年就只有 50 头，全村有 78 户人家，平均还达不到一户一猪。由此可见，有些人家已经放弃饲养生猪，而转向直接购买祭祀或是过节用的生猪。

瑶族的传统生活中是十分重视生猪饲养的，一是猪历来是山地瑶族家庭肉食的主要来源，特别是一年的油脂几乎全仰仗年猪。二是瑶族的重要宗教活动度戒等都需要杀猪，有成年男孩的人家因没有饲养猪而不得不推迟度戒或是向亲戚家借生猪。而现在，村内生猪的饲养却呈逐年下降的趋势，2007 年生猪出栏数仅 50 头，全村户均不到一头，更有甚者，有的人家已放弃生猪的饲养。通过调查发现大致有这样几个方面的原因：一是土地的利用方式发生了改变，随着杂粮减少，猪饲料也减少。以前旱地作物多种多样，除玉米等杂粮外，红薯、芋头、南瓜等都是喂猪的饲料。而现在以热带水果种植为主，猪饲料的来源成了问题。二是以前按照性别分工，养猪主要是妇女们的工作，除用旱地作物作为猪的饲料外，妇女们每天都要上山割猪草。而现在种植热带水果，没有了农忙农闲的区别，生活节奏加快，妇女们几乎没有时间割猪草。三是受市场经济的影响，周边市场随时都有鲜猪肉和油脂的供应，村民也购买了摩托车，交通也便利了。另外，有的村民说，自己饲养生猪成本（饲料成本、劳动成本）太高，不合算。

二 牛

当地瑶族以农业为主要生计，十分重视牛的饲养，过去主要饲养水牛，曾占饲养量的99%以上。新中国成立之初，各级政府采取保护耕牛的政策并提供贷款，大力扶持农民饲养水牛。河口县西部草场多而集中，夏秋两季农民多群牧。通常一个自然村或几户联合，将20～30头牛，赶往水草丰盛的草山全日放牧。冬春两季养牛户则将牛赶到低热河谷地带。东部成片草场不多，村寨也不集中，根据草山草坡的草质情况，采取群牧、散牧和牵牧等方式交替放牧。除了放牧外，稻草历来是饲养牛的主要食料，小牛场大多数村民对耕牛有补喂饲草的习惯。为了防止耕牛退膘，在冬春寒冷季节，除了定时定量补喂稻草外，还加喂用红糖、生姜、草果、糯米、腊肉皮等混煮而成的饲料，保护耕牛安全过冬。但近年来随着经济作物种植迅速发展，稻谷种植减少，村内耕牛也迅速减少，目前小牛场村仅余2~3头水牛。耕牛作为曾经与瑶家生活密不可分的家畜已经渐渐淡出村民的生活。

三 马、骡

小牛场村位于山区，马和骡子以往在瑶族村民的传统生活中起着举足轻重的作用，是运输、负重的主要工具。

图 3 – 10 小牛场村中现畜养不多的马匹和骡子（金少萍摄）

过去以本地马的饲养为主，本地马具有耐劳、耐粗放饲养、食量小、抗炎热潮湿、持久力强等优点，曾是农村役力、肥料及资金的主要来源，但体型小，个体差异大。后来随着食量小、耐力强而个体高大的骡子出现，以及村民经济状况改善能够更好地负担购买骡子的支出，马的饲养逐渐被骡子替代。由于传统生活中对马匹和骡子格外重视，以前小牛场瑶族习惯将马和骡关在房屋堂屋的右边，人畜同居一屋，现在一般在房屋正门旁边倚墙用木材修建棚圈，将骡马拴在棚内，方便夜间照看。

现在村民已购买了摩托车等交通工具方便外出，加上村中已修通简易公路，运输菠萝、香蕉等的大货车可以直接进入，所以，近三年村中已经很少有人饲养骡马。2005年马存栏数为 2 匹，骡子为 25 匹。2006 年村中没有饲养马匹，骡子有 25 匹。2007 年末马存栏数仅为 2 匹，骡子存栏数为 10 匹。

四　家禽

小牛场村家禽以鸡为主，也有少数人家养旱鸭和鹅。鸡是蛋肉兼用型的品种。公鸡体重 2~2.5 千克，就巢性强，肉质好，耐粗放饲养管理。引进品种有九斤黄、澳洲黑、白洛克等。村中养鸡多沿用传统技术和方法，一般是春夏孵雏，孵雏采用天然孵化，即利用抱性好、体型适中、健康的母鸡进行孵化。孵出雏鸡后，以碎米、饭粒、糠麸喂养，稍大即放养于庭院或门前，让其自寻觅食，每日再定时撒喂两次精料。饲养鸡是村民的家庭副业，鸡和鸡蛋除满足自家食用外，少部分也拿到乡村市集出售，以贴补家用。

表3-8 2007年斑鸠河村委会农业大牲畜统计

单位：头，吨

	大牲畜当年出栏数	大牲畜期末存栏数	其中：从事农事劳役	水牛当年出栏数	期末存栏数	能繁殖母畜	肉产量	马当年出栏数	期末存栏数	肉产量	骡期末存栏数
丫都坡一	21	41	21	18	25	6	3.6	3	2	0.6	14
丫都坡二		100			68	12			16		16
丫都坡三		60			48	8			7		5
小牛场		64	1	1	52	13			2		10
双龙	1	43			34	10	0.2		5		4
横梁		43			37	9			1		5
新寨		74			59	14					15
金竹坪	4	92	4	2	88	20	0.4	2	1	0.4	3
金竹梁		62			23	3			4		35
合计	26	579	26	21	434	95	4.2	5	38	1	107

数据来源：斑鸠河村委会2007年度农业统计报表。

86

表 3 - 9　2007 年斑鸠河村委会生猪、家禽统计

	猪当年出栏数（头）	期末存栏数（头）	肉产量（吨）	鸡当年出栏数（只）	期末存栏数（只）	肉产量（吨）	禽蛋产量（公斤）
丫都坡一	15	36	1	185	150	0.2	21
丫都坡二	35	133	2	275	1415	0.3	38
丫都坡三	13	52	1	60	646	0.2	27
小 牛 场	50	54	3	320	842	0.3	20
双　　龙	34	59	1	232	325	0.2	28
横　　梁	20	59	2	215	176	0.2	23
新　　寨	49	141	2	350	792	0.4	32
金 竹 坪	33	91	2	220	400	0.2	30
金 竹 梁	32	78	2	320	940	.3	45
合　　计	281	703	17	2277	5486	2.3	264

数据来源：斑鸠河村委会 2007 年度农业统计报表。

第四节　商业与劳务输出

据相关调查资料，新中国成立初期的屏边瑶山瑶族自治区，即现在河口县的瑶山乡、莲花滩乡、老范寨乡瑶族聚居区。由于国民党的统治和地主阶级的剥削，瑶山人民生产力水平低下，生活贫困，几乎没有较多剩余产品作为商品出售，整个瑶山的商业经济是极不发达的。新中国成立前全区范围内没有一个市集、一个街子，加上匪患不断，瑶族人民极少外出，剩余产品一般等外地商人入山收购，有的外地商人往往趁机敲诈。当时商人贩入瑶山的货物以食盐为主，还有针、丝线、红白布、刀烟、锄头、镰刀、手巾、糖、鞋、扣子、帽子、仁丹、清凉药、十滴水等。

收购的物品有：棉花、蓝靛、草果、木耳、香菌等，买卖多半是以物易物。①

小牛场村现在以香蕉和菠萝的种植为主，每年向外地输出的比较固定的产品也是这两项。其热带经济水果主要由四川、昆明等地的水果商前来收购，这些收购商有村民自己直接联系的，也有通过代办的中间商联系的。2007年小牛场村种植香蕉581亩，菠萝1098亩，年末水果产量1348吨，其中香蕉520吨（以每千克0.5~0.6元计算），菠萝828吨（以每千克0.4元计算），成为村民经济收入的重要支柱。

现在小牛场村瑶族从事商业的极少，村中只有两户人家经营小卖部，卖些日用品和小零食。村民自己到集市上卖东西的也很少，自己家种植的农产品和热带水果等都是卖给上门收购的外来商人。小牛场村村民不太善于经商，这受到一定的历史文化因素的影响。首先，在过去生产力水平低下的情况下，村民生产的农副产品一般仅能满足自家需要，没有多余出售。其次，村庄地处山区，离市镇等人群密居处距离遥远，交通不便，外出售卖得不偿失。再次，由于种种原因，瑶族本身形成了以经商为耻的传统习俗，虽然现在已经有所转变，但这一传统习俗仍具有一定的制约力。

现在小牛场村村民所需的日常用品、口粮、农具、农药、蔬菜、肉食等物品主要在小牛场山下的三个集市采购。这三个集市分别是：（1）每周五的大树塘街（当地人称赶

---

① 黄惠焜：《屏边瑶山瑶族自治区社会历史调查》，载《云南苗族瑶族社会历史调查》，云南民族出版社，1982，第115~116页。

集为赶街，大树塘集市也就称为大树塘街）。这个集市在小牛场村山下 5 公里的斑鸠河村委会所在地，规模较小，主要经营一些小至针线大到犁头之类的生活用品和生活工具。（2）每周日的老范寨街是规模最大的集市，原来在老范寨乡政府附近街道进行，但由于乡政府所在地地处山坡上，平地面积不足，于是迁到南溪河对面马关县街道上进行。集市上除一般有锅碗瓢盆、蔬菜水果、草药烟叶以及农具等外，主要还有农药化肥、服装等交易，也是周边村落购买年节用品的重要集市。此外，这里也是一个常驻集市，有一些外来务工人员经营的小型超市、商店等，可以买到生活必需品和一些时令水果。（3）周一村民则赶屏边县的白河街。

实行包产到户责任制后，该村开始成规模大范围种植菠萝，并进一步发展香蕉种植。由于地广人稀，加之热带经济作物收入较好，村民开始雇用外来人员进行果园种植管理；后经过林权制度改革，每户人均土地林地又有增加，开始将地租赁给外来的贵州、四川等地商人种植经济作物。

现在小牛场村普遍是以户为单位，进行热带经济作物的种植和管理，同时兼有雇工、租赁土地等其他经济生产组织形式。小牛场村其香蕉和菠萝的生产经营有 4 种方式：自主经营、长期雇工经营、短期雇工经营和租赁经营。其中菠萝以自主经营为主，香蕉由于技术、资金等方面原因，一般将土地租赁给外地商人经营；少数人家采取雇用长期或短期雇工的方式经营种植。由于雇用外来人员的需求不断增加，在小牛场村落的山下，斑鸠河村民委员会附近形成了外来务工人员聚居区域。外来务工人员主要有两种，一种是农忙季节，到小牛场村及附近村落帮忙的短工，这种短工以个人为单位或按来源地组队；另一种是具有种植、管理热带经济作物知识和经验的工人，这类工人往往以一个家庭为单位，长期在雇主家的果园附近居住，就近管理。

相对而言，村中外出务工的村民很少，常年在外务工者只有 3 人，并且都是在省内务工。大部分村民都在家务农，种植和管理自家的菠萝和香蕉等经济作物。

第五节　林权制度改革*

2007 年以来，对老范寨乡小牛场自然村经济体制和资源占有情况产生重要影响的主要是林权制度的改革（以下简称林改），小牛场村的林改工作由乡政府统一领导部署，并由斑鸠河村委会具体实施。老范寨乡辖两个村委会 20 个村民小组，总户数 966 户，总人口 3960 人，全乡土地面积 170 平方公里，农用地面积 64444 亩，林地面积 123006 亩，公益林面积 32519 亩，森林覆盖率为 38%。[1]

一　林权改革工作

老范寨乡集体林权制度改革在河口县委的统一领导下，在县林改工作组的指导下，按照《河口瑶族自治县深化集体林权制度改革实施方案》（河发〔2007〕11 号），经过宣传发动、摸底调查、外业勘察、内业操作等工作，历时半年时间完成了林权改革工作。

此次斑鸠河村深化集体林权制度改革的范围是集体商

---

* 相关政策措施参考老范寨乡政府林业局工作文件和斑鸠河村委会林权制度改革的相关实施方案。

[1] 数据来源：老范寨乡政府林业局提供的《老范寨乡推进和完成林改工作情况报告》。

品林，包括集体商品林木、林地及宜林荒山、荒地（大围山自然保护区内的除外）。对权属尚未明晰的集体林中的商品林木、林地，通过改革，确权发证。对已明晰权属的自留山、责任山，实行家庭承包经营的经济林，国有、外资、民营企事业单位和个人依据合同取得使用权的集体林地、取得所有权的林木，予以稳定完善。对权属有争议的林木、林地，通过协商能够明确权属的，一并进行改革。对经县以上人民政府界定的生态公益林，暂不列入本次改革范围，但换发全国统一的林权证，继续执行公益林管护政策。

老范寨乡林权改革工作主要有如下几个工作程序。

（一）成立机构，加强领导

集体林权制度改革政策性强、涉及面广、情况复杂、工作艰巨，是家庭联产承包责任制在林业领域的延伸，也是林业体制改革的重大突破，是牵一发而动全身的深层次改革。老范寨乡成立了以乡党委书记为组长，乡政府乡长、乡人大主席、乡党委副书记为副组长，乡有关站所负责人为成员的集体林权制度改革领导小组，同时从乡属各站所抽调了24名（其中贵良14名，斑鸠河10名）工作人员，与县林改工作组10名（贵良5名，斑鸠河5名）成员组建成林改工作队，进驻两个村委会20个村民小组，各村委会分别成立了集体林权制度改革领导小组，20个村民小组也相应成立了4~7人组成的林改工作小组，形成了"一级抓一级，层层抓落实"的工作格局，为林改工作提供了组织保证。

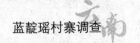
（二）大力宣传，营造氛围

为充分调动林农造林、护林、用林的积极性，让广大农户了解集体林权制度改革的目的和意义以及林权制度改革的政策法规，2007年5月23日，乡党委政府召开动员培训大会，深入学习林权制度改革的相关法律法规，并系统地学习《红河州集体林权制度改革工作操作规程》，对工作人员进行业务培训。充分利用广播、标语、宣传栏、宣传资料等形式在全乡范围内广泛深入地宣传林权制度改革。自集体林权制度改革以来，在全乡各村民小组张贴宣传标语535条，印发《致林农朋友的公开信》1220份，办黑板报5期，广播110次。前后走访了120余名党员干部和群众，把宣传工作贯穿于整个林改过程中，以激发群众支持改革和参与改革的热情。

（三）层层动员，组织培训

2007年5月23日，老范寨乡召开集体林权制度改革动员暨培训会。5月28日召开工作队员业务培训，5月29日上午召开老范寨乡集体林权制度改革培训大会。各工作队员多次深入村民小组，通过召开村委会干部会议、村小组组长会议、村小组群众会议等进行宣传动员，让群众了解林权制度改革的目的、意义和改革的范围、内容、方法和步骤。举行各类会议112次，参加会议人数2504人，形成了"层层动员，一级培训一级"的工作格局。

（四）摸底调查，制定方案

根据《河口瑶族自治县深化集体林权制度改革实施方

案》（河发〔2007〕11 号）文件，老范寨乡结合实际，制定了《老范寨乡人民政府深化集体林权制度改革实施方案》，该实施方案经十一届县人民政府第四十四次常务会议研究，于 2007 年 6 月 7 日，原则上同意了其报送的实施方案，为开展林改工作提供了政策依据。

按照林改实施方案，老范寨乡集体林权制度改革工作组从 2007 年 5 月 24 日至 6 月 22 日深入各村民小组，开展林权现状调查摸底，摸清基准时间的人口数量，列入改革范围的林地现状，商业林、公益林划分现状，林权纠纷状况，现有林地经营情况等。各工作队员通过召开村民会议，深入田间地头询问林地状况并作记录。在摸底调查的基础上，填写摸底调查表并进行第二榜公示。经过摸底调查，老范寨乡两个村委会共 847 户 3660 人，上报地块 1661 块，总面积 62883.8 亩，纳入本次林改地块 1661 块，面积 62883.8 亩，其中贵良村委会 459 户 1953 人，上报地块 904块，总面积 31673.3 亩，纳入本次林改范围的地块 904 块，面积 31673.3 亩；斑鸠河村委会 388 户 1707 人，上报地块 757 块，总面积 31210.5 亩，纳入本次林改范围的地块 757块，面积 31210.5 亩。在调查摸底的基础上，制定出了村委会和村民小组的林改实施方案，各村委会的林改实施方案已召开村民代表会议讨论通过。

（五）勘界勾图，绘制宗地资料

老范寨乡以村民小组为单位，成立了由乡村干部、工作组成员、村民代表组成的林权界线踏勘工作组，踏勘组邀请熟悉当年林业"三定"情况的干部和相关村民参加现场勘察，让广大群众了解林改、支持林改、参与林改。踏

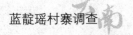

勘组实地勘察确认四至界线。技术人员依照《红河州集体林权制度改革工作操作规程》进行操作,科学利用仪器,勾绘林权图,详细记载四至界线及相关地理位置,测算林地面积。在勘测过程中还要对林地纠纷进行调解,深入细致地做群众的思想工作,工作繁杂、任务艰巨,在勘界勾图中进行调解,在调解中进行勘界勾图。经过两个多月的外业勘察和查缺补漏工作,最终完成了 20 个村民小组 847户 1661 宗地,确权面积 62883.8 亩。

(六) 调处纠纷,排除林改障碍

老范寨乡林改工作涉及面积广、情况复杂,因此林地纠纷很多。在林改工作中,林改工作组根据"小组纠纷不出村,村里纠纷不出乡"的总体要求,按照尊重历史和照顾现实的原则,对林地纠纷进行调处。截至 2007 年 6 月底,老范寨乡有林改纠纷 53 起(其中贵良 20 起,斑鸠河 33起),其中小组与小组之间的纠纷 3 起,户与户之间的纠纷50 起。经过做深入细致的思想工作,现已成功调解了 46起,调处率为 86.7%。

(七) 林改经费

林改过程中,乡党委政府划拨林改专项经费 1.2 万元,用于林改业务培训、生活保障和活动经费。县林改办也 3 次划拨林改工作经费,截至 2007 年 12 月 26 日,乡林改经费到位 82500 元,其中贵良村委会 13500 元,斑鸠河村委会13000 元。

（八） 内务工作

在勘界勾图的基础上，县林改办安排人员到老范寨乡对内务工作进行培训，乡林改工作人员与技术人员加强协作、密切配合，填写内务工作表格，进一步核实地块数和宗地面积。经过一个月的内务表格填写，全乡共完成 20 个村民小组 847 户 1661 宗地，确权面积 62883.8 亩，其中贵良村委会完成了 11 个村民小组 459 户 904 宗地，斑鸠河村委会完成了 9 个村民小组 388 户 757 宗地。全乡均山面积 13887.5 亩，均山到户率为 52.1%，其中贵良村委会均山面积 3707.1 亩，均山到户率为 31.9%；斑鸠河村委会均山面积 10180.4 亩，均山到户率为 66.2%。

（九） 林权证发放工作

老范寨乡 2008 年 4 月 22 日举行集体林权证发放仪式。会后，乡工作组成员深入村民小组，把各小组林权证发放到农户手中，全乡共发放林权证 615 本，标志着林权制度改革的阶段性完成。

（十） 痕迹资料的收集和管理

乡政府安排了专人对作为重要历史依据的林改痕迹资料进行管理并存档。

二 林权改革存在的问题和隐患

老范寨乡的林权改革工作取得了较大的成绩，但也存在如下的问题和隐患。

（1）老范寨乡山区面积大，地广人稀，因人均土地面积大，部分土地权责不明，造成土地纠纷较多。

（2）山林纠纷中，有的纠纷成因复杂及历史成因久远，调解困难。

（3）老范寨乡税费改革后，部分林地已变成农户的承包耕地，因此无法进行林改。

（4）农户原有林地多被开垦为经济作物种植地，而老范寨地区山高坡陡，每逢雨季，缺乏植被保护的山坡时有发生滑坡、泥石流的危险；此种以农业模式经营林业的做法在林权改革后有加重这一危害的可能性。

第六节　基础设施建设[*]

自 2002 年以来，老范寨乡紧紧围绕农业增效、农民增收两大目标，着力巩固农业基础，加快基础设施建设，全乡农田水利、人畜饮水、乡村道路、通信设施、能源建设都得到了明显改善。截至 2006 年底，小牛场自然村已实现水、电、路、电视、电话五通。

一　农田水利设施建设

2002 年以来，老范寨乡在农田水利设施建设方面取得了可喜的成就，完成马龙河水沟三面光工程 2450 米，石门大沟三面光工程 2800 米，金沙河大沟三面光工程 1700米，新天大沟三面光工程 610 米，茶坪火烧寨水沟三面光

---

[*] 相关统计数据由老范寨乡政府相关部门提供，各基础设施建设时间等情况通过乡、村干部访谈介绍获得，并参照老范寨乡 2008 年政府工作报告中提供的数据资料。

工程 400 米，茶坪河水沟三面光工程 500 米，新建五小水利工程 3 条，并对 401 条五小水利渗漏部分进行维修和改造。投资 49.094 万元架设子水管 35304 米，砌水池 318 立方米。

小牛场村于 2003 年将位于该村山头的牛滚塘村民水源池修葺为水泥蓄水池，净化了生活饮用水，并在每户院门口铺了自来水管道。全村 78 户人家全都通了自来水。

图 3-11 小牛场村饮水池（金少萍摄）

二 交通设施建设

为方便群众出行，改善生产、生活条件，降低劳动生产成本，老范寨乡人民政府高度重视农村的交通设施建设工作，充分认识到"要致富，先修路"这一发展硬道理，多次向省、州、县有关部门汇报和协调，先后争取并多方

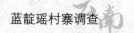

筹集资金开挖了茶坪公路、老冯寨公路、半坡公路、贵良公路、板蚌公路、大寨公路、大冲和公路、新寨公路、子龙公路、麻栗公路等 11 条公路，以及全长 91 公里的村组公路，解决了 16 个村民小组群众出行难、生产物资运输难的问题。目前，老范寨乡的 20 个村民小组中，仅有金竹梁村民小组未通公路，村民小组通路率为 95%，在全县属于通路率较高的乡镇之一。

小牛场村距离最近车站 5 公里，目前已经实现土路通车。村内道路已修成水泥路，全村共有摩托车 63 辆。

三　能源设施建设

目前老范寨乡共建设沼气池 204 口，其中小牛场村修建沼气池 48 口。但是近几年村民饲养牲畜数逐渐减少，尤其是基本没有人再饲养牛马等大牲口，生猪的饲养数也有所减少，造成沼气原料缺乏，修建沼气池的人家仍用柴火，大部分沼气池被弃之不用。

在河口县供电公司支持下，老范寨乡率先实施乡级农网改造工程，2005 年 8 月在贵良、半坡、板蚌、黄姜坪、新寨等村民小组实施了农网改造工程。2008 年丫都坡一、二、三组，小牛场，双龙，横梁，金竹坪也相继实施了农网改造。

小牛场村现已实现家家通电，2007 年全村用电量为 8920 千瓦时。该村有 65 户拥有电视机。

四　通信设施建设

良好的通信设施是老范寨乡发展社会主义市场经济，全面建设小康社会，加快农村社会主义各项事业向前发展必须具备的条件。随着手机在农村地区的普及，人民群众对通信的需求越来越大。乡政府通过与通信部门协调，得到了中国移动公司、中国联通公司、中国电信公司的大力支持，在其辖区内设立了 8 座信号接收塔，解决了全乡 20个村民小组的通信问题。小牛场村民小组在信号接收塔覆盖范围以内，到 2007 年全村有电话 62 部，有手机 60 部，成年村民几乎人手 1 部手机。

表 3 – 10　2008 年斑鸠河村委会村民生活情况统计

	自来水受益（村）	汽车（辆）	电话（部）	手机（部）	通电（村）	沼气池（口）
丫都坡一	1	1	6	5	1	
丫都坡二	1	1	21	20	1	
丫都坡三	1	1	10	10	1	
小牛场	1	1	62	60	1	48
双龙	1	1	31	30	1	29
横梁	1	1	30	30	1	
新寨	1	1	61	60	1	
金竹坪	1	1	36	35	1	
金竹梁	1		12	12	1	
合计	9	8	269	262	9	77

数据来源：斑鸠河村委会 2005～2007 年农村发展建设情况年报表。

第四章　风俗习惯

第一节　服饰

一　蓝靛瑶传统服饰

历史上，小牛场蓝靛瑶服饰衣料主要采用自纺自织的粗厚白棉布，并用蓝靛浸染成蓝黑色，将染好的蓝黑色布料裁剪后手工缝制，并配有刺绣等作为装饰。当地瑶族也因善种蓝靛和喜用蓝靛浸染服饰，故有蓝靛瑶之称。

蓝靛瑶的民族服饰历来是瑶山地区自给自足经济的一部分，从服饰的原料种棉开始，纺线、织布、种靛、制靛、染色、裁剪、缝制、挑花刺绣，形成了系列的服饰制作工艺。这些传统手工艺既充分体现了瑶山地区生物资源的丰富性，同时也体现了民族文化的多样性；既是瑶族妇女的生存之本，世人评价、衡量女人聪慧的标准和尺度，同时也是对瑶族妇女的人品、劳动道德的审视标准。

小牛场蓝靛瑶男子传统服饰：上衣为蓝黑色斜襟长袖衣，袖口用浅蓝色布镶边。外罩为一件无领短褂，在短褂左右两襟各缝有口袋，口袋上饰有绣花图案。下着宽腰大裆裤。年长者用黑布包头或戴瓜皮帽。

小牛场蓝靛瑶妇女传统服饰：上着蓝黑色圆领斜襟长衫，衣长过膝，两侧开衩，外衣前后摆折于腰部，用腰带系束。袖口及衣前后摆皆镶饰有红色和浅蓝色布边，领口饰银扣，并点缀有红、黄、粉红等色线。衣外罩为蓝黑色坎肩。坎肩正襟处钉有密纽扣并饰有绣花图案。下着长裤，裤角向上反折，镶饰有浅蓝色布边。头发编成细辫，绕于颈部，用不同材料制成的圆盘（竹、木板或银盘）盖于其上，用布条绑紧，上束包头巾。

图 4-1　小牛场村瑶族老年妇女服装（金少萍摄）

小牛场蓝靛瑶儿童传统服饰：男女孩的服饰一般没有区别，略长大后，男孩穿有领对襟外衣，女孩穿无领斜襟长衣。男女孩皆戴蓝黑色小圆帽，帽顶用红、蓝等花布拼缝，并缀有银币、花带、绒线彩穗等为饰。女孩长至15岁开始戴银盘、头巾，象征着成年，有了社交的自由。

二　传统服饰工艺及其变迁

随着改革开放的深入和市场经济体制的建立，当地蓝靛瑶的服饰也随之发生着一系列的变化。在小牛场村调查期间，调查组成员发现，村里仅有个别 60 岁以上的老年妇女还穿着传统民族服饰，其余的不论男女老幼都穿着市场上购买的"汉装"。据村民普遍反映，河口地区天气炎热，空气湿度大，传统民族服饰透气和散热功能差，穿着不舒服。再有，穿民族服饰干农活也十分不方便，而且民族服饰制作工艺复杂，成本较高。相比之下，到市场上购买服装更为方便和实惠。村民李明光介绍，现在村里基本上每人都有一两套民族服饰，但平时几乎没人穿，只是在节日或喜庆时偶尔穿一下。在李明光家访谈时，李明光的妻子从箱子中拿出传统男女服饰各一套，我们希望亲眼目睹村内的年轻人穿着民族服饰的风采，但在场的年轻人都显得不太情愿。为了体会穿民族服饰的感觉，也为了拍照做资料，调查组成员穿上瑶族传统服饰并在村里走了一圈，这反而迎来了许多村民好奇的目光。

（一）种棉、纺线、织布

小牛场蓝靛瑶居住在山区，村庄周围群山环绕，林木葱郁。在其世代的山居生活中，种植棉花历来是重要的经济来源和生活支撑，传统服饰全部自给自足，因而利用村庄周边的旱地种植棉花是其传统生计不可缺少的一部分，同时也是其土地利用的重要方式之一。在这样的经济、生态文化背景下，以棉花为原材料，进行纺线、织布便成为瑶族传统服饰工艺的主要内容，棉纺织工艺传承了世世代代。

1. 种棉

蓝靛瑶素有种植棉花的传统，棉花在当地是除粮食外的主要生产物之一。小牛场村的棉花主要种植在村庄四周山地及河谷地带。每年的正月、二月间开挖、平整棉花地，三月间撒棉籽，至五、六月间开始间苗、拔草，七月间棉花开花，开始摘棉，一直持续到八月。九月份收割稻谷后，进入十月份开始弹棉、压棉，纺线，为织布作准备。

与此同时，棉花也是重要的对外交换的物品，村民或用于交换食盐、针线、药品、铁质生产工具，或是直接用棉花换回棉线，用于织布。

图 4-2 小牛场村村民自纺的棉麻线（金少萍摄）

2. 纺线、织布

当地瑶族妇女织布多半在冬季，一是冬季为农闲时光，二是在织布前，往往要用淘米水浸泡棉线，这样织出

103

的布更结实牢固，而冬季织布时虫较少不会咬线。自纺自织的棉布，每匹布宽约 1.5 米，长 3 米左右。妇女织一匹布需要 3~4 天，瑶族服饰用布较多，一套女服需用一匹布，一套男服则不足一匹布。随着时代的发展，瑶族种棉的传统受到冲击。20 世纪 80 年代以来，在市场经济的背景下，种棉的传统开始消退，尤其是近几年伴随着香蕉、菠萝等经济作物的兴起，棉花种植彻底消失。现在村内仍有部分瑶族妇女保持着纺织的文化传统，但改写了全部由自己种棉、自己弹棉、自己压棉、自己纺线的自给自足式经济生活的历史，而主要以市集上购来的腈纶毛线为纺织原料，色泽以黑色为主。织布是用木架织机，而编带则用腰织机。

图 4 – 3　以前小牛场村村民用麻编织的手袋（金少萍摄）

（二）种靛、制靛、染布——消失

1. 种靛、制靛

种靛、制靛历来也是瑶族重要的传统生计之一。蓝靛不仅可以满足当地瑶族人染布之需，还是瑶山重要的交换物品，以此可以换回食盐等生活必需品。尤其是当地瑶族人因擅长种靛、制靛，喜好蓝靛染制的深蓝色衣服，而被冠以蓝靛瑶之称。

以往小牛场村的蓝靛种植在高山大箐之中，位于原居住村庄钟头寨的上方，距离村庄步行需 3~4 个小时。正月、二月挖地、平整蓝靛地，三月份撒种，其田间管理主要是拔草，需 2~3 次，到冬季十一月时开始割蓝靛，并烧石灰，挖靛塘，为制靛作准备。靛塘呈长方形或正方形，面积有大有小，大的边长为 1~2 米，深度为 2 米。将靛秆和靛叶放入靛塘中，先放入清水浸泡多日，随后将腐烂的枝叶捞出，再加入石灰，用木棍搅拌，沉淀多日，等待水干后，取出靛块，放入土缸中，加入木炭灰水和酒捂半个月左右，便成为蓝黑色的蓝靛浓汁液，取出晒干，蓝靛便制成了。

2. 染布

以前小牛场的瑶族在每年秋后开始采摘自种的棉花，经过脱籽、弹花、捻线、纺线、织布等传统的原始手工艺，织成一匹匹白棉土布。

以前染布系采用冷染的方式，染布时先将蓝靛置于木缸内（有的用石板制石缸或购买陶土缸），加入适量的草木灰水和一定的清水，用木棍搅匀。要染色的白布先用清水浸透，水分滴净后，放入缸内浸染，不时翻动使其染透均匀，反复浸染多次，一般是 4～5 次，历时 3 天，随后放入浸泡过一种植物（当地人称之为洋头）的水中再度浸泡，以防脱色。近现代以来，传统染布的方法也发生了变化，变成以热染为主，即采用大铁锅煮染的方式，更方便、快捷，节省了劳力和时间。布染好后拿到河边用清水清洗，晾晒干后，便可缝制新衣了。布料呈深蓝色并有光泽。

据调查，从钟头寨迁到小牛场（1971 年）以后，种植蓝靛、制作蓝靛、染布这些与传统民族服饰相关的生产活动已经退出了小牛场瑶族村民的生活。

（三）服饰装饰配料——各种替代物

当地瑶族传统服饰多以编带、料珠、丝线为装饰和点缀。

编带一般较窄，有 1 厘米左右，色彩较鲜艳，原料为丝线和棉线，用腰织机织成。编带作为服饰装饰用途较广，可用于镶服饰的领口、袖口、衣服边沿，或是作为童帽上的装饰。

而料珠过去多以野生植物的籽种为原料，形状各异，并配以彩色丝线点缀。

现在蓝靛瑶女性的服饰，除仍部分采用购买的机织编带作为装饰外，多采用彩色布条为饰，以红色和蓝色为主色调，并且多采用各种塑料的珠饰和开司米毛线替代传统的植物料珠和彩色丝线。尤其是开司米毛线或是直接作为服饰的装饰，一束置于胸前，一束置于腰部左侧；或是制成彩色绣球作为服饰的点缀。

图 4 - 4　小牛场村现代瑶族女装衣领装饰——绒穗（金少萍摄）

（四）银扣饰、银头饰——银铝或银锡扣饰、塑料替代品

在瑶族传统文化中，银饰也是服饰的重要组成部分。由于银的价格昂贵，以银为贵、以银为美的传统在瑶山蔚然成风。佩戴银饰品不仅是审美的需要，同时也是身份和地位的象征。瑶族女装、男装、童装上均有各种银饰品，最常见的是银扣饰和银头饰。

尤其是在结婚前，姑娘们都要尽力配齐各种银饰品，象征着身份和荣耀。蓝靛瑶妇女经常佩戴的银饰品有银耳环、银头钗、银针、银项圈、银手镯、银戒指、银牌、银链、银扣、银腰带等。

以前瑶山有擅长制造银饰品的瑶族工匠，他们往往利

图4-5　小牛场村老式瑶族服装上镶嵌的银纽扣（唐晓云摄）

用农闲时节，走村串寨加工银饰品。现在银饰品多半依靠市场，近年来由于纯银价格的飞涨，这类饰品往往由银、铝或是银、锡混合而成。更有甚者，小牛场村有的人家连蓝靛瑶妇女头饰中象征女子成年的银圆盘也改用一般的塑料胶合板代替。

　　现代化的背景下，伴随着传统生计方式的变化，民族服饰工艺的传统不可避免地发生了种种变迁，这是不可阻挡的历史趋势。如何在变迁的历史进程中，保护民族文化的多样性，尽可能适应时代并利用新的原材料来保持传统工艺，使作为民族文化表征之一的民族服饰工艺得以世代相传？这既是需要学者们从理论上深入探讨的问题，也是摆在当地瑶族村民面前的一个现实问题。

第二节　饮食

小牛场村村民种植的粮食作物主要有稻谷、玉米、黄豆等。村民的主食以大米和玉米为主，经常食用的蔬菜有南瓜、冬瓜、萝卜、白菜、青菜、芋头、茄子、豆角、辣椒等。村民还有按季节上山采摘野菜的习惯，野菜类主要有竹笋、木耳、菌类、蕨菜、野芭蕉花、青果等。

小牛场村瑶族日常饮食与其地理生态环境密切相关，山地盛产的各种野菜、野果，是当地饮食生活中的特色菜肴。村民往往采用水除涩味的技法加工野生芋类、野生坚果类、野生蔬菜类。如野生山药、葛根等，作为一年四季采集的主要植物，除了用火烤和煮的食用方法外，也可提取其中的淀粉，先用石臼捣碎，采用水漂法除涩味并滤去杂质，沉下的淀粉用于制作食品。蕨是山地古老的植物之一，当地至今仍沿袭着吃蕨菜嫩叶和茎的饮食习俗，也是利用水除涩味的技法，先将摘来的蕨菜在开水中煮一下，捞出来后用水漂几天除去涩味，进而炒、凉拌、煮均可以。蕨菜还有另外一种食用和保存的方法，即用开水煮后晒干，贮存到冬季作为菜肴与肉类一起煮食。村庄周边旱地或山上均有蕨菜生长，村民也采用火烧旱地的办法繁殖蕨菜，在火烧旱地上雨后的蕨菜十分繁盛。蕨菜遍布丛山和旱地周边，数量丰富，容易采集，加工也十分简便，是村民喜爱的野菜之一。妇女们往往是采集和加工制作蕨菜的主角，并将蕨菜花纹作为民族服饰的装饰，蕨菜花纹也是备受瑶族青睐的刺绣图案之一。除蕨菜外，杜鹃花、槐花、山梨花、野芭蕉花、野生竹笋等，均先用开水煮一下，采用水漂除涩的办法，随后再炒或是煮着吃。

调查组在小牛场村调研期间，多次品尝到了村民采摘回来的多种当地野菜，其中，当地橄榄的吃法和味道都很特别。橄榄又名白榄、青果，属于亚热带特产果树，在我国的华南和西南地区广泛分布。小牛场地区的瑶族习惯称橄榄为青果，当地田间地头以及村后山上仍存有不少野生或人工栽植的橄榄树，成熟后果肉果皮都呈绿色，味甘苦不能榨油。当地村民习惯将其果实摘下，洗净后捣碎炒肉吃，或者加入辣椒油、香料等做成凉拌菜，味道酸辣回甘，是一道美味菜肴。

图 4-6　可制作美味菜肴的青果（金少萍摄）

小牛场村村民主食的肉类以猪、鸡、鸭为主，以前禁食牛肉、狗肉，现在年轻人一般都不太严格遵守这样的饮食禁忌了，只是在举行度戒等宗教活动时仍严格遵守着这一饮食禁忌。

每户人家都饲养猪、鸡、鸭，尤其在宗教祭祀、婚丧、节庆时，猪、鸡是少不了的祭品和食品。春节的时候，家家都要杀年猪，杀年猪时要邀请亲朋好友，大家共享，剩余的猪肉制成油炸肉和腊肉备用，以前一年日常生活的食用油脂全仰仗于此，现在已随时可在自由市场购买到新鲜猪肉和猪油。

过去小牛场村周边山区森林密布，村民喜好上山狩猎，山上的野物也是肉食的重要来源，如获得大猎物，全村人都能分享一份，小猎物则留着自己享用。狩猎曾是瑶族山居生活中一项重要的内容，也是瑶族男子必须具备的一种生活技能，男孩从小就要接受狩猎知识的教育和训练。近些年来，一方面由于禁止打猎，保护野生动植物资源相关法律法规的施行，另一方面村民基本已将自家名下的林地全部改为热带经济作物种植园，野生动物栖息地减少，野味渐渐远离了村民的餐桌，上山闲游打猎也逐渐变成昔日瑶族猎手们美好的回忆。

在春节和七月半祭祖先等传统节庆时包粽粑是瑶族的传统饮食习俗。粽粑的制作很特别，糯米用水浸泡 1~2 日，然后用野生芭蕉叶将糯米、少量鲜猪肉、姜叶、草果粉包起来，有的还混合少量的灶灰和羊头粉（一种植物根茎捣碎而成）。据村民说这样可以起到调味、调色以及助消化的作用。包粽粑的芭蕉叶要事先用微火烘烤一下，从而不容易破损。粽粑包成长约 20 厘米、宽 8~9 厘米、厚约 5 厘米的长方体形状，用竹篾或麻线捆扎好，放置在大锅内煮 10 个小时左右，煮熟后捞出放凉，随吃随拿，其味道醇香可口，也可等放凉变硬后切片，用炭火烤食或用油炸食。粽粑可保存半个月左右，不会霉变。粽粑还有另外一种做法，用水浸泡糯米晾干水分后，与羊头一道磨成面粉，以前用石磨，现在用机械磨，糯米面粉用水调稀后加入红糖等，然后用芭蕉叶包成长方形，再放入蒸子中蒸熟。此种粽粑味道香甜，口感细腻，备受老人和孩子喜爱，也是节日时的重要礼品。

图4-7　七月半时小牛场村村民家中正在蒸煮的粽粑（金少萍摄）

农历三月三也是当地瑶族祭祀祖先的传统节日，在这一天制作糯米花饭也是瑶族颇具特色的饮食习俗。小牛场村蓝靛瑶至今仍保持着这一独特的饮食习俗。三月三这天，家家户户开始忙碌，除了杀鸡以外，还要精心制作糯米花饭。村民染花饭，主要采用野生植物浸染，有蓝色、红色、黄色，村民称染红色和蓝色是采用同一种植物，叫不上正式的名称，当地人称之为香草，用其根部泡水呈蓝色，而其嫩叶则浸泡出红色。黄色是用野姜浸染的。先将采集来

图 4 - 8　集食用和染色为一体的植物羊头（金少萍摄）

的用于染色的野生植物的根茎和叶子分别捣碎成汁，加上水，分别浸泡糯米，或是用捣碎成的染汁直接拌在糯米上染色，随后将各色糯米一一放入蒸子蒸熟，然后加以拌和，便成了彩色花饭，颜色有红、黄、蓝、白等，色泽鲜艳，并伴有野生植物的阵阵清香，十分可口。据村民说染色的花饭不容易馊，这大概也是村民总结出来的一种生活智慧吧！彩色花饭在当地瑶族村民的节庆中既是节日食品，又是礼品，同时还是祭品，具有多种社会功能。

　　当地瑶族素有喝酒的嗜好，酒的消耗量较大。过去，家家户户都会酿酒。以旱地上种植的糯米或玉米为原料，以前平均每户人家一年要做五坛酒，一坛约有 30 斤，耗粮不少。尤其是糯米酒度数较低，味道甘甜，备受村民青睐。糯米酒的制法较为简单，方便制作，只需将糯米蒸熟后拌入酒曲，

图 4 - 9　小牛场村瑶族的彩色花饭（金少萍摄）

加水放入竹筒或瓦罐封存半个月左右就酿成了。这种糯米酒色泽呈乳白色，度数较低，浓香而不烈，存放时间越长，酒味越浓，色泽略变黄。除了节庆时畅饮以外，平时还可以兑上清水当做饮料以解渴，因而糯米酒的消耗量较大。

　　现在，小牛场村村民自酿糯米酒的家庭已不多见，但村民对酒的嗜爱并无消减。调查组在村里调研期间曾多次与村民同餐共饮，不过我们和村民畅饮的并不是瑶族传统的米酒，而是从集市上购买的白酒。据村民反映，现在到集市上购买"散酒"（即白酒）比较方便，价格也还可以接受，而相比较而言，自家酿制糯米酒较为麻烦，并且经济成本也较高，因过去是在旱地里种植部分糯谷，而现在几乎都不种了，糯米全仰仗市场，价格较高，用来制作糯米酒更不合算。再有，白酒的度数较高，喝起来似乎更刺激，于是村民都喜欢到集市上买白酒。

在当地瑶族的传统饮食习俗中，最值得我们关注的是以糯米为主的饮食习俗，如民族传统节庆时精心制作的粽粑、糯米花饭等，这些传统糯米食品作为饮食文化多样性的一种象征，具有多种社会文化功能，不仅是作为节庆食品、礼品，成为联络人们情感的一种纽带，更重要的是作为祭祀品的功能和文化意义，成为沟通人与神的物质媒介，使人们的种种祈愿得以转达，并保佑人们的现实生活。早在 20 世纪 70、80 年代，日本学者提出了照叶树林文化论，其中将糯米食品作为照叶树林文化的重要因素，并认为是照叶树林文化的一种标志，云南少数民族山地位于照叶树林文化地带的中心区域，同时也是东亚糯食文化的中心。这一学术信息提醒我们，对云南少数民族糯食文化的研究，包括对瑶族糯食文化的研究，其研究视角不应拘泥于饮食习俗这一侧面，因为这一命题在传统民俗中几乎触及了整个民族文化的诸多方面，从糯谷种类、生计、饮食、生活技能等物质文化，进而到节庆、礼仪、文化认同、祭祀等精神文化，无一不打上了糯食文化的烙印。同时学术界目前对此论题的探讨已进入跨学科、跨民族、跨国界的境地，因此加深对其探讨研究将是引人入胜的课题之一。

第三节　居住

瑶族村寨聚族而居，由数户或几十户组成。过去，蓝靛瑶素以蓝靛作为传统产业，因而多喜欢居住于适宜蓝靛生长的箐口、箐脚一带，海拔 800～1500 米。由于居住在山区，住房都因山势地形而建盖，房屋的各种建材也主要取于山林中的树木、茅草、竹子等。

图4-10 小牛场村村民家中囤粮的竹筐（金少萍摄）

当地蓝靛瑶传统住房皆为落地穿斗式土木结构，房子一般为上下两层，各分为三间，房顶用茅草扎成草排盖顶，以泥土筑墙。楼上主要用于堆放粮食及杂物，存放粮食用竹编的囤箩，大者可盛2000斤，小者可盛500多斤。用竹编囤箩储粮的习惯沿袭至今，我们在调查中也见到许多人家仍用此储粮。未婚男子和客人也住在楼上。楼下房子分为三间，中为堂屋，堂屋的左侧一般是主人和未婚女子的住房，其间用竹篾或是土墙隔成几小间。而堂屋的右侧则是厨房，厨房中央置一铁三角火塘用于煮饭、烤火等。这种传统的房屋建筑样式往往有门无窗，室内严重采光不足。与此同时，由于不分居住与生活空间，房屋常年在火烟的熏染之下，屋顶和四周墙壁漆黑一片，室内也是土地，走动时灰尘扬起，卫生条件较差。

图 4-11　小牛场村仍在使用柴火做饭（金少萍摄）

　　小牛场村落依山而建，全村 78 户人家密集地聚居于方圆不过几百米的山坳里，属于居住相当密集的村落。据村里老人讲，小牛场村村民 1971 年从钟头寨迁来时，只有 28户人家，建盖的全是土木结构的茅草房。随着改革开放，经济条件的好转，村民的居住条件也得到了改善。2003 年小牛场村被确定为红河哈尼族彝族自治州州委宣传部挂钩扶贫村，建设目标是将小牛场村建设成为河口县民族文化生态文明村。2003 年在州委宣传部的带领下，老范寨乡人民政府在小牛场村全面实施安居工程建设，即全面消灭茅草房，全村统一建盖了土木结构、瓦顶的安居房。安居房的结构总体上仍为三间两层，但房屋的内部结构发生了很大变化，堂屋和卧室都用土墙或砖墙隔开，每一间都开设有窗户，堂屋里不再生火做饭，另设厨房，这样室内环境也变得宽敞明亮，卫生条件也得到极大的改善。

117

图 4 - 12　小牛场村民用来煮饭的铜锅（金少萍摄）

　　2003 年，在县政府扶贫办的组织下，以政府出物资和技术、村民投工投劳的形式，在村里铺设了卫生路面，基本上家家户户都建盖了独立的厨房、畜厩和沼气池，村容村貌以及家居环境都发生了巨大的改变。但是，我们在调查中发现，一半以上家庭的沼气池已停用，有的已经废弃。通过对村民的访谈了解到，村民长期以来养成了喜欢吃铜锅煮饭的生活习惯。沼气灶只适合炒菜而不适合用来煮饭，而且村民普遍觉得沼气灶不好用，质量不好，经常漏气，有时火力不够等。特别是近年村内大牲畜牛、马以及猪的饲养呈现下降的趋势，这也极大地影响了沼气资源的利用。本来推广利用沼气，可节约林木资源，有利于生态的保护和保持环境卫生，但传统生活习俗以及牲畜饲养的下降阻碍着这一目标的实现。现在村中房前屋后仍堆放着大量的柴薪。现阶段村民主要还是烧木柴煮饭和煮猪食等，厨房里用得最多的炊具还是煮饭用的铜锅和炒菜用的铁锅，使用电饭煲和轻便炒锅等的家庭并不多。

当地村民家中的室内陈设、装饰较为简单。在堂屋正面的墙下通常摆放着一张小供桌，供桌上方墙壁上贴着对联、神像，桌上供奉着象征祖先神位的香炉等。随着经济的发展、生活的改善，不少人家购买了电视机、电冰箱、电风扇等家用电器，家具也日渐增多，除床、桌子、椅子外，各种衣柜、不锈钢折叠桌椅等现代家具也开始进入瑶族家庭，近年还时兴使用从集市上买来的塑料椅子。

近年来，村民的生产生活条件不断改善，一部分经济条件较好的村民纷纷建盖了砖木结构的新房，有的还建盖了钢混结构的房屋。截至 2008 年 8 月，小牛场村村民已建盖有 9 栋钢混结构的房屋，结构为上下两层。其中，村民邓绍发一家除在村里建有宽敞的土木结构、瓦顶房屋外，还于 2005 年投资十几万元在村委会所在地的公路旁建盖了一座两层，每层三间的钢混结构房屋。该房屋靠近集市，目前出租给外来的经营香蕉的生意人居住。

以前小牛场村大多数人家的住房都离自家的田地比较远。全村将近 1/4 的家庭在自家的田地间盖有地棚，收割粮食时，作为仓房，堆放粮食。而在农闲时，则由老人居住看护，并饲养鸡、鸭；农忙时，主要劳动力则到地棚居住以便耕种田地。因而，形成了一户两个家的居家特点。现在由于乡村道路条件的改善，以及村民大部分人家外出生产劳动时以摩托车为主要交通工具，这样的田间地棚也渐渐减少了。

以前小牛场村瑶族建房，除了请专门的工匠外，主要是靠邻里间的互助，建房时间多半选在农闲时节，并且村民对房屋的建造以及居住都有许多禁忌。据村民李明光介绍，此地建盖房屋、粮仓等时，要根据瑶族的《杂粮书》择良辰吉日，并且要供奉姜太公、张天师的神位，因为他们可以镇鬼驱邪；在选择房屋开门的朝向时，要根据命相占卜吉凶；住房建好后，也要择吉日搬迁。在房屋内也有一系列的禁忌，比如不能用脚踩屋内火塘上的铁三角；在屋内不能乱吐痰和放屁，忌坐在门槛上，别人家的牛马不能进家门等。春节时，村民还有在自家的门上以及房檐上贴红纸的习惯，表示将好的东西招进来，确保家庭的平安、吉祥和五谷丰登，把不好的东西拦在门外，起到消灾的作用。

镇宅神兽是小牛场村村民在起房建屋时必不可少的部分。几乎家家户户都立有镇宅神兽。镇宅神兽立在房屋正门前的左右两侧或一侧，"神体"一般为水泥塑成的呈坐立姿态的类似狗或猫或虎的形象，也有的家庭是直接立一块

图 4 - 13　小牛场村村民家门口的石天狗（唐晓云摄）

大石头，村民习惯称之为"天狗"。不管镇宅神兽的形态和材料有何差异，在村民的心目中，它们的功能和作用是相同的，祈求它保佑家庭平安、五谷丰登、六畜兴旺等。村民们普遍对镇宅神兽充满着敬畏，不论是大人还是小孩，都不能攀爬和辱骂它，否则就会受到"神"的惩罚。每逢节日，村民都要在自家的镇宅神兽前祭拜，以祈求它的保佑。

图 4-14　小牛场村村民家门前的水泥天狗（唐晓云摄）

第四节　节庆、礼仪

一　民族节庆

小牛场瑶族村比较隆重的传统节日主要有：正月初一过"大年"（春节），正月十五"家神节"，三月三节，五月初五"端午节"，七月十五"祭祖节"、八月十五"新米节"，十月十六"盘王节"。

　　农历三月三吃五色花饭、祭祀祖先，是瑶族的传统习俗。这一天，小牛场瑶族家家户户加工糯米染五色花饭，购买猪肉、鱼、酒，制作丰盛的菜肴。节日期间举行祭祖等祭祀活动，男女青年们则对歌玩乐，谈情说爱，寻偶定情。

　　七月十五，当地村民俗称"七月半"，也是瑶族纪念祖先的传统节日。瑶族纪念祖先、重视祖先的观念，有深受汉族文化影响的因素，但具体的形式有些则是瑶族特有的。我们在调查期间，正好赶上七月半这一祭祀祖先的传统节日。令我们印象最为深刻的是，从节前的头天家家户户就开始包粽粑、杀鸡、购买酒肉等为节日作准备。尤其是粽粑，既是节日的食品、礼品，又是供奉给祖先的重要祭品，备受各家重视，几乎家家都要包许多粽粑，每家都要煮一大锅。毫不夸张地说，那几天小牛场村的每个角落都飘荡着粽粑的清香。

　　八月十五"新米节"，是庆贺丰收的节庆，家家户户杀鸡、做新米饭，到田间地头进行祭拜，感谢盘王及祖先的恩赐。

　　"盘王节"是瑶族最重要的传统节庆，瑶族视盘王为民族的始祖，民间流传有不少相关的传说。"盘王节"原来不定期，1984 年 10 月 16 日全国瑶族代表在广西南宁市欢度首个全国性的"盘王节"，尔后形成定期节日。"盘王节"期间，云南的文山壮族苗族自治州和河口县等瑶族聚居的各地都要举行场面浩大的隆重庆典，还有大型的、群众性的歌舞展演活动等。河口县曾举行过两次大型的"盘王节"庆典活动，邀请了全国各地的瑶族代表参加。

小牛场村在"盘王节"期间主要有祭祀盘王和祖先的宗教活动，并备办节日祭品和食品，同时老人们还要对青少年进行民族传统伦理道德教育和讲述祖先创业的艰辛历程。

目前小牛场村沿袭的各种民族传统节庆，对于保持瑶族的民族认同和传承民族伦理道德风尚都具有重要的现实意义。

二 出生礼仪

受瑶族传统婚姻观念的影响，小牛场村的蓝靛瑶素来没有重男轻女的观念，生男生女都会受到家庭的重视和亲友们的关怀。生育孩子一般是在家中，并由村寨中年纪较大并有一定经验的妇女帮助接生。

孩子出生后，孩子的父亲要向亲友们一一报喜。亲戚朋友们纷纷送来活鸡、鲜肉、鸡蛋、红糖、米酒等礼物以示祝贺。产妇坐月子期间，要在大门口挂红布为记，示意外人不要任意进入家门，孩子未满月之前，外人不得穿草鞋进入家门。

以前小牛场村的蓝靛瑶在孩子出生后，孩子的父亲还必须向寨老申报出生婴儿的性别、出生时辰、在兄弟姐妹中的排行等，由寨老一一记入村寨传统的人口薄。村民素有重视为孩子取乳名的习俗。据相关资料记载，孩子出生后3天，其父要摆设酒宴，请一位德高望重的长辈（通常为寨老）为孩子取乳名。取乳名时，一般根据婴儿出生前后的征兆、时间、在同辈中的排行和吉祥物等，所取的名字不得与家族三代内的名字相同。为孩子取名者即拜寄为孩子的义父。若找不到合适的人选为孩子取名，则其家可选择自认为可以保佑孩子消灾免难的自然物体拜寄，并以此物体名取婴儿乳名。乳名终生使用，村寨中的人都以乳名相称①。

随着医疗卫生事业的发展和村民生活水平的提高，现在村内生孩子一般都要到乡卫生院住院生产，孩子出生后也不需再向寨老申报，而是在孩子出生几个月后（一般为半岁到1岁）向村里的计划生育宣传员或村委会汇报，并申请为孩子登记户口。传统取乳名的仪式和规矩也不再受到村民重视。现在一般由家里的长辈为孩子取乳名，孩子上学时则请寨子里有文化的人或者老师为其取名。

三 成年礼仪

1. 男子成年礼

在瑶族的传统社会中，男子在婚前必举行度戒仪式。这一仪式充分体现了道教文化与瑶族传统文化的相互交融，既有宗教入教仪式的文化意义，也有瑶族男子成年礼的文化意义。因此，度戒仪式也就是瑶族男子的成年礼。其成年的意义在于：度戒仪式要在婚前完成；度戒仪式中也贯穿着种种考验，如静坐、饮食的限制、行为的限制、跳高台等；不举行度戒仪式便不能得到社会的认可，不能成家立业；度戒仪式过程中师父传授的种种规矩，既是宗教的戒律，又是传统道德教育的重要内容。

现在小牛场瑶族仍保持着传统的度戒仪式，但随着社会文化的发展和变迁，其仪式的内容和程序也发生了不同

---

① 河口瑶族自治县地方志编纂委员会编《河口县志》，三联书店，1994，第101页。

程度的变化，作为成年礼的文化意义有所削减。并且出于经济等方面的考虑，有的是几家相约一道举行，有的是度戒和婚礼一并举行，个别的则是在婚后才举行度戒仪式等。

2. 女子成年礼

在瑶族的传统社会中，女子成年礼往往是以改变头饰作为一种标记，其文化意义在于：意味着成年，从此具有参加社交活动的自由。

以前小牛场村蓝靛瑶女孩幼年时戴花帽，到 15～16 岁举行成年礼时脱掉花帽，改戴圆盘和头巾。因此戴圆盘和头巾便成为瑶族少女成年的标志。据村民介绍，以前还有专门的仪式，一般是在农闲时节悄悄举行，男人不得参与。并且事先并不告诉小姑娘们要戴圆盘和头巾，否则小姑娘们会感到害羞，由已举行过成年礼的大姑娘们邀小姑娘们出来玩，玩至深夜，才告知实情，由家中的女性长辈或姐姐为小姑娘们戴圆盘和头巾，脱下花帽，为其梳理头发，编成若干小辫，并将小辫子逐对盘起来，戴上银制的圆盘，再顶上特备的头巾。之后还要用棉线将小姑娘们额前、脖颈上的毫毛绞干净，并告诉她们做人处世的道理和规矩。

脱掉花帽、改变头饰是瑶族女子成年礼的重要标记，因此以前对戴在头上的圆盘格外重视，以银为制作材料，并请银匠精心打制，上面饰有各种精致的花纹，圆盘的背面有一个簪子，以便别在头发上。现在伴随着瑶山社会文化的变迁，女孩们平时已不再穿着民族服饰，因此已经看不到象征女孩成年头饰的改变，也不再举行专门的成年礼，只是由母亲为迈入成年的女孩备置一套成年服饰，在民族传统节庆时穿。其中的头饰，象征成年的圆盘有银制的，也有用其他材料如塑料胶合板制作的，头饰也趋于简便化了。

图 4 - 15　象征瑶族女子成年的银盘正面（金少萍摄）

四　人际交往礼仪

瑶族素来热情好客，待人接物讲究礼节，平时注重礼貌，有助人为乐、尊老爱幼的社会风尚。人们相遇时都要互相打招呼问候。在路上碰见行人，年轻人要让老人，男人要让妇女和小孩，背轻东西的让负重的；即使素不相识，路上相遇，也主动退让一侧，让对方先走。在山间小道行走，遇见长辈要让路；骑马的要下马，牵马让路慢行。这些良好的风尚和礼仪有歌为证。

家中有客人来临时，主人热情相待，又是沏茶，又是递烟，若是贵客，还要杀鸡、煮肉，准备丰盛的酒宴。过去，吃饭时客人和长辈坐上座，小孩和妇女不得与客人同桌，晚辈要主动给长辈、客人盛饭。不过，在小牛场村调研期间我们发现，主人、客人、老人、妇女、小孩共进美餐的情景比比皆是。在调研期间，调查组成员多次在李明光家用午餐，吃饭时，总是一家人和客人一起围桌而坐，气氛活跃，其乐融融。吃饭时也是李明光家最热闹的时候，有李明光的岳父、妻子、两个孩子，以及他妻子的弟弟、弟媳，甚至还有隔壁跑来"蹭饭"的妇女。调查组成员以及陪同调查组入村的乡政府工作人员的加入，使场面显得更加热闹，小孩和妇女不得与客人同桌吃饭的历史似乎一去不复返了。酒是席间必不可少之物，村民经常说酒是瑶家最好的礼物，客人到了村里，就要接受这份"礼数"，所以，喝酒是拉近感情和促进交流的重要环节，尤其是男性客人，往往出现会喝也得喝、不会喝也得喝的局面，不过喝酒的量一般由客人自己决定。

年轻人和晚辈在火塘边及坐凳子时都不能翘着腿，否则是对长辈的不恭敬。

除此之外，瑶族还具有勤劳朴实、团结互助以及非理之事不为、非我之物不取的高尚情操和社会伦理道德。往昔整个瑶山"夜不闭户，路不拾遗"的民俗古风便是瑶族民间道德风尚的真实写照。也许这些正是维持瑶族低犯罪率的重要文化因素。构建社会主义和谐社会，维护瑶族村落的社会稳定与社会和谐，也许需要进一步重新认识和充分发挥瑶族传统的社会交往礼仪和社会道德风尚。

五　丧葬礼仪

河口瑶族原来实行火葬，即村中有老人去世，每户凑一捆柴到临时火化场，先架一堆柴，将盛尸之棺木置于柴上，又在棺木上及其四周架柴，由道公念经后燃火焚烧，将骨灰盛入陶罐内埋葬。民国初年，即 1912 年，伤寒病流行，死者过多，来不及火化即装棺埋葬，遂沿之为习。

蓝靛瑶棺葬仪式如下：

老人去世，家人鸣枪三响通知全寨，各家各户即来人慰问。为死者剃头、洗澡、更衣后，停丧于正堂屋，以布盖之，老年人盖白布，青壮年盖蓝布，盖毕鸣枪三响。次日，由丧家指定一名老年妇女为丧家缝制白衣帽，缝制后由死者之子或女婿穿上，并找一青壮年男子陪同，挨家逐户去大门外磕头报丧，全村各家各户都派强壮劳力参加治丧。

死者如果是度戒过的男子，则有他生前度戒时师父抄给他保存的记有他的法名、师名、生辰和受戒条文的《阴阳牒》陪葬；若是女子，则换为她婚礼那天放在顶板上的红布，作为一种身份证明或标志。在死者入棺前，要先在棺内放茅草、草木灰、稻谷，草、灰、谷，按死者之年龄投放，草先剪断，一岁投放一节，灰与谷则用清代之铜币或现代钱币做量具，一岁量入一钱。入棺后，停丧于神龛右侧，请道公择日开丧和做斋念经。道公进门时，丧家安排人向天空鸣枪三响。做斋的时间长短视家庭而定，多者 3 天，少者 1 天。

开丧时请 3 个青壮年男子在前面做引路人，边走边鸣枪，直到葬地才停止。掘葬坑时由死者之子或女婿先破土三锄，帮助的人们才挥锄掘坑。葬坑掘毕，又鸣枪三响，这时道公边念经边杀一只公鸡，将血洒于坑内，同时烧火于坑内才下葬，棺入坑内又鸣枪三响。然后由死者之子或女婿用前衣角兜土撒于棺木上，重复三次，众人才掏土埋棺，棺上堆土砌坟石，并寻一块较大而平滑之石为墓门，供死者之魂出入（原配夫妻死后分棺合墓合门，再婚夫妇则要另筑石门，以表示分别出入）。同时为死者立山神，杀鸡祭献，离开墓地时再鸣枪三响。埋葬死者的当天夜里，死者的家人要为死者烧灵，烧灵时，以竹篾扎一间小假屋，剪些纸花贴于其四壁，以黑纸封顶。当道公念经、烧香纸完毕后，将假屋及孝服焚化，葬礼完毕。[①]

小牛场村村民李明光介绍，葬地的选择由道公推测风水而定，一般无固定地点，也无家族墓地，墓地过去是不立碑的，有的墓地现在开始立碑，碑刻的内容与汉族碑刻内容差不多，一般刻上死者的身份、经历、出生年月以及生前的子女情况等。

第五节　民间传统艺术

一　对歌

小牛场村的蓝靛瑶男女老少人人都会唱歌，每逢村寨有重要活动，如喜庆佳节、婚丧嫁娶、走亲串户、谈情说爱、祭祀活动都要唱歌。其歌唱方式以对歌为主，对歌有集体对唱和单独对唱两种形式，其中以集体对唱为主要形式。并且形成了一些约定俗成的规矩，如同一村寨的男女青年不能对唱；在老年人面前不能唱；不能在自己家里唱；若邀请一批青年到家中唱歌，主人自己则要回避，仅负责招待；青年男女单独对唱时不能在偏僻的地方等。每逢正

---

① 丧葬部分除田野调查外，主要参考资料：河口瑶族自治县人民政府编《瑶族通史——河口瑶族自治县资料汇编》，2001，第 67 页。

月农闲时光，小伙子们常相约成群，到别的寨子去邀请姑娘们对唱，姑娘们一般不能拒绝，否则被人认为是不礼貌的行为。这种相互邀请的对歌活动瑶族称之为"定歌"。被邀请的一方，到适当的时间也要到对方的寨子去对歌，被称为"还歌"。在宗教祭祀性活动中的唱歌则是边唱边跳的形式。

斑鸠河地区的蓝靛瑶长期以来的对歌活动十分频繁。调查组在小牛场村调查期间，就遇到附近贵良村的男青年来约小牛场村的女青年对歌。一般这类对歌都是由某一村的女青年或男青年集体发起，过去是送信询问，若相约的村子愿意参加就在3天内回信，若不愿意就不需回信，3天后发起的村落没有收到回信就作罢。在现代通信科技发达和手机普及的条件下则用电话或短信的方式约定时间，连传统对歌都用上了现代化的通信工具。一旦确定时间后，发起的一方若来的是女性，则另一方派出男性，反之亦然，在此可以看出以前同寨男女青年不对唱的古俗遗风。

在集体对歌中，往往推选一位老道的歌手负责"提词"，其他歌手则依据"提词"演唱。

据相关资料记载，瑶族民间还有许多用汉字记载的歌词手抄本，供唱歌时选用。瑶族民歌的唱词分"唱文"和"唱白"两种。"唱文"一般专指在宗教活动中用以诵读经典神书的语言，即非瑶族常用语，由师公来诵唱，歌词多用隐喻的语言来诵唱，一般人听不懂。"唱白"由瑶族的常用语编成，被称为"白话"，只要懂瑶话的人都能听得懂。

瑶族民歌按歌词内容来分，可分为抒情歌、叙事歌、生活歌和习俗歌等（曲目并不以此分类）。其表现形式生动活泼，变化多样，语言精练。民歌篇章有长有短，少则四句，多则数十行，百行，甚至千行。民歌内容丰富多样，有《伏羲兄妹造人烟》、《密洛陀》等创世歌，有《盘王歌》、《流落歌》等祭祀歌，有《漂摇过海歌》等迁徙歌，有《十二月生产》、《四季歌》等生产节令歌，有《祝酒》、《贺主》、《谢客》等婚礼歌等。瑶族民歌旋律多变，每一曲目均有其个性和特色，歌词言简意明，喜用比喻手法，七字一句，四句一段，篇幅有长有短。①

二　舞蹈

河口蓝靛瑶民间舞蹈与宗教活动有着密切的关系，可称之为宗教性的舞蹈，一般用于度戒、祭龙、丧葬等宗教祭祀活动中。舞蹈的音乐一般是根据经文内容进行念唱，并往往以鼓、锣、钹、铃等打击乐器相伴。据相关资料记载，宗教舞蹈的程序有：《动鼓》、《功曹》、《召龙》、《请圣》、《行朝》、《赎谷魂》、《安坛》、《场晕》。② 宗教舞蹈的传承，主要限于宗教师父与徒弟之间师徒相传。

鼓在瑶族的宗教舞蹈中是尤其重要的乐器。小牛场村蓝靛瑶度戒等宗教活动所用皮鼓的造型较为独特、工艺十分精湛。据村内的老年人说，这类皮鼓主要以山羊皮为材料，工艺复杂，其制作工艺已经失传。现在村内仅有度戒师父李寿良的家中还保存有祖辈传袭下来的山羊皮鼓。

小牛场村至今仍保持着度戒仪式等宗教活动，与此相关的民间宗教舞蹈也仍在流传。但是，现在村里的年轻人

① 河口瑶族自治县人民政府编《瑶族通史——河口瑶族自治县资料汇编》，2001，第73页。
② 河口瑶族自治县人民政府编《瑶族通史——河口瑶族自治县资料汇编》，2001，第80页。

一般不太愿意学习这些宗教舞蹈，年轻人中间很少有人会跳完整的程序，基本上只有五六十岁的老年人才会跳。目前这类宗教舞蹈的传承出现"青黄不接"的局面。

三　绘画

关于河口瑶族民间绘画艺术，在小牛场村的调查过程中，我们只实地见到一些宗教祭祀神像画，大多由师公保存，且只有在进行度戒等仪式活动中才公开展现使用。这些神像画一般是瑶族宗教信奉的神灵，如玉皇，三元，赵、邓、马、关四元帅等的画像，材质为宣纸或手工纸。据小牛场村的度戒师父李寿良介绍，因为近年来村民忙于经济作物的种植和管理，宗教活动相对减少，神像画的使用也不如过去频繁，所以需求量也不大，附近村寨已经没有从事此类制作的画师，现在附近瑶族村寨使用的神像画多半是十多年前请文山瑶族村落的手艺人制作的。从度戒师父李寿良为调查组展示的现存画像来看，其绘制笔法细腻，线条流畅，色彩鲜艳且经久不褪，但由于年代久远，制作者不详。

四　刺绣

刺绣是蓝靛瑶民间艺术的表现形式之一，也是蓝靛瑶民族传统服饰的制作工艺之一。

小牛场村蓝靛瑶的传统社会，具有完整的民族服饰的制作工艺，如纺织、染色、挑花刺绣等。伴随着社会经济的发展和变迁，到20世纪80年代，棉花、蓝靛已经在小牛场村的农作物种植中消失，相关的纺织、制靛、染色的工艺也悄然退出了民族服饰工艺的舞台，现在仅

图4-16 小牛场村瑶族传统刺绣图案（金少萍摄）

有刺绣工艺沿袭至今。瑶族女子擅长挑花刺绣艺术具有悠久的历史，史籍中就有瑶族"好五色衣"的记载。在其民间文化的认同中，女人是否擅长挑花刺绣往往是人品、道德的评价标准，因此女孩从小就在母亲的指导下学习挑花刺绣的技艺，为服饰增添美的光彩。以前在女子衣服的领口、袖口、下摆均有挑花作为装饰，现在则改用彩布条代替。现在一般只是在男装上衣的口袋部位、女装的坎肩上饰有绣花图案。

以前在瑶山地区种植八角曾经是经济收入的重要来源，因此八角花备受妇女们喜爱，一度成为刺绣中的流行图案。现在的刺绣仍以植物花草作为主要图案，纹样呈多样化。现在村内的中老年妇女在农闲时节仍保持着传统的刺绣工艺，以此作为民族传统服饰的主要装饰。再有，以前主要采用丝线为绣线，现在除丝线外，还用腈纶开司米线为绣线，绣花纹样的色彩更加艳丽，可谓五彩缤纷。

图 4 – 17　备受青睐的八角花刺绣图案（唐晓云摄）

第五章　文教卫生

第一节　传统体育、游戏

打陀螺、踩高跷、荡秋千和转磨秋等曾是河口瑶族地区儿童和青年人经常玩耍的传统体育项目和游戏，在传统节庆时也往往是村内青年人娱乐的主要内容之一，集趣味、技巧、力量的较量等为一体，备受孩子们和青年人的喜爱。以前几乎每个瑶族村寨的空地上都有磨秋和秋千，成为瑶族山寨一道独特的景观。瑶族民间传统游戏的器材，制作方便，材料往往是就地取材，用木料和竹子制成。

以前打陀螺、踩高跷、荡秋千和转磨秋等游戏曾陪伴了小牛场村瑶族儿童的成长，村内有若干木制的磨秋和秋千。2008 年调查期间，我们并没有发现村里的孩子或青年玩这些游戏，而且有的传统游戏的器材已经废弃。据村民反映，随着电视机的普及，孩子们将大量的业余时间消耗在看电视上，这些传统游戏已渐渐远离孩子们的业余生活。

2003 年，在上级部门的帮助下，小牛场村修建了一块水泥篮球场，农闲或节庆时村里的青壮年常常到篮球场上展现自己的身手，有时也会邀约邻近村落的人们过来切磋篮球技艺。平时篮球场也成了孩子们相互追逐、嬉戏的一

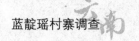

块天地。篮球场的修建，丰富了村民们的业余生活。

第二节　教育

一　家庭教育和社会教育

瑶族社会素有重视教育的传统。清朝乾隆《开化府志》有瑶族"男女皆知书"的记载，民国《马关县志》中也有"瑶族有书，父子自相传习，看其行列笔画似为汉人所著……"的记述。瑶族社会很早以来就习用汉文字，以瑶族语音念读。汉字的传习一是火塘边的父子相传，二是度戒师父的指导和自己的努力。

长期以来，除学习汉文字外，瑶族非常重视对后代的培养教育。在本民族内部主要有社会教育和家庭教育两种教育形式，教育方式主要是言传身教。在民族传统节庆或宗教活动中，村寨中的长辈往往对后代讲述瑶族历史、生产知识、社会礼仪及社会道德等内容。有的则通过对歌、讲故事等方式寓教于乐。家庭教育的内容则主要是鼓励子女勤劳、诚实，不能好吃懒做，不能偷窃，不能做不道德的事，要赡养父母、敬重长辈，对朋友要诚实守信，要学会与人和睦相处，要热情待客等。

二　学校教育

（一）学校教育发展简史

新中国成立前，河口瑶山地区没有官方开办的正规学校，只是有部分地区开办了私塾。据相关资料记载，民国六年（公元 1917 年）河口瑶族地区的部分村寨曾请本民族知书者和汉族教师开办私塾。开办私塾的村寨有田鸡塘，教师邓吉良（瑶族）；夏马，教师李文龙（瑶族）、邓道通（瑶族）；杠子寨，教师邓吉良（瑶族）；戈鸟，教师赵××（汉族，外地人）；羊头坡，教师李文龙（瑶族，白沙河人），教师李妙制（瑶族）；五家寨，教师秦碧昆（汉族，外地人）。每位学生的学费一般为稻谷 100 斤，猪油、食盐各 1 斤，但就学人数很少。①

据小牛场村村民邓绍发老人介绍，从他记事起，当时还居住在钟头寨的现今小牛场村已有学校，而邓绍发老人 2008 年已 80 岁高龄，如此看来，小牛场村大约在新中国成立前就已办学。新中国成立后钟头寨学校于 1952 年建立，有一至六年级，还附设有初中。当时老范寨周边除了小牛场村外，还有贵良村有一所学校。1971 年从钟头寨迁到小牛场时在村里建了土坯房的校舍，有 1～6 年级，时称"永红大队中心小学"，有公办教师 2 人，民办教师 2 人。由于周边村庄的学生都来此就读，学生大多住校。当时学校的规模较大，有 50～60 名学生，学校还建有食堂，但当时不用交学费，只需自带些口粮。到 1981 年，因缺乏师资而取消附设初中。1988～1990 年期间，也是因为师资匮乏学校改设 4 个年级，而从 1996～1997 年开始隔年招生，教师为公办教师。

小牛场学校办校历史悠久，为瑶山地区培养了一批又一批的人才。据村内的老人介绍，河口县的第一位瑶族大

---

① 河口瑶族自治县人民政府编《瑶族通史——河口瑶族自治县资料汇编》，2001，第 72 页。

学生就是从这里走出去的。这位瑶族学生从北京求学归来后，曾任金平县副县长3年，后任红河哈尼族彝族自治州边贸局局长5年多，又于2002年下海从商。从小牛场小学走出去参加工作的前后共有80多位公职人员。但近几年来，由于大学生就业压力增大，村中从小学、初中等毕业的年轻人不愿再读大学，多半留在村里自谋生计。

（二）学校教育发展现状

小牛场学校以前曾是除贵良完小以外的另一所完小，有常任教师2~3人，但后来因生源减少，于1999年改为一校一师。因此小牛场小学现在是老范寨乡中心小学下属的一个校点，该校点仅有1名女教师。村中孩子在小牛场校点上到四年级，年龄稍大、生活可以自理后转入老范寨乡中心小学继续学习，也有少部分学生在一至二年级时就到中心小学住校就读。据老范寨乡中心小学副校长介绍，小牛场校点学生的学习成绩在全乡13个校点中处于中上水平。

图5-1 小牛场村校点（唐晓云摄）

表 5 – 1　2007 年度小牛场村小学分年级、分年龄学生数

单位：人

甲	编号乙	招生数 计	其中受过学前教育	在校学生数 计	其中女	一年级	二年级	三年级	四年级	五年级	六年级	毕业班学生数
		1	2	3	4	5	6	7	8	9	10	11
合计	01	7		14	4	7		7				
其中女	02	2		4		2		2				
5 岁及以下	03											
6 岁	04											
7 岁	05	1		1		1						
8 岁	06	6		6	2	6						
9 岁	07											
10 岁	08			7	2			7				
11 岁	09											
12 岁	10											
13 岁	11											
14 岁	12											
15 岁及以上	13											
合计 少数民族	14	7		14	4	7		7				
复式班	15	7		14	4	7		7				
重读生	16											
重读中女	17											
五年制	18											
寄宿生	19											

说明：1. "年龄"以周岁计算，截止日期为 2007 年 8 月 31 日。

　　　2. 本表列关系为（3）=（5）+…+（10）；行关系为（01）=（03）+…+（13）。

数据来源：老范寨乡中心小学教务处提供。

表 5 - 2　2007 年度小牛场村小学学生变动情况

单位：人

编号		上学年初报表在校学生数	增加学生数					减少学生数					死亡				本学年初报表在校学生数
			计	招生	复学	转入	其他	计	毕业	结业	休学	退学	计	非正常	转出	其他	
甲	乙	1	2	3	4	5	6	7	8	9	10	11	12	13	14	15	16
合计	01	32	7	7				25							25		14
其中	女 02	15	2	2				13							13		4
	少数民族 03	32	7	7				25							25		14

说明：1. "招生"，"在校生"数应与表 5 - 1 相关数据对应相等。

　　　2. 本表列关系为：(16) = (1) + (2) - (7)；(2) = (3) + … + (6)；

　　　(7) = (8) + (9) + (10) + (11) + (12) + (14) + (15)。

数据来源：老范寨乡中心小学教务处提供。

老范寨乡中心小学现有在读学生 364 人，其中瑶族学生人数最多。全校有 26 名教职工，其中 3 名后勤职工，23 名教师，有 21 名教师通过进修成人教育取得大专学历，现有教师中有 15 人是小学高级教师。学校一至四年级自主招生，从五、六年级开始从各村寨和 13 个校点续收。中心小学在全乡村寨中共设有 13 个校点，基本都为一校一师，共有女教师 4 人，男教师 9 人。2007 年又招入 2 名新教师，2006年以后招入的教师其学历基本为大专。中心小学内另设有幼儿园，生源较少，只有 12 名 4~6 岁的孩子，主要是乡镇机关或邻近村庄的孩子。此外招收 4~6 岁的学生开办学前班，同时也招收外来务工人员子女，这些务工人员的子女同样享受"两免一补"政策。总体来看，学校对适龄学生的招收能做到全面覆盖。

图5-2 老范寨乡中心小学教学楼（金少萍摄）

校舍方面，老范寨乡中心小学于1984年建校，1987年建成砖瓦结构的教学楼一幢。2003年原本计划投资50万元在桥头乡修建的逸夫楼转到老范寨乡中心小学修建，以新建的逸夫楼作为教学楼，而1987年修建的老楼改为学生宿舍。13个校点中茶坪、茶良、双龙、麻栗、小牛场的校舍为水泥砖瓦平房，贵良、金竹梁、金竹坪的为土木结构平房，另外大寨和横梁村的校舍正在改建为水泥砖瓦房。老范寨乡的党委和政府对村落校点的建设很关心，在2008年乡政府工作报告中正式提出：一是加快横梁小学校舍的建设速度，争取8月份竣工，9月份正式投入使用；二是对大寨教学点的校舍进行拆旧建新，争取3月份投入使用；三是对贵良校点危房进行改造，争取9月份投入使用。

入学率和教学成绩，从2004年到2008年上半年，学生的入学率基本保持在95%以上，其中2006年为99.72%，2008年上半年则为100%。中心小学对于在各校点就读到四年级的学生全部招收到校内继续就读五年级，并对五年级学生进行重点教学。中心小学小考成绩在全县24所完小中处于中上水平，2007年小考数学排名第七，语文排名第十四。

少数民族学生的情况，老范寨乡属瑶山地区，学生民族构成以瑶族为主。据2007年中心完小统计，在校就读学生共364人，其中瑶族学生113人，占学生总数的31%；苗族学生50人，占学生总数的13.7%；壮族学生1人，其他为汉族学生。学校平时很少组织学生过民族节日，但每逢三月三等民族传统节日时学校会放假，让孩子们回家过节。现在每个学生除伙食外，在校每年需交20～30元的手续费。由于学业的经济负担小，因此辍学现象已杜绝。另据教导部老师介绍，在校的少数民族学生学习较认真，很少有厌学情绪。

（三）学校教育存在的问题和不足

老范寨乡中心小学现在面临的主要问题有如下几个方面。一是学生宿舍紧张。现在小学五、六年级的学生都要住校，一、二年级也有住校生，住校生共有210人，平均两个孩子睡一张床，床位不够时甚至在教室拼课桌当床。由于学生宿舍不足，附近没有设完小的村寨的学生转入中心小学后，给学校住宿管理造成很大压力。据调查，小牛场小学的适龄转入生平时晚间休息都是与同班同学一起挤一张床，年龄大些的孩子有的则是在宿舍楼旁的教室内将课桌拼成床。没有固定安稳的居住条件，对全日制学习的小学生的身心健康造成很大影响。

图 5 - 3　老范寨乡中心小学学生宿舍、教务处楼房（金少萍摄）

二是老范寨乡中心小学下属的各校点之间距离很远，中心完小进行工作指导需要一个星期的时间才能走遍各个校点，极大地影响了中心学校对校点的工作指导。

三是一校一师等原因造成生源成绩起伏大，有些学生基础较差，进入五年级后难以跟上进度。小牛场校点距离老范寨乡中心小学 14 公里，其中从主要公路干道通往村落有 5 公里简易土路，因山高坡陡，每逢雨季，沿途多处塌方滑坡，交通中断。该村校点目前仅有 1 名女老师，并且因身体状况不好不能在村中长住，平时常常搭乘村民的摩托车到村中上课。如果遇到雨季道路中断，无法及时进入村中，校点就得停课，直接影响了小牛场村校点的教学水平。

第三节 医疗卫生

一 瑶族传统医疗

（一）当地的传统医疗

瑶族在历史上是一个迁徙比较频繁的民族，对待疾病、创伤，过去主要依靠传统的民间医药。河口瑶族聚居山区，山中植被繁盛，为瑶族民间识别和利用植物的枝、根、叶、皮、花、果医治疾病提供了丰富的资源。

河口瑶族传统医疗除治疗日常疾病外，对骨伤、蛇伤等外伤的治疗技术亦独特精湛，至今在瑶山地区享有盛誉。瑶族独具特色的民族诊疗法还有药浴疗法，擅长用药水洗

图 5-4 老范寨乡市集上的草药摊（唐晓云摄）

浴防治疾病，具有悠久的历史。现在瑶族传统医药仍被当地村民普遍使用，一般村民都能说出一两种药方或草药用法。

以前河口的瑶族村寨普遍都有精通医术的民间医生，民间称之为草医。他们多采取口耳相传，或招收门徒或传给子嗣的方法传承医术。

河口瑶族民间对各种疾病都有相关的药方。相关资料中记载了河口瑶族的民间药方86剂。这些药方除了有针对常见性疾病，如感冒、发烧、胃肠疼痛、消化不良、腹泻等的普通药方外，还有一些特殊的配方，如用来止血、接骨等外用的配方。因瑶族居住在山区，周边高山环绕，生存条件恶劣，外出劳作时不幸跌打损伤或划破皮肉的事时有发生，因此这类的民间药方和治疗方法较为独特、有效。再有就是针对疟疾、"鸡窝病"等流行性疾病的药方，其中治疗疟疾的有9个配方。

当地治疗止血、用来接骨、治疗疟疾等流行病的主要药方如下。①

止血粉：野三七100克，翠云草100克，卷柏100克，洗净晒干，加工成粉剂和匀备用，使用时将其撒于伤口；主治各种外伤出血。

止血粉：黄藤50克，野火纯150克，野三七150克，洗净晒干，加工成泥状，晒干碾粉和匀备用，使用时将药粉撒于伤口；主治各种外伤出血，用量视伤口而定。

止血粉：野三七100克，野火纯100克，洗净晒干，加

---

① 河口瑶族自治县人民政府编《瑶族通史——河口瑶族自治县资料汇编》，2001，第86、91页。

工成粉剂和匀备用，使用时将粉剂撒于伤口；主治各种外伤流血。

接骨药：过山龙、红爪米草、老凹窝各等量，生药加工成泥状加适量白酒拌匀，敷于骨折部位布带包扎，固定伤肢；主治各种骨折。

接骨药：树上生草、飞龙通、叶上花、接骨丹、泽兰重角树各等份，将鲜药洗净，加工成泥状和匀，将药敷于骨折部位，以布带包扎固定伤肢；主治各种骨折。

疟疾药：常山、草果仁、槟榔、柴胡，四味药分别略在锅中焙焦碾末；主治日日疟、间日疟、四日疟，成人服5克，小孩服2克，及大枣汤引服。

疟疾药：白胡椒2克，肉桂1克，草果2克，三味药碾末和匀；主治疟疾，于疟疾发作前两小时贴第三颈椎处，单用白胡椒也可以。

疟疾药：羊草果树（桉树）油，水煮沸熬制；主治疟疾，口服5毫升，每日三次。

疟疾药：重楼，切片晒干碾末；主治疟疾，疟疾发作前三小时开水送服5克。

疟疾药：常山15克，槟榔3克，草果3克，三味药共浸酒5分钟，取出焙干碾末；主治疟疾，症发前三小时大枣汤引服。

疟疾药：麻芋子，切开碎粒；主治恶性疟疾，口服，成人5克，小孩减量。

疟疾药：虎掌草根，药用15克煎汤；主治各种疟疾，口服，成人15克，小孩减量。

疟疾药：虎掌草，药用15克煎汤；主治恶性疟疾，口服，酒引。

疟疾药：鳖甲5克，锅中焙焦碾末，拌雄黄0.5克；主治久疟，口服，隔日服一次，每次5.5克。

据我们的调查，在小牛场瑶族村中，还有一些关于饮食与药物同效的民间知识。一些传统食品或作料，民间既作为日常生活中的食品，又当做治病或预防的药物，如草果、肉桂既是当地的传统经济作物，日常饮食生活中在煮鸡或炖肉时往往当做作料使用，同时也作为治疗疟疾、肠胃疾病的配方；再如橄榄，当地人称青果，用来炒肉或做凉拌菜都十分可口，同时还作为治疗咽喉疼痛、咳嗽的配方。还有当地人称之为羊头的一种根茎植物，村民将其作为制作粽粑的配料。据说其功效除了可使粽粑的色彩好看之外，还具有助消化的功效，因粽粑系糯米食品，不太容易消化。羊头这种植物以前还曾作为染布时的助染剂，以增加布的光泽，并可减少脱色。

（二）村民对传统医疗的看法

小牛场村村民对瑶族传统医药引以为豪，在我们入户访谈过程中，曾有多位村民向调查组成员提到自己因干农活伤筋动骨请附近瑶族村寨懂医的人用草药治好的事例。其中一位老人还提到，自己以前背猎枪时不慎走火，一整管铁砂打入大腿，当时去大医院医治，医生曾说要截肢，但后来家人请了贵良村的瑶族民间医生用草药将铁砂拔出，然后用草药调理了两个月后可下床行走自如，现在已完全恢复。另外，还有许多被毒蛇咬伤而用传统医药医治好等诸如此类的事情都为村民津津乐道，他们对瑶族的传统医药很有信心，这也是每个人都知道一些常用草药配方的原因之一。

二　斑鸠河地区主要的疾病

（一）地方流行病史

新中国成立前，河口因地处南疆，气候炎热潮湿，山高林密而被视为"瘴疠之乡"。当地曾流传有口谚："十人下河口，九人命难留。"可以想象当时生存条件恶劣、疾病横行的状况。瑶族居住的山区卫生条件较差，牛马猪鸡等与人混居，造成疟疾、麻疹、天花等疾病流行，另外还有被瑶族称为"天地病"（也称"羊病"，疑似霍乱）、"鸡窝病"等的疾病以及因山区缺碘导致的"大脖子病"。"鸡窝病"也是一种可怕的传染病，其症状是头痛、胸部疼痛、高烧不退，发病者 5~7 天死亡。据小牛场村李正荣老人回忆，新中国成立前他还在钟头寨居住的时候因天花蔓延，家中其他 4 个兄弟全部病故，只剩他一个孩子。

新中国成立后，党和政府对医疗卫生事业十分重视，不断投资改善医疗卫生条件并大力培养卫生技术人员，经过 50 多年的发展建设，逐步完善了从县乡到村的医疗设施和人员配备。现在老范寨乡有医疗设施较为完善的卫生院，斑鸠河村委会设有卫生室，由小牛场村和贵良村的两名乡村医生长期轮流值班。

（二）地方疾病的防治

现在老范寨乡进行疾病防控主要针对肺结核、艾滋病、伤寒和疟疾等疾病。其中由于人畜混居等不良卫生习惯以及周围社区环境差等原因，疟疾在该地区仍时有发生，虽没有大规模暴发，但潜在的隐患对瑶族群众的生产生活造成了严重危害。据调查，小牛场村村民中感染过疟疾的人较多。有一位村民对我们说，他曾三次感染疟疾。

疟疾的流行历来是河口地区最为严重的问题之一。疟疾在中国自古有之，汉字"疟"的意思就是"寒热休作"，民间俗称"打摆子"，古时所说的丛林中的"瘴气"指的就是疟疾。从 20 世纪 60 年代开始，河口县政府响应全国性抗疟防治政策方针，通过预防为主的方针，开展疟区地调查，从基层卫生保健站到乡防疫站，层层监控，依靠社区参与，采取因地制宜的综合防治措施，有效控制了疟疾。70 年代和 80 年代其发病率都呈明显下降趋势，90 年代已维持在很低的水平，严重流行区已大幅度缩小。但在全国大部分地区已基本消除恶性疟疾的情况下，本地恶性疟疾依然每年时有发生，疟防工作将是老范寨乡疾病防治的长期工作。

疟疾近几年来在世界上受到许多关注，其在 106 个国家肆虐，对世界一半人口产生严重威胁，其中大部分地区为贫困地区。世界卫生组织已将抗疟疾作为头号任务。近年来我国卫生部发布的疟疾疫情报告指出，云南一直是疟情比较严重的地区。老范寨乡邻近河口大围山保护区，气候炎热多雨，历史上为疟疾多发区，至今仍有恶性疟疾出现，加上外来人员较多，疟疾的传播和流行加剧，老范寨乡的卫生院就是在这样的社会文化背景下加入全球基金疟疾项目的。

老范寨乡 2003 年加入全球基金疟疾项目并持续至今。据调查，具体防治情况如下。

截至 2007 年 6 月，老范寨乡已完成第五轮疟疾项目的第三季度工作，其收效显著。就小牛场村来说，该季度村寨内没有出现恶性疟疾病人。老范寨乡卫生院发放药物浸泡蚊帐到达每户，并发放疟疾宣传画、登革热宣传画到村。在小牛场村人房、畜房未捕到寄居有疟原虫的蚊虫。

经过数年的努力，老范寨乡瑶族地区的疟疾防治工作卓有成效，但仍存在如下问题需要解决。

一是疟疾流行受温度、湿度、雨量等因素影响较大，疟原虫在16℃～30℃适于在蚊体内发育。老范寨乡小牛场村区域位于山地，气候湿热，自然气候条件适宜蚊（人体疟疾寄生虫的宿主）的生长，历史上就为疟疾多发区，且至今仍时有恶性疟疾发生。

二是小牛场村寨中仍有部分人畜共居的家庭，社区环境卫生较差，常有臭水淤积等，村民对疟疾防治还没有养成良好的卫生习惯，现在只能靠春秋季大规模喷杀蚊虫控制。但现在已有迹象表明，当地已出现了具有耐药性的虫体，所以需要进一步采取更有效的预防措施。

三是抗疟药物的应用，一般遵循以下规则：恶性疟原虫对氯喹、哌喹等抗疟药呈现中高度抗药性，并且抗氯喹恶性疟已发展为多重抗性恶性疟。因此要选用青蒿琥酯等第二线或由第二线药物与其他抗疟药配伍联用的第三线药物进行治疗。而对于当地间日疟病例，仍选用氯喹加服磷酸伯氨喹的方法进行根治。但小牛场村村民对疟疾危害和病种认识不足，时常买药自行治疗，导致不能阻断虫源，反复性发作不仅损害健康，甚至会最终造成人体虫源出现抗药性，危及生命。因此，在老范寨乡瑶族地区疟疾的防治工作任重而道远。

三　妇女生育健康

小牛场瑶族和其他地方瑶族一样，对孕期妇女照顾得十分周到细致。家中若有孕妇，家族成员都会十分关照，在其怀孕期间一般不让她参加重体力劳动，饮食也注意精心调养。家中对新生儿的照料也十分精心，瑶族传统医学知识中有专门针对新生儿保健的一套方法，例如常用艾叶煎水给新生儿洗浴，可防治皮肤病；或用葫芦卷须煎水给小儿洗澡，可免出麻疹等。由于这两种药材都方便易寻，过去有些人家一般会预先在房前屋后空地种植备用。

但新中国成立前瑶山地区医疗卫生条件很差，妇幼保健还有许多盲区，妇女生产一般在家中进行，往往请同村或邻近村寨有经验的妇女帮助。生产时不注重环境卫生和手术工具的清洁消毒。由于房屋内往往人畜混居，容易有细菌滋生，且一般就用日常用的剪刀、割草刀或者其他残破碗片等为胎儿割脐带，以致常常造成产妇和新生儿感染疾病甚至危及生命。难产以及产后大出血等状况更是导致孕妇和胎儿死亡率高的主要原因之一。新中国成立后国家大力开展妇幼卫生保健工作，乡卫生院、村卫生室相继建立，并且配有经过培训学习的乡村医生。另一方面，随着小牛场村村民经济条件日益改善，房屋改建实行了人畜分居，几乎每户人家都购买有摩托车，所以现在村中孕妇一般由家人送往乡卫生院待产。因此，近些年小牛场村没有再出现因生产而死亡的孕妇，婴幼儿的成活率也不断增高。

新中国成立前，村中妇女产后在家休养期间一般会采用药浴或内服汤药进补等方式进行保健。常见产后药浴方法有：用五加皮、大小钻、过山风、大小发散、野仔风、鸡血藤、穿破石、四方藤、枫木叶、樟木叶、山苍子叶、香蒲各适量煮水清洗，或用散风藤、金银花、上树蜈蚣、五爪龙、金耳环、枫木叶、半枫荷、杉树叶等各适量煎洗。产妇生产1个月后再用益母草、野艾、络石藤、血防藤、水蜡烛等熬水洗身。过去产妇一般在产后3天到一周就开始做农活，现在则住院休息7~30天，并且添加其他补品调养。

四 现代医疗事业的发展

（一）医疗机构的建立和发展

河口县于1952年5月创建河口县人民卫生院。1956年创建橡胶垦区卫生所。截至2000年，全县设卫生机构13个，其中包括老范寨乡卫生院，而后在斑鸠河村委会和贵良村委会设立了村卫生室。在村卫生室建立以前，村民看病多找村中对草药较为了解的人，他们称其为"草医"。

老范寨乡的医疗机构共设有1个卫生院及2个卫生室，有21名医疗防疫人员，其中医疗技术人员5人，卫生技术人员7人，退休5人，乡医4人。现老范寨乡卫生院有正式职工10人，其中1名大专生，其余为中专毕业生，除2名财务人员外，其余的都是卫生技术人员。2007年乡卫生院将各村现有乡村医生，合并在贵良村委会和斑鸠河村委会下属的2个卫生室，卫生室人员由卫生院调配，卫生室所有权属卫生院，乡村医生共计4人。乡村医生由本人提出申请，卫生院在乡村医生职数范围内，按照乡村医生聘用原则，提出乡村医生人选，村公所对卫生院提出的乡村医生人选进行审核，报经乡人民政府批准，报送县卫生局备案，乡村医生的工作由老范寨乡卫生院作出管理规定。

现在老范寨乡卫生院院部大楼为2006年动工兴建，有1个化验室，1个放射科（还未投入使用），1个B超室，共有15个床位。2006年以前实行差额拨款，从2007年开始为全额拨款，并进行了乡镇公务卫生机构改革。以前院平均年收入6万~7万元，2006年实行合作医疗后平均年收入10万~20万元。

图5-5　老范寨乡卫生院一角（金少萍摄）

斑鸠河村委会现有1个卫生室，有两间平房，占地约50平方米，一间为诊室和病房，另一间为储药房。乡村卫生室实行独立核算，由乡卫生院统一监督管理。根据两个村委会的各自情况，进行不同的分配，其方案如下：贵良村卫生室乡村医生的效益分配原则是多劳多得，按效益参与分配，实行提成的办法，按收入纯利润的 40% 进行提成；斑鸠河村卫生室按所有收入计算，纯利润归乡村医生所有。

（二）新型农村合作医疗工作实施情况

新型农村合作医疗（以下简称新农合），是当代农村医疗卫生制度改革的一项新兴事业，为村民的健康提供了重要保障，具有优越性、可行性、便利性等特性。老范寨乡新型农村合作医疗制度的实施和运转以乡卫生院作为重要依托，据调查和相关资料，其具体情况如下。

1. 工作实施步骤

（1）政策宣传

老范寨乡政府围绕《河口县新型农村合作医疗知识问答》进行宣传，并对以下相关问题进行解释：第一，新型农村合作医疗制度的含义；第二，河口县新型农村合作医疗具体报销标准；第三，河口县目前确定的定点医疗机构；第四，办理转院手续的相关问题；第五，哪些住院病人不能享受新型农村合作医疗住院医疗费的补偿；第六，新型农村合作医疗住院报销程序；第七，门诊医药费的报销；第八，新型农村合作医疗的运行如何接受农民的监督。

（2）建立制度

河口县新型农村合作医疗于 2006 年 1 月 1 日启动，老范寨乡建立了以下制度：新型农村合作医疗管理工作制度、新型农村合作医疗处方管理制度、新型农村合作医疗财务管理制度、新型农村合作医疗公示制度，并确立了乡（镇）新型农村合作医疗办公室主任岗位职责、新型农村合作医疗定点医疗机构职责、新型农村合作医疗计算机管理人员职责及新型农村合作医疗办公室医疗管理人员职责等。以上管理制度的制定及职责的确定有效地保障了老范寨乡新型农村合作医疗制度的实施。

合作医疗资金按中央、省、州、县补助共40元/人,个人缴纳10元/人的方案,坚持政府补助、个人缴费、多方筹资、自愿参加的原则筹集完成;报账业务由经办人员完成,审批由主任把关,就诊按照合作医疗的流程进行操作;住院补偿和门诊减免情况每月在卫生院及村卫生室进行公示,以便农民有效地参与监督。

(3)机构的设置及人员培训

老范寨乡新型农村合作医疗管理站设在乡卫生院,管理两个村定点医疗机构(即贵良村委会卫生室、斑鸠河村委会卫生室),办公地点分别设在乡卫生院财务室、贵良村卫生室、斑鸠河村卫生室。

老范寨乡新型农村合作医疗管理站经办人员有1名主任(马雁,兼任卫生院院长);2名业务经办人员,由卫生院财务人员(黄健明、张光朝)兼任;3名村卫生室经办人员,其中,贵良村卫生室由乡村医生(邓光明、李文明)兼任,斑鸠河村卫生室由乡村医生(盘正华)兼任。

人员培训由主任负责,利用职工大会的时间对全院的医护人员进行新型农村合作医疗的业务培训,重点培训新型农村合作医疗制度的相关业务知识、新型农村合作医疗具体报销标准、新型农村合作医疗住院报销程序及门诊医药费的报销程序。

(4)机构经费补助

老范寨乡新型农村合作医疗管理站自2006年1月1日

成立运行以来没有任何经费补助，其办公经费由乡卫生院负担。

2. 新型农村合作医疗工作情况

（1）新型农村合作医疗的数据统计

2006 年全乡农业人口 3644 人，其中有 1582 人参加新型农村合作医疗，参合率为 43.4%。全乡医药总费用31623.15 元，减免补偿 10481.91 元（其中：乡卫生院收治住院病人 14 人次，医药总费用 4065.80 元，减免补偿1799.47 元；州级以上住院回乡新型农村合作医疗管理站报销 6 人次，医药总费用 25415.15 元，减免补偿 7114.54 元；门诊诊疗 70 人次，医药总费用 2142.20 元，减免补偿1567.90 元）。[①]

2007 年全乡农业人口 3644 人，其中有 2525 人参加新型农村合作医疗，参合率为 69.3%。全乡医药总费用152032.28 元，减免补偿 54477.41 元（其中：乡卫生院收治住院病人 98 人次，医药总费用 23215.30 元，减免补偿11690.40 元；州级以上住院回乡新型农村合作医疗管理站报销 24 人次，医药总费用 101914.98 元，减免补偿29798.44 元；门诊诊疗 678 人次，医药总费用26902.00 元，减免补偿 12988.57 元）。[②]

2008 年全乡农业人口 3644 人，其中有 3377 人参加新型农村合作医疗，参合率为 92.7%。2008 年 1 月 1 日～2月 29 日全乡医药总费用 8322.60 元，减免补偿 3991.89 元

① 老范寨乡卫生院《2006 年上（下）半年老范寨乡卫生院新农合工作情况分析汇报》。
② 老范寨乡卫生院《2007 年上（下）半年老范寨乡卫生院新农合工作情况分析汇报》。

（其中：乡卫生院收治住院病人 22 人次，医药总费用 4468.60 元，减免补偿 2215.75 元；门诊诊疗 100 人次，医药总费用 3854.00 元，减免补偿 1776.14 元）。[①]

2006～2008 年的三年间，全乡参加新型农村合作医疗的人数不断增多，由 1582 人增加到 3377 人，其参合率由 43.4% 提高到 92.7%。

（2）新型农村合作医疗体系的建设情况

老范寨乡新型农村合作医疗相关网络建设的软件、硬件设备良好。现有两台专用电脑用于办理新型农村合作医疗的报账业务、日常参加新型农村合作医疗农民的信息的变更和修改工作。2006～2007 年参加新型农村合作医疗农民的档案已登记造册，处方、台账、门诊账本和住院账本由经办人员每月装订成册归档，并保存在财务室。病历由业务副院长负责审核、管理、存档。统计、审计、账目公开、年度报告工作由经办人员严格按照 2006 年和 2007 年的实施方案执行，并定期进行公示。

（3）定点医疗机构的监管与费用收取

坚持县新型农村合作医疗管理办监管乡新型农村合作医疗管理站，乡新型农村合作医疗管理站监管村卫生室的体系。其费用收取严格执行县发展和改革局核定的标准（即收费许可证上的项目标准）。

（4）开展新型农村合作医疗的经费投入

自新型农村合作医疗启动进入第三个年头以来，乡卫生院陆续投入资金 4 万元（包括购买电脑、网络设施的建设、网络维护费、人员培训费等）。

---

① 老范寨乡卫生院《2008 年老范寨乡新型农村合作医疗情况汇报》。

3. 小牛场村村民参加新型农村合作医疗情况

根据老范寨乡卫生院工作报告,自开展新型农村合作医疗以来,小牛场村村民小组参加新型农村合作医疗的村民的档案于 2006 年 12 月底建立归档,第一批合作医疗证的发放于 2007 年 1 月底完成。新型农村合作医疗的处方、台账由经办人员每月装订成册归档,病历由业务副院长负责审核、管理、存档。合作医疗资金按中央、省、州、县补助共 40 元/人,个人缴纳 10 元/人的方案筹集完成;报账业务由斑鸠河村卫生室乡村医生(经办人员)完成,审批由主任把关,就诊管理按照合作医疗的流程进行操作。住院补偿和门诊减免情况每月在卫生院及村卫生室进行公示,以便参加新型农村合作医疗的农民进行有效监督。

在实行新型农村合作医疗之初,小牛场村村民对其一直存有疑虑,加上村经办人员对业务尚不了解,对在村卫生室张贴的相关规章制度解释得不够直白简单,当时村民认为新型农村合作医疗是要交钱买医疗证,大部分村民对于新型农村合作医疗持观望态度。但随着乡卫生院和村卫生室加大宣传力度,完善工作,两年来参加新型农村合作医疗的村民逐年增多。据乡卫生院的资料统计,小牛场村 2007 年上半年共有 48 户 184 人领取了医疗证,至 2008 年全村 78 户中已有 69 户 273 人参加了新型农村合作医疗①,占全村总户数的 88.5%,总人数的 87.8%。全村 13 户有残疾人的家庭,除 1 户未参加外,其

---

① 数据来源:老范寨乡卫生院新农村合作医疗管理工作站,老范寨乡卫生院 2008 年医疗证领取签名册。

余都已报名缴费申请参加新型农村合作医疗，并领取了医疗证。由此可以看出，新型农村合作医疗的工作在小牛场村开展较为顺利。

4. 开展新型农村合作医疗工作取得的成效

（1）提高了工作效率，降低了管理成本。通过合作医疗信息化建设，所有参加合作医疗的农民的信息、药品目录和病种目录等资料全部输入了电脑，参加合作医疗患者的住院资料、用药清单、住院补助情况等上报工作均可通过网络完成。同时，参加合作医疗的农民住院期间所有医疗费用支出情况可直接导入合作医疗信息管理系统，系统在瞬间就能按照设定的报销范围、报销比例自动计算出补偿费用，从而提高了工作效率，降低了管理成本，受到了参加合作医疗的农民的普遍欢迎。

（2）做到了报账业务与现场减免同步进行，保障了资金安全。通过合作医疗信息化建设，实现了老范寨乡诊疗服务行为的报账业务与现场减免工作相结合。县新型农村合作医疗管理办能随时从网络上审查老范寨乡患者住院资料、用药清单、费用清单、住院补偿情况等。若发现有不合理的用药、不合理的检查、不合理的收费等违规现象，便可立即通知老范寨乡新型农村合作医疗管理站进行改正，否则将不予拨付该项资金。对老范寨乡合作医疗管理站的监管由事后监督变为事前防范和事中监督。同时，由于实行了信息化，参加合作医疗的农民报销时微机自动计算补偿费用，实现了封顶预警及封顶线以外资金的自动截留，有效堵住了传统方式的漏洞，使资金的管理、使用、审核、报销等，更加合理，更加公平，更加安全。

（3）实现了资源共享，为对参加合作医疗的农民进行动态管理提供了便利。通过合作医疗信息化建设，及时在网上发布有关信息，使参加合作医疗的农民能在自己权限范围内，了解情况、掌握动态。预留了数据接口，可逐步实现医院和上级卫生行政部门的连接，真正实现信息互通、资源共享。

表 5－3　2007 年老范寨乡合作医疗证发放统计

单位：户，人

单位名称	户数	人数	单位名称	户数	人数
贵良村委会及乡机关等	365	1440	斑鸠河村委会	259	1085
茶坪一	54	240	丫都坡一	14	65
茶坪二	32	120	丫都坡二	25	102
茶坪三	21	85	丫都坡三	9	39
老冯寨	17	57	小牛场	48	184
贵良	37	137	双龙	40	158
半坡	41	174	金竹坪	22	72
麻粟	42	166	横梁	15	61
板蚌	14	56	金竹梁	44	208
黄姜坪	17	71	新寨	42	196
大寨一	28	122			
大寨二	21	86			
乡机关	24	63			
胶厂	17	63			

数据来源：由老范寨乡卫生院新型农村合作医疗办公室提供。

5. 新型农村合作医疗工作存在的问题及解决措施

老范寨乡新型农村合作医疗工作的运行情况比较良好，为参加合作医疗的农民减轻了许多经济负担，使广大人民群众进一步认识到新型农村合作医疗政策的优越性和便利性。但是，通过调查，乡政府和乡卫生院的有关人员认为，目前老范寨乡新型农村合作医疗工作在具体的操作过程中仍存在许多问题。

（1）部门对建立新型农村合作医疗制度的艰巨性、复杂性和长期性仍然认识不足，表现为急于求成，工作还不够细致到位，有关政策宣传不够。

（2）新型农村合作医疗筹资机制不稳定，尚未建立稳定、长效的筹资机制。农民自愿缴费筹资目前仍是新型农村合作医疗工作的难点。

（3）还没有形成规范的统筹补偿方案，存在模式过多、方案设计不够科学、农民受益程度小的问题。

（4）随着新型农村合作医疗工作的不断推进，监管任务越来越重，其管理经办机构不健全，工作经费缺乏，信息化发展不平衡，管理能力不强的问题日渐突出。

（5）由于没有合理的办公经费，财政投入不足，医疗机构过度依赖业务收入维持运行和发展。

（6）新形势下的新问题给新型农村合作医疗工作带来挑战，如取消农业户口对新型农村合作医疗的影响，失地农民、农民工和非农业人口参加新型农村合作医疗的问题。

（7）医务人员（包括新型农村合作医疗业务经办人员）严重缺乏，存在着一人身兼数职的情况，严重影响新型农村合作医疗的工作效率。

（8）村卫生室的设备不够健全，网络设施还没有建立，没有配备相应的硬件设施，网络录入、报账工作得不到改善，时常出现补偿金额不准确、不及时，达到了现场减免的标准而达不到现场录入标准的现象。

（9）卫生院的医务人员对新型农村合作医疗的政策不

了解，从而误导农民对新型农村合作医疗报账程序的理解，报账的登记工作烦琐，乡管理办公室的经办人员（特别是乡村医生）对业务操作不熟悉等。

（10）大多数农民过于重视眼前利益，缺乏足够的风险防范意识，新型农村合作医疗的宣传还没有十分到位。一部分农民对合作医疗及医务人员的期望值过高，不符合老范寨乡当前的实际情况。

对于上述问题，老范寨乡党委和乡政府经过认真讨论，认为新型农村合作医疗工作的推广和改进，还需要以乡卫生院为主导，试从以下几个方面进行改进。①

一是要高度重视，切实履行政府职责。要科学认识"新农合"制度的地位，实事求是、辩证、发展地看待这项制度，充分认识"新农合"制度建设的长期性、艰巨性和复杂性。

二是要宣传到位，使"新农合"政策和实施办法深入人心。充分利用广播、电视、传单、标语、板报等多种形式进行宣传动员，采用通俗易懂的语言，农民群众能接受的方式，把"新农合"政策和实施办法讲清楚、说明白。同时，要做好正面宣传，让那些实实在在得到实惠的农民进行现身说法，让广大农民群众看到参加"新农合"的好处，认识到"新农合"制度对保障自身健康、治疗重病大病的重要作用，从而主动支持和参与"新农合"制度的完善和监督。

三是经办机构要实行责任制。要尽快建立和完善各项工作制度，实行经办机构责任制，避免因工作制度不落实、

---

① 资料由老范寨乡政府提供。

工作不到位、工作责任心不强和管理措施不到位而出现问题。对在工作过程中不负责任，有问题查不出来或查出问题不按照规章制度办理的，要严肃处理，追究有关人员的责任；对思想素质、业务素质长期不提高，不能胜任工作的要考虑更换人员。

四是强化乡村卫生服务一体化管理，提高服务能力。乡村卫生服务一体化管理工作是"新农合"制度顺利实施的基础。要继续加强和巩固乡村卫生服务一体化管理工作，按每个村卫生室配两名乡村医生的要求，配齐人员。继续实施对口支援和巡回医疗制度。

五是建立完善信息化管理制度。为提高"新农合"的科学管理水平，保障和促进"新农合"制度持续健康发展，要按照《卫生部关于新型农村合作医疗信息系统建设的指导意见》的要求，加快实现计算机网络管理，加强信息资料的收集、整理、分析和利用，加快合作医疗管理信息化和网络化建设。

六是提高"新农合"经办机构、定点医疗机构人员的素质。要把加强人才队伍建设摆在重要位置，坚定不移地抓下去。首先在人员挑选上要把关，选配精兵强将；同时要加强培训，不断提高业务能力。对定点医疗机构的人员，要抓好培养、吸引和使用三个环节，建设一支与农村卫生发展需要相适应的"下得去、用得上、留得住"的农村卫生人才队伍，改善卫生队伍的人才结构，提高服务质量和水平。

七是建立和完善农村合作医疗工作的"四个机制"，即稳定的筹资机制、科学合理的补偿机制、严格的监督管理机制、有效的费用控制机制。

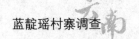

八是乡卫生院要利用开院务会的机会向卫生院的医务人员、乡村医生进行一系列的培训，安排人员到各个村小组进行新型农村合作医疗知识的宣传，从而更好地为人民群众做好医疗服务，提高服务效率。

第四节　计划生育

一　计划生育工作机构的建立

20 世纪 70 年代，河口县委、县政府将计划生育工作列入议事日程。1973 年 3 月，在河口县革命委员会内成立计划生育办公室，但收效甚微。1981 年后，县政府再次将计划生育工作列入重要议事日程。1982 年开始，县里抽调各级干部 705 人次，组成小分队深入各村、各农场生产队进行宣传。1983 年以后，计划生育政策的宣传广泛化、深入化和经常化，县委、县政府把人口控制任务向乡、镇一起下达，县人大常委会定期审议计划生育工作，县政协经常过问计划生育工作并提出建议，县纪委教育党员遵守计划生育政策，各级领导带头执行计划生育政策。党和政府对计划生育工作的重视，使得计划生育作为国策逐渐为群众所理解接受。现在从县到乡到村，设立了层层分管机构和人员，计划生育工作取得显著成果。

二　计划生育政策的实施

河口地处中国西南边疆，历史上在少数民族聚居地区早婚、早育、多育的现象比较普遍。过去生存环境恶劣、生产生活条件低下，医疗卫生条件落后，人口增长并不十分明显。自新中国成立以来，50 年代和 60 年代相继出现两次生育高峰，人口增长过快，人均耕地面积日趋减少，并对生态环境造成破坏，同时也给教育、卫生、住房、就业等方面的改善增加了困难。

1981 年后，计划生育列入了河口县委、县政府的重要议事日程，主要进行了以下几项工作：一是成立河口县计划生育委员会，调整充实计划生育办公室的工作班子；二是根据中央、省、州关于计划生育的方针政策，结合河口边疆民族地区的实际，制定计划生育政策；三是制定计划生育奖励政策，确定独生子女证的颁发相关细则；四是制定计划生育惩罚措施；五是坚持避孕为主，提倡综合节育措施，控制人口增长；六是广泛深入宣传实行计划生育是我国的一项基本国策的重要意义，大力宣传贯彻党和政府的计划生育政策和措施，做到家喻户晓，自觉遵守。[①]

经过多年的实践，河口县委、县政府及计划生育办公室总结了经验，根据《宪法》第 25 条"国家推行计划生育"的规定和上级有关政策，结合实际，对农村的计划生育工作作了调整：非农业人口一对夫妇只能生育 1 个孩子，有下列特殊情况者，经夫妇双方申请，单位提出意见，报县计划生育领导小组批准，可生育第二个孩子。此种特殊情况必须是：（1）第一个孩子已满 3 周岁，经县级以上医院诊断证明不能成长为正式劳动力者；（2）再婚夫妇一方只生过 1 个孩子，一方未生过孩子者；（3）婚后多年不育，

抱养他人 1 个孩子后，又怀孕者；（4）少数民族三代单传者。对农业人口积极提倡一对夫妇只生育 1 个孩子，最多不能超过 3 个，不论哪一种情况都不能生育第四胎。男方属机关干部、职工，女方属农业人口的，按农业人口的规定对待。[①]

直到 1985 年，当时老范寨区有两个乡，共 455 户瑶族，近 3000 余人。全区人口自然增长率从 1982 年的 12.2% 下降到 1983 年的 6.03%，全区只超生 1 人，多胎率为 2.3%，而该区从 1983 年开始基本都保持为无多胎乡。1983 年"三术率"（男扎、女扎、放环）占育龄妇女的 40.32%，其中斑鸠河乡实现了无多胎乡。[②] 老范寨地区的计划生育工作取得了显著成果。

计划生育作为一项国策，一直是政府工作的重中之重。斑鸠河村委会下辖的小牛场村民小组近年来没有超生超怀现象。据老范寨乡计划生育办公室统计，截至 2008 年 6 月，斑鸠河村委会共有 25 户瑶族家庭领取独生子女证，其中小牛场村于 2006~2007 年间有 5 户领取了独生子女证，有 8 户双女户采取了节育措施，还有 2 户与老范寨乡计划生育办公室签订了只生育 1 个孩子的合同。

---

① 河口瑶族自治县地方志编纂委员会编《河口县志》，三联书店，1994，第 86 页。
② 河口瑶族自治县地方志编纂委员会编《河口县志》，三联书店，1994，第 90 页。

表 5 - 4　2007 年小牛场村双女户家庭情况登记表

户编号	家庭住址	父母情况				双生女情况		
		父母姓名	出生年月	婚姻状况	节育措施	姓　名	出生年月	就读学校
1	小牛场村民小组	盘飞东	1980.10	初婚	放环	盘雅欣	2002.11	
		李新美	1984.7			盘雅林	2007.4	
2	小牛场村民小组	盘国良	1980.3	初婚	放环	盘亚婷	2001.4	
		李永秀	1982.12			盘亚敏	2004.1	
3	小牛场村民小组	李国洪	1969.5	初婚	放环	邓　娟	2000.6	小牛场小学
		邓美芬	1982.9			邓　娇	2002.5	
4	小牛场村民小组	李永保	1964.5	初婚	外用	李溪莲	1992.7	南溪民族中学
		盘绍兰	1969.6			李溪丽	1992.7	
5	小牛场村民小组	李文明	1964.11	初婚	服药	李金莲	1987.9	
		邓东梅	1968.2			李　端	1990.11	
6	小牛场村民小组	李绍光	1969.3	初婚	外用	李项丽	1993.2	南溪民族中学
		李国珍	1970.11			李项丹		南溪民族中学
7	小牛场村民小组	李国荣	1967.6	初婚	外用	李　梅	1992.2	
		李秀兰	1971.4			李　琳	1996.2	南溪民族中学
8	小牛场村民小组	蒙　建	1967.4	初婚	结扎	蒙罗秀	1986.8	
		盘飞芬	1967.12			蒙仙美	1996.12	老范寨中心小学

数据来源：老范寨计划生育办公室提供。

表5-5 2007年小牛场村农业人口领取独生子女父母光荣证基本情况登记表

编号	父母姓名	出生年月	婚姻状况	独身子女父母光荣证号码	办证时间	避孕节育措施	子女姓名	出生年月	性别	独生子女证号码	办证时间
1	李国忠	1968.5	初婚	200404755	2004.9.30	不孕	李斐	1998.8	女	2893	2004.3.19
	李国芳	1967.11		200404756							
2	李保妹	1974.2	离异	20040907	2004.12.20	放环	张瑞	1998.9	女	2949	2004.4.11
3	李国元	1969.4	初婚	2004311915	2005.9.27	放环	李金凤	2003.12	女	3278	2005.7.27
	王正芬	1969.5		2004311916							
4	黄正元	1973.12	初婚	2005383550	2006.8.25	放环	黄江艳	1998.3	女	3784	2006.4.30
	盘永妹	1977.6		2005383551							
5	伍建荣	1983.11	初婚	2005383504	2006.8.25	放环	伍思思	2005.5	女	3783	2006.3.30
	邓艳			2005383505							

资料来源：老范寨乡计划生育办公室提供。

三　瑶族传统婚恋习俗对计划生育政策的影响

自从在小牛场瑶族地区开展计划生育工作以来，工作的开展较为顺利，成绩显著。这一方面是当地政府响应国策，加大推行力度的结果，另一方面也与小牛场瑶族聚居区民族传统文化因素的影响有关。

如前所述，小牛场村的瑶族普遍盛行婿型婚姻。在这种婚姻形式下，男方"嫁"入女方，其居住模式的选择较为宽泛，居住满一定年限后可自由选择居住模式，即男方可自由选择是继续在女方家居住还是回男方家发展或是自立门户。再有婿型婚姻与入赘婚不同，男子本人及后代子女不须改姓，子女仍随父姓。而且分家时，女方家长也会分给新婚夫妇适当的财产。这样的婿型婚姻的社会文化，既解决了女方家庭劳动力短缺的问题，也保证了男方家族的延续。因此，可以说小牛场村的计划生育工作推行得一直比较顺利与这样的婚俗有着密切的关系。

第六章 婚姻 家庭

第一节 婚姻形式及其变迁

河口县蓝靛瑶的婚姻类型主要有两种,一种是娶(女)婿型,另一种是娶媳(妇)型。据相关资料记载,新中国成立前娶媳的比例大于娶婿,现在的情况则相反,娶婿的比例要大于娶媳,特别是瑶山、莲花滩、老范寨三个乡,娶婿的比例几乎占到99%。①

小牛场村的瑶族普遍盛行娶婿型婚姻,娶婿型婚姻具有三大特征:第一,由女方家主动请媒人向男方家提亲;第二,将男方"嫁"入女方家庭,居住满一定年限后可自由选择居住模式,即男方可自由选择是继续在女方家居住还是回男方家发展或是自立门户;第三,与入赘婚不同,娶婿婚男方本人及后代子女不须改姓,子女仍随父姓。

据村支部书记李明光介绍,近二十年来,村内的婚姻类型基本属于娶婿型婚姻,当地人称其为"嫁男人"。李明光本人也是从瑶山乡"嫁"到小牛场做女婿的,他及两个

① 河口瑶族自治县人民政府编《瑶族通史——河口瑶族自治县资料汇编》,2001,第62页。

子女都没有改姓。李明光结婚后多年一直在女方家的村落居住，已自立门户。随着社会经济的发展变化，当地蓝靛瑶的婚姻形式也在悄然发生着相应的变迁。

一 "买卖婚姻"的消失

新中国成立前，河口瑶族地区曾流行过"买卖婚姻"，即不论是娶媳妇还是招女婿，都要向对方家庭支付一定的"身价金"（有买断的含义），女子的身价金一般为12两白银，但也有高达几十两的，"身价金"的多少将决定女方陪嫁的多少；入赘同样需要向男方家庭支付一定的"身价金"，其多少视男子的自然条件而定，但男方不需要回赠"陪赘"。新中国成立后，婚姻中的买卖成分早已消失，但"身价金"的形式却被保留了下来，并成为蓝靛瑶婚礼中必不可少的内容。即在问亲过程中，女方父母或监护人请的媒人都要带1枚两分硬币向男方父母或监护人提亲。尽管带去的是1枚两分的硬币，但媒人嘴上却会说"这是二十"或"这是两百"等。如果对方父母或者监护人收下硬币，则表示同意这门亲事，如果拒收则表示不同意。在这一过程中，两分硬币只属于传情物，并无经济价值，却是问亲过程中必不可少的内容，因为它具有代表传统的"身价金"的象征意义。

二 "包办婚姻"向"自主婚姻"转变

以前河口蓝靛瑶青年男女的交往是自由的，但结婚的终身大事就不自由了。通过对歌谈情爱上的情侣不一定能够成亲，因为要受到两方面的束缚，一是要经父母同意，二是要合年庚八字。父母不在世的，其监护人可以代替包办。经父母或其他监护人同意后才能托人去问亲，双方父母或监护人同意后，还要合年庚八字，即请人看《合婚书》，八字相配就算终身大事已定，若年庚八字不合，这门亲也成不了。因而，在一般情况下，父母或其他监护人请媒、行聘、下定等都是瞒着子女进行的，无需征得子女的同意，直到结婚前才正式通知本人，并由村内德高望重的长辈对当事人加以劝说。据说劝说的理由如下：一是人生一世必须结婚；二是父母年老要有人帮助，家庭需要支柱；三是父母有义务帮助儿女建立家庭，认为二人配为夫妻十分合适，是命运注定，不能违抗等。① 据小牛场村村民邓秀珍（女，2008 年 71 岁，曾是第五届全国人大代表）介绍，她自己的婚姻就是完全由父母包办的，当时自己并不知情，直到结婚的当天，家里杀猪、请客时自己才被告知，男方也是在结婚的当天才被告知的。在父母包办婚姻的情况下，子女只能被迫接受父母的安排而不能抗争。随着社会的进步和发展，包办婚姻的因素已大大减弱。目前，小牛场村内的婚姻基本都是在男女双方自由恋爱后，自己告知父母或是请人告知其父母，由其父母为他们请媒说合，进而为其操办婚礼的。

三 择偶方式及范围

瑶族实行较为严格的一夫一妻制婚姻。历史上曾盛行"姑舅表婚"，同姓可通婚，但同宗者要在五代以外方可通婚。现在极少有近亲结婚现象。

---

① 宋恩常：《云南瑶族习俗》，载《云南苗族瑶族社会历史调查》，云南民族出版社，1982，第 162 页。

在小牛场瑶族传统社会中，对歌择偶曾是村内青年男女择偶最普遍的手段，择偶的年龄多数在18～20岁。男女青年在春节、元宵节、三月三、七月十五等主要节日及冬春两季对歌、谈情说爱，寻找意中人。对歌主要有两种形式，其一，在上述节日期间与周边瑶族村寨相约对歌；其二，夜间窜寨对歌，如果是姑娘去窜寨，则男子必须主动找姑娘唱歌，如果是男子去窜寨，则姑娘必须主动找男子唱歌。男女青年通过对歌相识、相恋后，相互赠送信物，以示相爱。

现在除对歌外，村内的青年男女也往往在农闲或节日期间到外寨去探亲访友，借此结交新朋友，如遇到理想对象，可请人代信，也可直接书信往来等。

由于受传统观念和活动区域的严重限制，历史上，村内蓝靛瑶的通婚范围比较狭窄，仅限于在本族或本支系内通婚，基本上属于族内婚，严格禁止与外族通婚；在地域上，通婚对象也多限于本村寨内。20世纪60年代后，逐渐出现与外族通婚的情况。20世纪80年代改革开放以来，各民族及各地区人口的社会流动性不断加大，各民族之间的交往不断加深，村内男女青年的择偶标准及范围也随之发生着相应的变化，与外族通婚的比例有所增加。据小牛场村现任计划生育宣传员盘国华介绍，他的妻子杨秀英就是当年他在蒙自读技工学校时认识的彝族姑娘，结婚后，村里人对杨秀英的评价很高，都认为她聪明能干，而且能吃苦耐劳。目前，盘国华夫妻已生育两个孩子，夫妻俩共同经营着幸福温馨的家庭。除此之外，李红艳的丈夫彭成有也是外地来上门的汉族男子，李凤琳的丈夫陶平也是从外村来上门的苗族男子。从总体上看，小牛场村村民的择偶范围仍然具有严重的地域局限性，50%的婚姻嫁娶范围仍然局限于本村，超越本村范围的也基本局限于附近几个瑶族村寨。到 2008 年为止，与外地人口以及外族通婚的比例仍然不到 10%。

四　婚后居住模式的变化

历史上，瑶族结婚后普遍盛行从妻居的习俗，因而男子入赘女方家庭后的居住年限往往成为订婚时双方所要讨论的重要内容之一。在女方家居住的年限规定一般有 1 年、2 年以及终身等，并根据不同情况决定是否享有以及享有多大程度的财产继承权。终身从妻居者，要改名换姓，入女方户籍，接续女方香火。新中国成立后，瑶族传统的从妻居的年限限制已逐渐宽松。婚后，男子只需按事先的约定，在妻子家居住并劳动 2~3 年便可带妻子回男方家，也有自愿在女方家多住几年或终身定居女方家的，还有在女方家居住几年后自立门户的，但不论从妻居的年限或长或短，嫁入女方家的男子都不再需要改姓易宗，子女也都随父姓。并且在女方家庭中享有和女方家儿子同等的地位，常被视为亲子。子女一般都能孝敬老人，与家庭成员和睦相处。

现在小牛场村多半是娶婿型婚姻形式，不同于入赘婚，不仅男子本人不用改姓，后代也随父姓，而且绝大部分都是男方终身到女方家居住，或是在女方家居住几年后，进而在女方家的村寨中自立门户。

五　婚姻中的变故

由于生活环境的单纯和传统婚姻观念的影响，蓝靛瑶对婚姻家庭都极为重视，当地瑶族村民离婚现象极少。据老范寨乡派出所教导员介绍，该地区瑶族已经数年很少出现离婚案，大约在 5 年前有一起。

　　小牛场蓝靛瑶社会中素来重视家庭的传统道德教育，青年男女成年后，尤其在结婚前，父母一般都会教导他们婚姻生活要守诚信、要与人和睦相处、嫁人后就要从一而终等，这些传统观念对维护瑶族婚姻的稳固发挥着积极的作用。夫妻感情实在不合、经常发生家庭暴力或婚后多年无子女是导致离婚的主要原因。小牛场村村民邓秀珍介绍，小牛场村村民的婚姻一般都比较稳定，极少发生离婚现象。近年来，小牛场仅发生过一起离婚事件，原因是夫妻感情不和。按以前的传统习俗，离婚时由村中有威望的长者作证，由长者当面剖开一支竹筒或一根筷子，双方各持一半，朝相反方向走开，表示从此各走各的路，互不相干。一般情况下，离婚时财物各取一半，但寨老评判时往往会考虑责任在哪一方，提出离婚者往往在财产上要作出一定的让步。子女随父或随母任其选择，年幼者由父母决定。离婚后嫁娶自由。

　　离异或者丧偶后再婚一般都会受到社会的同情和理解，只要责任不在己方，就不会影响其在新家庭中的地位。

六　婚姻程序的简便

　　小牛场村蓝靛瑶盛行娶婿型婚姻，即姑娘娶小伙子。以前传统婚姻的缔结主要有以下几个程序。一是问亲，青年男女通过对歌等形式相识、相恋后，要征得双方父母的同意，由女方家请媒人去男方家问亲。二是合八字，父母同意后还要合八字，八字不合不能成婚，八字相合则可以结婚。三是订婚，由女方主持，并商定结婚相关事宜。四是婚礼，在晚间举行，由男性媒人将男子送到女方家，由女方家置办宴席，晚宴和婚礼宴会的主要内容就是唱歌和

喝酒，其间男女双方要经过若干次对歌、问答等较为复杂的程序。婚礼宴会结束后，还要举行回门，由男方家举办酒宴。现在小牛场村村民的婚姻程序已趋于简便，双方经自由恋爱后，告知父母，由父母请人提亲后便可操办婚礼，婚礼的程序也简便化了，更多的是亲朋好友祝福新人和营造喜庆的氛围。

图6-1　小牛场村村民为新娘准备的嫁妆（金少萍摄）

第二节　家庭

一　家庭类型、规模

在民国以前，河口蓝靛瑶的家庭组织形式是以父系为中心的一夫一妻制。凡是已成年嫁娶的子女，大多数都是另立家庭。无论有几个子女，父母都只与一个子女（一般为幼子或幼女）同住。所以三代或四代同堂的家庭较少，普遍是一对夫妻及其子女的核心家庭占较大的比例。

现在河口蓝靛瑶的家庭类型和规模，与过去相比并无明显差异，主要还是父系家长制的小家庭。河口县于1981年开始实行计划生育政策，机关和农场由1月1日起执行一对夫妻生1个孩子的政策，农村由3月1日起提倡一对夫妻生1个孩子，但最多不得超过3个孩子。计划生育政策的执行，使瑶族的家庭人口逐渐减少，虽然有少数三代或四代同堂的家庭，但人口总数也未超过10人。

据老范寨乡提供的户口资料的统计，到2006年底，小牛场村共有78户人家，276人，其中男性136人，女性140人。其家庭人口规模以3~5人居多，家庭类型以核心家庭为主。

（一）家庭类型统计

根据小牛场村78户家庭结构的记录资料的统计，其家庭类型的统计如下。

一对夫妻和未婚子女组成的家庭：45户，占小牛场村家庭总数的57.7%。

一对夫妻为主，三代以上成员组成的家庭：19户，占小牛场村家庭总数的24.4%。

单亲家庭（父或母及未婚子女）：9户，占小牛场村家庭总数的11.5%。

一对夫妻组成的家庭：2户，占小牛场村家庭总数的2.6%。

1名成员的家庭：3户，占小牛场村家庭总数的3.8%。

（二）家庭人口规模统计

在小牛场村的 78 户家庭中，家庭人口数最多的为 8 人，最少的仅有 1 人。具体统计数据为：8 口之家有 1 户，7 口之家有 3 户，6 口之家有 3 户，5 口之家有 15 户，4 口之家有 31 户，3 口之家有 16 户，2 口之家有 7 户，1 口之家有 2 户。从这组数据中可以看出，小牛场村的家庭人口规模主要集中在 3～5 人，由 3～5 人组成的家庭占家庭总数的 79.5%。

二 家庭结构

（一）家庭成员间的关系及其分工

由于长期受父系家长制的影响，历史上，瑶族家庭中一般丈夫的地位比妻子高，家庭中的重大问题都由丈夫作主。有男客人来，女人不得与男人同桌，妻子不得当着丈夫的面与别人讲汉语。家庭活计也有明显的分工和界限，妻子应做什么、丈夫应做什么都比较明确，教育男孩是丈夫的事，而教育女孩则是妻子的事。女人如何做妻子，男人如何做丈夫，父母都作过聆教。[①] 新中国成立后，父系家长制的传统并未出现明显变化，一般还是以丈夫为户主，但妇女的地位有了很大的提高，男女双方在决定家庭事务时的地位是基本平等的，由双方协商决定各项事务。女性如果有能力，也可以当户主，在小牛场村的 78 户人家中，

---

① 河口瑶族自治县人民政府编《瑶族通史——河口瑶族自治县资料汇编》，2001，第 46 页。

由女性当户主的就有 12 户（其中 4 户是由母亲和未婚子女组成的单亲家庭）。

瑶族家庭的内部，主要按性别进行分工。据小牛场村党支部书记李明光介绍，过去一般由男人负责狩猎和粮食生产，女人则负责提供全家人的衣着并照料日常生活。现在这种分工格局已经被打破，狩猎已不再是男人的主要工作和生活技能，而女人也基本不再纺线织布做衣服，女人也参与家庭的粮食生产和经济作物的生产，有些甚至成为家庭的主要劳动力，男人也会主动做一些家务（如洗衣、做饭等）。过去子女是家庭中的劳动力和帮手，农忙时帮助家里干活、放牛等，女童还能帮助母亲做衣服、做家务、割猪草等。现在实行九年义务教育制度，孩子基本都去上学了，很少参与家庭劳动，只是在放假回家时帮助做一些家务。老年人则主要负责照顾孩子和做部分家务等。在家中，儿女尊重父母，父母对儿女关心照料，兄弟姐妹之间互相友爱帮助，相处融洽。

（二）分家、养老及财产继承

按照传统习惯，小牛场村蓝靛瑶子女多的家庭婚后都要分家自立门户，两个孩子以上的家庭当孩子成年结婚时就要分家。老人与最后结婚的子女（通常为幼女或幼子）居住，也可以选择与长子或长女居住，子女们都不会推卸赡养老人的责任。分家一般都是由子女主动提出的，当子女成家并生育孩子后，就可以主动提出另立门户。家庭财产（主要是土地）以前是在寨老等人的监督下由父母平均分配。现在小牛场村大多是由各家自行分配家庭财产，不再通过寨老。一般情况下，男方家庭在分家时也会分一块

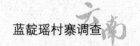

田地给"出嫁"的儿子，女方家则会赠一头水牛或马匹，或是一些生产工具，使他们能够依靠劳动养活自己。分家时，老人必须留有一份自己的财产（主要是土地），老人过世后，这份财产就归赡养者继承。即使老人不跟自己过，子女也会主动孝敬和关心老人；当老人过世时，由子女共同出财力、物力等为老人举办丧事。

（三）家族

小牛场村的蓝靛瑶由于盛行娶婿婚姻，亲兄弟往往要"外嫁"，娶回来的大多数都是外姓或是外村人，所以，由一个祖先延续下来的后裔难以在一个村落中形成"家族"或"房"的组织，就是亲兄弟成婚后，居住一村的也不多。据村民反映，在小牛场村村民的社会生活和观念中，"家族"的意识很淡薄，也不存在家族势力的影响。

三　家庭道德规范

瑶族传统社会生活，素来重视家庭道德的教育，形成了文化内涵丰富的家庭道德规范。这些家庭道德规范还往往与传统习惯法、宗教信仰相互交融，成为一种无形的力量，协调和维系着家庭成员间的和睦与亲情，进而成为瑶族家庭生存、发展的重要的内聚力量。如今细细审视瑶族传统家庭道德规范的内容，其基本内核与当代社会主义道德规范的内容是基本吻合的，因而发扬瑶族传统的家庭道德规范，对于当代瑶族家庭的健康发展以及瑶族地区和谐社会的构建均具有重要的现实意义。

通过对小牛场村村民的调查和访谈得知，当地瑶族传统的家庭道德规范主要有如下几方面的内容。

　　一是勤劳、勤俭持家的观念。瑶族在世代的山居生活中，由于生存条件较为恶劣，唯有勤劳耕作、勤俭持家才能够维持生存和基本的生活。因而瑶族的家庭道德教育中十分重视生产劳作观念和技能的教育，男孩和女孩从小受到父母的言传身教，按照性别分工学习劳动技能，培养勤劳的观念。男孩从小受到狩猎和农耕生产技能的教育和训练，而女孩从小要受到采集、农耕、纺织等生活技能的训练和教育。

　　二是非理之事不为、非我之物不取，讲信用和诚实的观念。瑶族山寨素有"夜不闭户，路不拾遗"的古朴民风。这样的社会风习的形成与各家庭的道德教育有着密切的关系。瑶族家庭教育孩子做人的准则之一便是非理之事不为、非我之物不取，讲信用和诚实。不是自己的东西，决不能取为己有。偷窃是人生的耻辱等均成为普遍的家庭道德规范而加以遵守。因而瑶族村寨农田中的作物、堆放在田棚间的粮食等均不会被人取走，外出劳作时也不用锁门。不偷窃、讲信用等成为瑶族成年礼教育中必须进行教育的道德规范之一。

　　三是尊老爱幼的观念。瑶族家庭十分强调辈分，重视培养晚辈尊敬和孝顺长辈的传统习惯。晚辈外出遇到长辈要主动打招呼并让路，在家中年轻人和晚辈在火塘边及坐凳子时都不能翘着腿，否则是对长辈的不恭敬。用餐时主动为长辈盛饭，并用双手递到长辈手中。与此同时，父母也极力关心爱护子女。

　　四是礼貌待客的观念。在瑶族家庭道德规范教育中，一向重视教育子女要热情好客、待人接物讲究礼节。因而瑶族家中有客人来时，家人都会热情相待，又是沏茶，又是递烟；若是贵客，还要杀鸡、煮肉，准备丰盛的酒宴款待。并在用餐时让客人坐上座，主动为客人盛饭等。

五是恋爱、性、婚姻方面的道德观念。瑶族社会素有提倡自由恋爱的传统，但传统恋爱风习中有专门的规矩和禁忌，如对歌活动中必须遵守一些约定俗成的规矩，如同一村寨的男女青年不能对唱。在老年人面前不能唱。不能在自己家里唱，若邀请年轻人到家中唱歌，主人自己则要回避，仅负责招待。青年男女单独对唱时不能在偏僻的地方等。瑶族家庭历来重视性道德的教育和婚姻方面的教育，青年男女婚前可自由交往，但性的禁忌必须严格遵守，通奸男女不仅受社会歧视，还要受到传统习惯法的处罚，而且十分强调婚姻要守诚信，要从一而终等。因此，当地瑶族的婚姻家庭历来较为稳定，离异者不多。以前离婚还要报告寨老，并请寨老出面评判责任和财产的分配。

六是祖先崇拜的观念。小牛场瑶族社会中素有浓厚的祖先崇拜的观念，平时家中供祭祖先的香火不断，在最重要的民族节庆如"盘王节"、农历三月三、七月十五时都要举行祭祖活动。有的民族节庆的主题内容就是祭祖，如农历三月三、七月十五。在出生、成年、婚姻、丧葬以及农业生产活动中也有祭祖的活动。他们往往将祖先崇拜与民族认同、家庭的生存和发展相联系，对家人和后代进行民族传统伦理道德和祖先创业艰辛历程的教育。

第七章　民族与宗教

第一节　民族与民族关系

一　瑶族族称及其支系

（一）瑶族族称

瑶族具有悠久的历史，其迁徙时间漫长，迁徙路线曲折，在长期的历史过程中形成了自己独特的文化传统和众多特点鲜明的民族支系。现在瑶族大多分布于广西、广东、湖南、贵州、云南等省区，其中云南省境内的瑶族主要分布在云南文山、河口等南部的州县。追溯瑶族的族源，学术界认为，上古时期的"三苗"、"蛮"中包括了瑶族的先民。经过长期的分化和融合，在南北朝时期瑶族逐渐从信仰"盘瓠"的族群中分化出来，被称为"莫徭"。[①] 宋代以后"徭"的族称一直沿用，只是采用不同的字来表述，正如有的学者指出的：随着不同历史时期的政治趋向和民族关系的张弛变化，"徭"字的偏旁被频繁易用，有徭、傜、

---

① 徐祖祥著《瑶族文化史》，云南民族出版社，2001，第3页。

① 徐祖祥著《瑶族文化史》，云南民族出版社，2001，第3页。

第七章　民族与宗教

第一节　民族与民族关系

一　瑶族族称及其支系

（一）瑶族族称

瑶族具有悠久的历史，其迁徙时间漫长，迁徙路线曲折，在长期的历史过程中形成了自己独特的文化传统和众多特点鲜明的民族支系。现在瑶族大多分布于广西、广东、湖南、贵州、云南等省区，其中云南省境内的瑶族主要分布在云南文山、河口等南部的州县。追溯瑶族的族源，学术界认为，上古时期的"三苗"、"蛮"中包括了瑶族的先民。经过长期的分化和融合，在南北朝时期瑶族逐渐从信仰"盘瓠"的族群中分化出来，被称为"莫徭"。[①] 宋代以后"徭"的族称一直沿用，只是采用不同的字来表述，正如有的学者指出的：随着不同历史时期的政治趋向和民族关系的张弛变化，"徭"字的偏旁被频繁易用，有徭、傜、

---

① 徐祖祥著《瑶族文化史》，云南民族出版社，2001，第3页。

猺、瑶等，其中从清代到整个民国时期使用带侮辱性的
"猺"字的时间最长。① 新中国成立后统一族称为"瑶"。

河口瑶族自称繁多，其中多有自称为"勉"或"们"
的支系。而其他民族对瑶族的称谓则有"蓝靛瑶"、"红头
瑶"、"白线瑶"、"沙瑶"等。这些称谓大多基于瑶族独特
的服饰特点、传统产业或居住特性等而得名。小牛场村的
瑶族全部为蓝靛瑶支系，他们自称"丢们"，村民对此自称
的解释为"山上的人"。

（二）河口的瑶族支系

河口瑶族自治县是云南省瑶族分布相对集中的地区，
其中主要有蓝靛瑶、红头瑶、白线瑶和沙瑶等支系。

1. 蓝靛瑶

蓝靛瑶因历史上擅长种植蓝靛、制作蓝靛，并穿着蓝
靛浸染的服饰而得名。蓝靛瑶主要分布于瑶山、老范寨、
莲花滩三个乡。

2. 红头瑶

红头瑶则因其妇女特殊的头饰而得名。红头瑶集中居
住在马革、龙堡、龙冬、水头、湖广、马鹿塘等地。河口
的红头瑶其头饰因地域而呈现不同的特点：一种是用大红
花布包住头部，然后用彩色串珠和红毛线扎成的彩带绒穗
固定头饰，主要是居住在元江沿岸一带的红头瑶妇女使用；
另一种是将大红花布裁成头帕，然后同样用彩色串珠和彩
带绒穗进行装饰，南溪河一带的红头瑶妇女往往使用这种

---

① 赵廷光著《论瑶族传统文化》，云南民族出版社，1990，第 158~160
页。

头帕装饰。[①] 红头瑶妇女的头饰其红色鲜明，因此被周边民族以此作为对这一瑶族支系的称呼。

3. 白线瑶

白线瑶是由于该支系妇女的头饰使用白棉线为装饰而得名。白线瑶主要居住在南溪镇、桥头乡薄竹箐、竹林寨村等地。白线瑶妇女一般将头发束盘于顶，将白棉线织就的头帕盖在头顶，白棉线从两边耳旁垂下，外面再盖上红蓝相间的头帕，然后用黑白串珠和彩色带子加以绑定。

4. 沙瑶

沙瑶主要分布在河口境内元江两岸，因为与壮族的沙人支系关系密切，其文化习俗有所交融而得此称谓。服饰方面，沙瑶男女多以黑纱缠头，男子着斜襟无领长袖衫，下装多为黑色宽腰大裆裤；女子穿青蓝色或黑色斜襟圆领上衣，衣摆长过膝，两边开衩，下装为窄腿长裤，袖口和裤腿都镶饰红、蓝或白色花边。

二　河口境外瑶族

瑶族是一个以迁徙而著称的民族，除在中国居住外，也有部分迁徙到中国境外跨境而居，其中有一部分迁移到了越南。中国学术界和越南学术界都普遍认为：越南的瑶族是从中国迁徙过去的。并且瑶族从陆地进入越南的三条线路中，其中有一条就是从云南文山、河口沿元江进入越南的老街省、黄连山一带，进而向莱州迁徙。[②]

---

① 河口瑶族自治县人民政府编《瑶族通史——河口瑶族自治县资料汇编》，2001，第84页。

② 周建新著《中越中老跨国民族及其族群关系研究》，民族出版社，2002，第94、95页。

河口瑶族自治县国境线全长 193 公里，其中水界 73 公里，陆界 120 公里，主要与越南老街省的新马街、勐康、保安、坝洒、沙巴等县接壤。尤其是与越南老街省的老街市山水相连。河口边境地带的瑶族和越南境内的瑶族在历史上常常由于两国国内情况的变化而成规模迁徙移动。中越边境地区瑶族的共同文化特性是：跨境而居、族源上有深厚的渊源关系、文化上不断交流融合。如今靠近中国和越南边境地带的部分瑶族往往根据两边国家的政策和形势，以婚嫁、亲戚、贸易来往等形式流动。

为了解河口边境地带瑶族等跨境民族的基本情况，我们调查组一行曾于 2007 年 8 月间到越南老街省的沙巴县考察，重点考察了沙巴县城的民族手工艺品市场。市场内有瑶族的刺绣和挑花工艺品、服饰，还有苗族的刺绣、蜡染制品及蜡染裙等，数量之多、品种之齐全、工艺之精美令我们惊奇万分。有趣的是当我们购买刺绣工艺品时，越南瑶族妇女还用英语与我们讲价。那天正值沙巴赶集，街上见得最多的是身着各种服饰的瑶族妇女，尤其是她们的头饰格外引人注目，仅是红头瑶就有好几种装束。我们还见到越南瑶族的小女孩们在沙巴街头的网吧上网，有的还用英语与其他欧美国家的游人聊天长达数小时。除了工艺品市场外，沿街还有许多瑶族手工艺品的地摊，其中不乏工艺精品，激起了我们购买的欲望，一件件精美的瑶族、苗族刺绣和挑花手工艺品令我们调查组的成员爱不释手。从我们的调查情况来看，有这样几方面的印象极为深刻并值得关注。

一是越南瑶族与中国河口地区的瑶族大致相同，支系特征十分明显，多以民族服饰，尤其是头饰相区别，如红头瑶、蓝靛瑶等。

二是越南瑶族、苗族传统服饰刺绣和挑花工艺的传承保持较好。在沙巴县城街头或是民族手工艺品市场内，到处都有瑶族和苗族妇女穿着民族传统服饰的身影，而且随处可见她们绩麻、刺绣和挑花的情景，再有这些妇女的双手均染上了蓝靛色，经过询问得知，她们果真还保持着利用植物蓝靛进行服饰染色的传统工艺。就民族传统服饰系列工艺的整体保护而言比河口地区的瑶族要好得多。

三是现代旅游业对越南瑶族有很大影响。本来瑶族是不善于经商的，越南的沙巴开发成旅游地区的同时，也极大地影响了当地瑶族的传统生活，瑶族妇女生产和销售传统手工艺品成为沙巴街头的一道风景。尤其是周末各村的瑶族都纷纷到沙巴赶集，在购买生活用品的同时，也纷纷出售自己的产品，特别是民族手工艺品如刺绣和挑花用品。除在固定的民族手工艺品市场销售外，沙巴街头随处可见贩卖民族手工艺品的地摊。这些经营刺绣和挑花手工艺品销售的瑶族妇女都十分大方，主动向外国人推销商品，并能用英语讨价还价。现代旅游业的发展不仅将她们推向了市场，也使民族传统手工艺经历了从传统到现代的转变，从而在另外一个层面传承、保护了民族传统文化。

另外，我们还曾到边境地带的一个苗族村寨考察。该村与河口县的苗族村仅有一条河之隔，河水清澈，河岸边的排排树木搭成一道道绿荫，不少孩子在河中戏水游玩。在越南的这个苗族村中，村民已住进了砖瓦房，但仍保持着苗族传统民居的建筑样式，房屋内光线明亮，较为清洁。我们还见到几位老年妇女坐在门道边上刺绣和挑花。另外，我们还亲眼见证了民间贸易来往的情景，几位越南苗族村的村民身背玉米趟着河水来到中国的苗族村，双方都是亲戚，几分钟的时间玉米的交易就完成了。在此，边境、国界仿佛不存在似的，这也许就是边疆少数民族跨境而居的一幅日常生活图景。

三　周边民族、周边村寨及其交往与联系

（一）老范寨乡的民族人口概况

老范寨是一个多民族聚居的乡镇，周边生活的少数民族有瑶族、苗族、彝族、壮族、布依族以及哈尼族等。

据 2000 年统计，老范寨乡的人口共有 867 户 3830 人，其中少数民族人口为 3765 人，占总人口的 98.3%。其中瑶族人口为 3046 人，占总人口的 79.5%，苗族人口 547 人，占总人口的 14.3%，彝族人口 114 人，占总人口的 3%，壮族人口 46 人，占总人口的 1.2%，此外，还有傣族 6 人，布依族 4 人，哈尼族 2 人。[①]

据 2008 年人口统计，老范寨乡本地人口共计 4135 人，其中瑶族 3358 人，占总人口的 81.2%，苗族 557 人，占总人口的 13.5%，彝族 97 人，占总人口的 2.3%，此外，还有汉族 78 人，壮族 20 人，哈尼族 3 人，傣族 2 人，回族 2 人，蒙古族 2 人，布依族 15 人，其他民族 1 人。[②]

---

① 河口瑶族自治县人民政府编《瑶族通史——河口瑶族自治县资料汇编》，2001，第 17 页。

② 数据来源：老范寨乡派出所提供。

图 7 - 1　老范寨市集上出售的苗族服装（金少萍摄）

老范寨乡下辖贵良村委会和斑鸠河村委会共计 19 个自然村。贵良村委会所辖 10 个自然村中，其中有 8 个瑶族聚居村寨，2 个苗族聚居村寨。斑鸠河村委会所辖 9 个自然村中，有 7 个瑶族聚居村寨，2 个苗族聚居村寨，即丫都坡二组和三组。两个村委会共有瑶族村落 15 个，占村落总数的 78.9%；共有苗族村落 4 个，占村落总数的 21%。

从上述一系列的统计数据可以看出，在老范寨乡范围内，瑶族无论是村落的数据，还是人口的数据都是最多的，其次是苗族和彝族。苗族有聚居村寨，彝族则是在附近村落部分混居。其他少数民族如壮族、布依族等人数较少，呈零星散居，没有形成聚居村落。

表7－1　2008年度老范寨乡分地区民族人口统计

单位：人

地区别	总计	汉族	彝族	白族	哈尼族	壮族	傣族	苗族	傈僳族	回族	拉祜族	佤族	纳西族	景颇族	瑶族	藏族	布朗族	阿昌族	怒族	普米族	德昂族	独龙族	蒙古族	基诺族	水族	满族	布依族	其他族
甲	1	2	3	4	5	6	7	8	9	10	11	12	13	14	15	16	17	18	19	20	21	22	23	24	25	26	27	28
斑鸠河村	1781	7	90			2		2							1673								2				5	
贵良村	1997	13	1		3	18	2	484		2					1498													1
老范寨乡	357	58	6		3	18	2	71		2					187								2				10	
合计	4135	78	97		3	20	2	557		2					3358								2				15	1

资料来源：老范寨乡派出所提供。

190

表 7-2 2008 年度老范寨乡分户别民族人口统计

单位：人

户别	总计	汉族	彝族	白族	哈尼族	壮族	傣族	苗族	傈僳族	回族	拉祜族	佤族	纳西族	景颇族	瑶族	藏族	布朗族	阿昌族	怒族	普米族	德昂族	独龙族	蒙古族	基诺族	水族	满族	布依族	其他族
甲	1	2	3	4	5	6	7	8	9	10	11	12	13	14	15	16	17	18	19	20	21	22	23	24	25	26	27	28
农业集体户口	17														17													
农业家庭户口	3864	33	93			3	2	526		1					3199								2				6	1
非农业家庭户口	254	45	4		3	17	2	31		1					142												9	
合计	4135	78	97		3	20	2	557		2					3358								2				15	1

资料来源：老范寨乡派出所提供。

（二）斑鸠河村委会下辖其他自然村的概况 *

1. 丫都坡一村

村情概况：丫都坡一村地处山区，距村委会 11 公里，距离乡政府 23 公里，土地面积 0.8 平方公里，海拔 668 米，年平均气温 20℃，年均降水量 1321 毫米，适宜种植水稻、玉米等农作物。有农户 20 户，乡村人口 87 人，其中农业人口 87 人，劳动力 54 人，从事第一产业人数 54 人。2009 年全村经济总收入 16.9 万元，农民人均纯收入 1607 元。该村属于贫困村，农民收入以种植业为主。村组长：杜庆文。

自然资源：全村耕地总面积为 253.05 亩（其中：田 69.55 亩，地 183.5 亩），人均耕地 2.9 亩，主要种植水稻、玉米、香蕉等作物；拥有林地 199 亩，其中经济林果地 31.5 亩，人均经济林果地 0.36 亩，主要种植八角、肉桂等经济林果；荒山荒地 750 亩。

基础设施：截至 2009 年底，该村已实现水、电、路、电视、电话五通。全村有 20 户通自来水，有 20 户通电，拥有电视机农户 18 户；安装固定电话或拥有移动电话的农户 18 户，其中拥有移动电话农户 18 户。该村到乡镇的道路为水泥路面，进村道路为水泥路面，村内主干道均为未硬化路面；距离最近的车站 11 公里，距离最近的集贸市场 11 公里。全村共有摩托车 23 辆。有 8 户居住于砖木结构住房，有 12 户居住于土木结构住房。

农村经济：该村以种植业为特色产业。2009 年农村经

---

*　数据来源：老范寨乡政府、斑鸠河村委会提供，并参考了云南数字乡村网中的相关资料。

济总收入 16.9 万元，其中种植业收入 8 万元，畜牧业收入 3 万元，林业收入 2.26 万元，工资性收入 2.08 万元。农民人均纯收入 1607 元。全村外出务工收入 2.08 万元，常年外出务工人数 4 人（省内 2 人，省外 2 人）。

人口卫生：截至 2009 年底，该村有农户 20 户，共有乡村人口 87 人，其中男性 44 人，女性 43 人。农业人口 87 人，劳动力 54 人。该村是瑶族聚居村寨，瑶族 87 人，参加农村合作医疗 87 人，参合率达 100%。享受低保 31 人。距村委会卫生室 11 公里，距乡卫生院 23 公里。

文化教育：该村小学生就读于丫都坡小学，中学生就读于河口县民族中学。该村距离小学 3 公里，距离中学 47 公里。目前该村义务教育在校学生 14 人，其中小学生 10 人，中学生 4 人。

村务公开：该村截至 2009 年底，已签订农业承包合同 22 份，农村土地承包面积为 110.05 亩，一事一议筹劳 20 个；有固定资产 1.5 万元，农村财务管理实行自行管理，定期开展村务公开，并成立了民主理财小组，主要以公告、办黑板报、召开会议方式公开。

基层组织：该村设党小组 0 个，党员总数 2 人（男性党员）。

问题和发展重点：该村目前存在的主要困难和问题是无集体经济来源。该村今后的发展思路和重点是加强公路建设和管理，发展香蕉种植业。

2. 丫都坡二村

村情概况：丫都坡二村地处山区，距村委会 12 公里，距乡政府 25 公里，土地面积 1.39 平方公里，海拔 710 米，年平均气温 21℃，年均降水量 1320 毫米，适宜种植水稻、玉米等农作物。有农户 46 户，乡村人口 170 人，其中农业人口 170 人，劳动力 94 人，从事第一产业人数 94 人。2009 年全村经济总收入 33.1 万元，农民人均纯收入 1683 元。该村属于贫困村，农民收入以林业为主。村组长：李东兵。

自然资源：全村耕地总面积为 461.1 亩（其中：田 115 亩，地 346.1 亩），人均耕地 2.7 亩，主要种植水稻、玉米、香蕉等作物；拥有林地 529.2 亩，其中经济林果地 139 亩，人均经济林果地 0.8 亩，主要种植八角、肉桂等经济林果；荒山荒地 1100 亩。

基础设施：至 2009 年底，该村已实现水、电、路、电视、电话五通。全村有 46 户通自来水，有 46 户通电，拥有电视机农户 44 户；安装固定电话或拥有移动电话的农户 40 户，其中拥有移动电话农户 26 户。该村到乡镇的道路为水泥路面，进村道路为土路面，村内主干道均为硬化路面；距离最近的车站 12 公里，距离最近的集贸市场 12 公里。全村共有摩托车 40 辆。有 30 户居住于砖混结构住房，有 1 户居住于砖木结构住房，有 12 户居住于土木结构住房，还有 3 户居住于其他结构的住房。

农村经济：该村以林业为特色产业。2009 年农村经济总收入 33.1 万元，其中种植业收入 24.1 万元，畜牧业收入 2 万元，林业收入 5 万元，工资性收入 2 万元。农民人均纯收入 1683 元，农民收入以林业为主。全村外出务工收入 2 万元，常年外出务工人数 2 人（省内 1 人，省外 1 人）。

人口卫生：截至 2009 年底，该村有农户 46 户，共有乡村人口 170 人，其中男性 90 人，女性 80 人。农业人口 170 人，劳动力 94 人。该村是苗族聚居村寨，苗族 170 人，参加农村合作医疗 170 人，参合率达 100%。享受低保 20 人。

距村委会卫生室 12 公里，距乡卫生院 25 公里。

文化教育：该村小学生就读于丫都坡小学，中学生就读于河口县民族中学。该村距中学 48 公里。目前该村义务教育在校学生 41 人，其中小学生 26 人，中学生 15 人。

村务公开：截至 2009 年底，该村已签订农业承包合同 47 份，农村土地承包面积 155.1 亩，一事一议筹劳 20 个；有固定资产 2.5 万元，农村财务管理实行自行管理。

基层组织：该村设党小组 1 个，党员总数 4 人（男性党员）。

问题和发展重点：该村目前存在的主要困难和问题是无集体经济来源。该村今后的发展思路和重点是加强公路建设和管理，发展香蕉种植业。

3. 丫都坡三村

村情概况：丫都坡三村地处山区，距村委会 15 公里，距乡政府 27 公里，土地面积 0.8 平方公里，海拔 710 米，年平均气温 20℃，年均降水量 1320 毫米，适宜种植水稻、玉米等农作物。有农户 18 户，乡村人口 80 人，其中农业人口 80 人，劳动力 53 人，从事第一产业人数 53 人。2009 年全村经济总收入 13.5 万元，农民人均纯收入 1541 元。该村属于贫困村，农民收入以林业为主。村组长：李文祥。

自然资源：全村耕地总面积为 226.1 亩（其中：田 37.9 亩，地 188.2 亩），人均耕地 2.8 亩，主要种植水稻、玉米、肉桂等作物；拥有林地 319.4 亩，其中经济林果地 82 亩，人均经济林果地 1 亩，主要种植八角、肉桂等经济林果；荒山荒地 650 亩。

基础设施：截至 2009 年底，该村已实现水、电、路、电视、电话五通。全村有 18 户通自来水，有 18 户通电，有 17 户通有线电视；安装固定电话或拥有移动电话的农户 15 户，其中拥有移动电话农户 15 户。该村到乡镇的道路为土路面，进村道路为土路面，村内主干道为未硬化路面；距离最近的车站（码头）15 公里，距离最近的集贸市场 15 公里。全村共拥有摩托车 12 辆。有 18 户居住于土木结构住房。

农村经济：该村以林业和种植业为特色产业。2009 年农村经济总收入 13.5 万元，其中种植业收入 7.38 万元，畜牧业收入 1 万元，林业收入 1.61 万元，工资性收入 2 万元。农民人均纯收入 1541 元，农民收入以林业等为主。全村外出务工收入 1.23 万元，常年外出务工人数 2 人（省内 1 人，省外 1 人）。

人口卫生：2009 年该村有农户 18 户，乡村人口 80 人，其中男性 45 人，女性 35 人。农业人口 80 人，劳动力 53 人。该村是苗族聚居村寨，苗族 80 人，参加农村合作医疗 70 人，参合率达 87.5%。享受低保 10 人。距村委会卫生室 13 公里，距乡卫生院 22 公里。

文化教育：该村小学生就读于丫都坡小学，中学生就读于河口县民族中学。该村距小学 3 公里，距中学 48 公里。目前该村义务教育在校学生 10 人，其中小学生 6 人，中学生 4 人。

村务公开：截至 2009 年底，该村已签订农业承包合同 22 份，农村土地承包面积 117.1 亩，一事一议筹劳 20 个；有固定资产 1.4 万元，农村财务管理实行自行管理。

基层组织：该村设党小组 0 个，党员总数 2 人（男性党员）。

问题和发展重点：该村目前存在的主要困难和问题是公路受自然灾害损害严重，无卫生路、沼气、活动室。该村今后的发展思路和重点是发展种植、养殖业。

4. 双龙村

村情概况：双龙村地处山区，距村委会6公里，距乡政府18公里，土地面积4.07平方公里，海拔605米，年平均气温25℃，年均降水量1290毫米，适宜种植水稻等农作物。有农户42户，乡村人口174人，其中农业人口174人，劳动力107人，从事第一产业人数107人。2009年全村经济总收入32.06万元，农民人均纯收入1367元。该村属于贫困村，农民收入以香蕉、菠萝种植为主。村组长：李成忠。

自然资源：全村耕地总面积为694.5亩（其中：田105.5亩，地589亩），人均耕地4亩，主要种植水稻、香蕉、菠萝等作物；有林地4561.8亩，其中经济林果地90.5亩，人均经济林果地0.52亩，主要种植肉桂、八角等经济林果；荒山荒地850亩。

基础设施：截至2009年底，该村已实现水、电、路、电视、电话五通。全村有42户通自来水，有42户通电，拥有电视机农户40户；安装固定电话或拥有移动电话的农户39户，其中拥有移动电话农户39户。该村到乡镇的道路为土路面，进村道路为水泥路面，村内主干道均为未硬化路面；距离最近的车站（码头）6公里，距离最近的集贸市场6公里。全村共拥有摩托车40辆。有7户居住于砖混结构住房，有5户居住于砖木结构住房，有30户居住于土木结构住房。

农村经济：该村以香蕉、菠萝种植业为特色产业。2009

年农村经济总收入 32.06 万元，其中种植业收入 24.7 万元，畜牧业收入 3 万元，林业收入 3 万元，工资性收入 1.36 万元。农民人均纯收入 1367 元，农民收入以香蕉、菠萝等种植为主。全村外出务工收入 1.355 万元，常年外出务工人数 4 人（省内）。

人口卫生：2009 年该村有农户 42 户，乡村人口 174 人，其中男性 86 人，女性 88 人。农业人口 174 人，劳动力 107 人。该村是瑶族聚居村寨，瑶族 174 人，参加农村合作医疗 174 人，参合率达 100%。享受低保 33 人。距村委会卫生室 8 公里，距乡卫生院 16 公里。

文化教育：该村小学生就读于双龙小学，中学生就读于河口县民族中学。该村距中学 42 公里。目前该村义务教育在校学生 19 人，其中小学生 15 人，中学生 4 人。

村务公开：该村到 2009 年底，已签订农业承包合同 62 份，农村土地承包面积 328.6 亩，一事一议筹劳 45 个；有固定资产 14.5 万元。

基层组织：该村设党小组 1 个，党员总数 4 人（男性党员 2 人，女性党员 2 人）。

问题和发展重点：该村目前存在的主要困难和问题是农田水利建设尚未完成。该村今后的发展思路和重点是发展香蕉、菠萝、橡胶等特色产业。

5. 横梁村

村情概况：横梁村地处山区，距村委会 8 公里，距乡政府 15 公里，土地面积 2.82 平方公里，海拔 708 米，年平均气温 23℃，年均降水量 1318 毫米，适宜种植水稻、玉米等农作物。有农户 30 户，乡村人口 136 人，其中农业人口 136 人，劳动力 86 人，从事第一产业人数 86 人。2009 年全村经济总收入 28.5 万元，农民人均纯收入 1658 元。该村属于贫困村，农民收入以菠萝种植为主。村组长：盘永寿。

自然资源：全村耕地总面积为 1009.5 亩（其中：田 83亩，地 926.5 亩），人均耕地 7.4 亩，主要种植水稻、玉米、菠萝等作物；拥有林地 2516.5 亩，其中经济林果地 124.5亩，人均经济林果地 0.92 亩，主要种植肉桂、八角等经济林果；荒山荒地 710 亩。

基础设施：截至 2009 年底，该村已实现水、电、路、电视、电话五通。全村有 30 户通自来水，有 29 户通电，拥有电视机农户 25 户；安装固定电话或拥有移动电话的农户28 户，其中拥有移动电话农户 28 户。该村到乡镇的道路为土路面，进村道路为水泥路面，村内主干道均为水泥路面；距离最近的车站 8 公里，距离最近的集贸市场 8 公里。全村共有汽车、摩托车 31 辆。有 5 户居住于砖木结构住房，有23 户居住于土木结构住房，还有 2 户居住于其他结构的住房。

农村经济：该村以香蕉、菠萝种植为特色产业。2009年农村经济总收入 28.5 万元，其中种植业收入 17.92 万元，畜牧业收入 1 万元，林业收入 3 万元，工资性收入 4 万元。农民人均纯收入 1658 元，农民收入以菠萝等种植为主。全村外出务工收入 4.29 万元，常年外出务工人数 6 人（省内）。

人口卫生：2009 年该村有农户 30 户，乡村人口 136人，其中男性 76 人，女性 60 人。农业人口 136 人，劳动力86 人。该村是瑶族聚居村寨，瑶族 136 人，参加农村合作医疗 136 人，参合率达 100%。享受低保 32 人。距村委会卫生室 12 公里，距乡卫生院 20 公里。

文化教育：该村小学生就读于横梁小学，中学生就读于河口县民族中学。该村距中学 39 公里。目前该村义务教育在校学生 21 人，其中小学生 17 人，中学生 4 人。

村务公开：该村到 2009 年底，已签订农业承包合同 32 份，农村土地承包面积 468 亩，一事一议筹劳 15 个；有固定资产 1.55 万元，农村财务管理实行自行管理。

基层组织：该村设党小组 1 个，党员总数 4 人（男性党员）。

问题和发展重点：该村目前存在的主要困难和问题是公路的维修极为困难。该村今后的发展思路和重点是发展香蕉、菠萝种植等产业。

6. 新寨村

村情概况：新寨村地处山区，距村委会 11 公里，距乡政府 19 公里，土地面积 2.15 平方公里，海拔 703 米，年平均气温 24℃，年均降水量 1300 毫米，适宜种植水稻、玉米等农作物。全村有农户 69 户，乡村人口 297 人，其中农业人口 296 人，劳动力 141 人，从事第一产业人数 141 人。2009 年全村经济总收入 47.8 万元，农民人均纯收入 1368 元。该村属于贫困村，农民收入以香蕉、菠萝种植为主。村组长：李万恩。

自然资源：全村耕地总面积为 1254.6 亩（其中：田 140.5 亩，地 1114.1 亩），人均耕地 4.2 亩，主要种植水稻、香蕉、菠萝等作物；拥有林地 977.6 亩，其中经济林果地 75.6 亩，人均经济林果地 0.25 亩，主要种植肉桂、八角等经济林果；荒山荒地 1000 亩。

基础设施：截至 2009 年底，该村已实现水、电、路、电视、电话五通。全村有 68 户通自来水，有 68 户通电，拥有电视机农户 61 户；安装固定电话或拥有移动电话的农户 60 户，其中拥有移动电话农户 60 户。该村到乡镇的道路为土路面，进村道路为土路面，村内主干道均为未硬化路面；距离最近的车站 11 公里，距离最近的集贸市场 11 公里。全村共有摩托车 54 辆。有 15 户居住于砖混结构住房，有 23 户居住于砖木结构住房，有 30 户居住于土木结构住房。

农村经济：该村以香蕉、菠萝种植为特色产业。2009 年农村经济总收入 47.8 万元，其中种植业收入 40.99 万元，畜牧业收入 3 万元，林业收入 3 万元。农民人均纯收入 1368 元，农民收入以香蕉、菠萝等种植为主。

人口卫生：2009 年该村有农户 69 户，全村人口 296 人，其中男性 148 人，女性 148 人。农业人口 296 人，劳动力 141 人。该村是瑶族聚居村寨，瑶族 296 人，参加农村合作医疗 270 人，参合率达 91.2%。享受低保 33 人。距村委会卫生室 13 公里，距乡卫生院 20 公里。

文化教育：该村小学生就读于横梁小学，中学生就读于河口县民族中学。该村距小学 3 公里，距中学 38 公里。目前该村义务教育在校学生 31 人，其中小学生 16 人，中学生 15 人。

村务公开：截至 2009 年底，一事一议筹劳 35 个，有固定资产 2 万元，农村财务管理实行自行管理。

基层组织：该村设党小组 1 个，党员总数 3 人（男性党员）。

问题和发展重点：该村目前存在的主要困难和问题是人畜饮水困难。该村今后的发展思路和重点是计划发展橡胶种植产业。

7. 金竹坪村

村情概况：金竹坪村地处山区，距村委会12公里，距乡政府20公里，土地面积3.38平方公里，海拔932米，年平均气温19℃，年均降水量1321毫米，适宜种植水稻、包谷等农作物。有农户51户，乡村人口213人，其中农业人口213人，劳动力116人，从事第一产业人数116人。2009年全村经济总收入30.56万元，农民人均纯收入1373元。该村属于贫困村，农民收入以菠萝种植为主。村组长：李保明。

自然资源：全村耕地总面积为876.7亩（其中：田120.90亩，地755.80亩），人均耕地4.1，主要种植水稻、玉米、菠萝等作物；拥有林地3696.85亩，其中经济林果地62亩，人均经济林果地0.3亩，主要种植八角、肉桂等经济林果；荒山荒地500亩。

基础设施：截至2009年底，该村已实现水、电、路、电视、电话五通。全村有49户通自来水，有49户通电，拥有电视机农户44户；安装固定电话或拥有移动电话的农户30户，其中拥有移动电话农户30户。该村到乡镇的道路为土路面，进村道路为水泥路面，村内主干道均为水泥路面；距离最近的车站12公里，距离最近的集贸市场12公里。全村共有摩托车32辆。全村有2户居住于砖混结构住房，有45户居住于砖木结构住房，还有4户居住于其他结构的住房。

农村经济：该村以菠萝种植为特色产业。2009年农村经济总收入30.56万元，其中种植业收入20.77万元，畜牧业收入1万元，林业收入2万元，工资性收入2万元。农民人均纯收入1373元，农民收入以菠萝等种植为主。全村外出务工收入 2 万元，其中，常年外出务工人数 8 人（省内 5 人，省外 3 人）。

人口卫生：2009 年该村有农户 51 户，全村人口 213 人，其中男性 110 人，女性 103 人。农业人口 213 人，劳动力 116 人。该村是瑶族聚居村寨，瑶族 213 人，参加农村合作医疗 200 人，参合率达 93.9%。享受低保 45 人。距离村委会卫生室 12 公里，距离乡卫生院 20 公里。

文化教育：该村小学生就读于金竹坪小学，中学生就读于河口县民族中学。该村距中学 44 公里。目前该村义务教育在校学生 43 人，其中小学生 27 人，中学生 16 人。

村务公开：截至 2009 底，该村已签订农业承包合同 51 份，农村土地承包面积 505.4 亩，一事一议筹劳 20 个；有固定资产 1.6 万元，农村财务管理实行自行管理。

基层组织：该村设党小组 1 个，党员总数 3 人（男性党员）。

问题和发展重点：该村目前存在的主要困难和问题是需要修建三配套。该村今后的发展思路和重点是计划发展橡胶种植业。

8. 金竹梁村

村情概况：金竹梁村地处山区，距村委会 36 公里，距乡政府 40 公里，土地面积 10.32 平方公里，海拔 1010 米，年平均气温 20℃，年均降水量 1230 毫米，适宜种植水稻、玉米等农作物。全村有农户 46 户，乡村人口 219 人，其中农业人口 219 人，劳动力 104 人，从事第一产业人数 107 人。2009 年全村经济总收入 25.3 万元，农民人均纯收入 1142 元。该村属于贫困村，农民收入以香蕉、菠萝种植为主。村组长：李万林。

自然资源：全村耕地面积为 10301.75 亩（其中：田 9805 亩，地 496.75 亩），人均耕地 47 亩，主要种植水稻、玉米、香蕉等作物；拥有林地 3679.4 亩，其中经济林果地 95 亩，人均经济林果地 0.43 亩，主要种植八角、肉桂等经济林果；荒山荒地 1500 亩。

基础设施：截至 2009 年底，该村已实现水、电、路、电视、电话五通。全村有 46 户通自来水，有 46 户通电，拥有电视机农户 35 户，拥有移动电话农户 30 户。该村到乡镇的道路为土路面，进村道路为土路面，村内主干道均为未硬化路面；距离最近的车站 36 公里，距离最近的集贸市场 36 公里。全村共有摩托车 28 辆。全村有 46 户居住于土木结构住房。

农村经济：该村以香蕉、菠萝种植为特色产业。2009 年农村经济总收入 25.31 万元，其中种植业收入 20.31 万元，畜牧业收入 2 万元，林业收入 1 万元，工资性收入 1.14 万元。农民人均纯收入 1142 元，农民收入以香蕉、菠萝等种植为主。全村外出务工收入 2 万元，其中，常年外出务工人数 8 人（省内 3 人，省外 5 人）。

人口卫生：2009 年该村有农户 46 户，全村人口 219 人，其中男性 120 人，女性 99 人。其中农业人口 219 人，劳动力 104 人。该村是瑶族聚居村寨，瑶族 219 人，参加农村合作医疗 208 人，参合率达 95%。享受低保 29 人。距离村委会卫生室 42 公里，距离乡卫生院 40 公里。

文化教育：该村小学生就读于金竹梁小学，中学生就读于河口县民族中学。该村距中学 60 公里。目前该村义务教育在校学生 25 人，其中小学生 20 人，中学生 5 人。

村务公开：截至 2009 年底，该村已签订农业承包合同

48 份,农村土地承包面积 403.75 亩,一事一议筹劳 40 个;有固定资产 1.45 万元,农村财务管理实行自行管理。

基层组织:该村设党小组 1 个,党员总数 2 人(男性党员)。

问题和发展重点:该村目前存在的主要困难和问题是公路不通,给群众生产生活带来极大的不便。该村今后的发展思路和重点是发展橡胶产业。

(三) 小牛场村与周边村寨的交往与联系

小牛场村的瑶族素来民风淳朴,乐于助人,长期以来与周边村寨友好相处,受到其他村寨和其他民族的普遍称赞。其中瑶族与苗族的关系最为密切。斑鸠河村委会下辖的丫都坡二组和三组是距离小牛场村最近的苗族村落。丫都坡二组有 46 户苗族,丫都坡三组有 18 户苗族,两个村均以农业为生计,村民全部从事种植业。丫都坡二组和丫都坡三组位于山区海拔较高之地,因此热带水果种植较少,主要以传统八角、草果等种植为主,近年来开始发展咖啡种植业。据 2007 年统计,丫都坡二组共有经济果林 385 亩,其中香蕉种植面积 312 亩,菠萝种植 73 亩,另有八角 275 亩,草果 278 亩,肉桂 73 亩,杉树 224 亩;丫都坡三组共有经济果林 49 亩,都为香蕉园,没有种植菠萝,另有八角 113 亩,草果 136 亩,肉桂 21 亩,杉树 29亩。与小牛场瑶族村相比,丫都坡两个苗族村由于居住于高海拔的山区,距离村委会所在地路途遥远,交通不便等诸多原因,经济发展一直徘徊不前,属于更加贫困的村落。尤其是丫都坡二组苗族村落所在地,由于居住地周围环境不利于生产生活,有发生生态灾害的危险等因素,乡政府决定对其进行异地搬迁。

小牛场村与这两个苗族村落长期以来和睦相处，建立了经济、文化的交流关系，并延续至今。一是互通有无的经济交换关系，这种关系历史悠久，在商品经济不发达的过去，瑶族常常用蓝靛、棉花、土布等与苗族进行以物易物的交易。现在，虽然交易的物品已经产生变化，但两个民族间的交易往来仍然不断。二是在农业生产方面的互助等，在农忙时节往往换工相互帮忙，还共同修筑昆河公路斑鸠河村委会路段，以及从斑鸠河村委会到小牛场、丫都坡村落的简易土路。三是小牛场村的瑶族在过"盘王节"时，丫都坡苗族过"采山花"节时相互邀请，共度佳节，呈现了民族团结的和睦景象。

现在小牛场的瑶族对于与其他民族通婚并不排斥，现在村内有两名分别为壮族和彝族的女性就是从外地嫁进来的，并且还有两名分别为汉族和苗族的男性到村中上门做女婿。

老范寨乡边防派出所教导员也谈到，老范寨辖区长期以来民族关系融洽，治安状况良好。但随着近年来大力发展经济作物种植，地方经济的快速增长，大量外来务工人员涌入，老范寨开始出现一些治安问题：一些外来流动人员不务正业，偷牛盗马，使过去"夜不闭户，路不拾遗"的瑶族村落的牛马常有丢失，使得瑶族群众对外来人有所顾忌。另一方面是由于扩大生产进而产生的土地纠纷，造成村内或村与村之间的群体性斗殴时有发生。这类事件目前在瑶族村落中比较突出，影响着民族关系和地方的稳定与和谐。还有瑶族青年酗酒斗殴等社会问题，这类案件平均每年有 2~3 起。

图 7 - 2　老范寨乡村市集一角（唐晓云摄）

第二节　宗教信仰

一　宗教信仰的特点

总的而言，小牛场村蓝靛瑶的宗教信仰呈现多神信仰，并深受道教文化影响的特点。在瑶族的传统信仰中，鬼神观念浓厚，名目繁多，有三清（上清、玉清、太清）、三元（上元、中元、下元）、四帅（赵帅、邓帅、马帅、关帅）、救古天尊、九幽天尊、朱陵天尊、张天师、李天师、功曹、西皇公、西皇母、玉皇、灵公、灶君等，还有众多的自然神，如田公、田母、雷公、雷母等。村内举行各种宗教活动均要请诸神下凡，尤其是在举行度戒等重大宗教活动时，

　　除了布置的神坛中要悬挂三清、三元、四帅等主要神灵的画像外，师父念经时要请诸神一一下凡鉴证。从诸多神灵的名称和宗教仪式中折射出瑶族原始信仰与道教信仰的文化交融。

　　其次，小牛场村的蓝靛瑶具有虔诚的祖先崇拜的观念。他们相信人死后有灵魂，并生活在另外一个世界，因此必须供祭，才能保佑后世安康无事。小牛场村民家中堂屋都供有祖先的灵位（往往以香炉作为象征），平时终日香火不断。在重要的传统节庆（如三月三、七月十五）、宗教活动、出生、建新房、结婚、丧葬等活动时都要祭祀祖先。可以说，瑶族注重祖先崇拜的观念有深受汉族文化影响的因素，但具体祭祀祖先的仪式和方式则更多地采用瑶族传统文化的形式。

图7－3　小牛场村村民家中堂屋里的神龛（金少萍摄）

再有，某些宗教的戒律成为小牛场村蓝靛瑶道德行为规范的准则。如度戒仪式中强调的必须终身遵守的戒律，其内容大多是不偷、不盗、不奸、不淫、尊重老人、以人为善等，实际上是瑶族传统的社会道德教育的主要内容，这些宗教戒律形式的规范和准则，对瑶族地区的社会风尚以及瑶族村民道德品质的培养起到了一种潜移默化的约束作用。

二　主要的宗教活动

（一）度戒

"度戒"是瑶族重要的宗教仪式，也是其历史上男子成年礼的延续，俗称"过法"，一般选择在腊月农闲时节举行，男子的年龄在 13 ~ 15 岁。一般在婚前举行，有的与结婚同时举行，也有的则在婚后举行。由于历史上迁徙、居住、地域、语言等因素的影响，度戒的称呼、内容、仪式在瑶族各支系各有不同，但各支系都不同程度地保留了这一宗教仪式，并且其基本文化内涵是相同的。一是作为宗教仪式的意义：度戒是瑶族男性必须经历的一项宗教仪式，否则不得参与瑶族村社内部的宗教社会活动，不能成为师父，死后不得进入天堂；二是社会地位的意义：在瑶族人看来，瑶族男子不度戒会被人耻笑、鄙视；三是伦理道德的意义：没有经过度戒的男性，不得娶妻成家，延续后代；四是民族意识的意义：度戒也是瑶族社会凝聚民族意识、民族心理的一种文化现象，在调查中曾听当地人说："瑶族男子不过法，算不得是瑶族。"因此，这一宗教仪式至今仍盛行于各瑶族地区。

在河口蓝靛瑶中，度戒既是男子的成年礼也是男子的入教仪式。度戒又分度道戒和度师戒。度师者度戒后可以杀生，可驱鬼祈神，又称为"武度"。度道者成人后可从事师公的职业，但不能杀生，连鸡蛋都不能打破，只能从事超度等事务，所以又称为"文度"。近现代以来，当地许多人家要求既要度师，又要度道。小牛场蓝靛瑶男子现在几乎都是既度师又度道。原来度戒必须在

图 7-4　小牛场村瑶族度戒师父（金少萍摄）

结婚前完成，是成人的一道重要关口，年龄一般在 12~17 岁，但近些年来在度戒年龄方面的限制有所放宽，也有个别的则在结婚后才举行度戒。每个人度戒的年龄是由度戒师父依据《大同书》择算选定，冲犯年则不举行度戒。

1. 度戒前的准备

度戒是瑶族社会生活中一项重大的宗教活动，要为孩子度戒的人家往往提前准备相关物品和请师父。小牛场村民度戒时，可以几家人（一般是 2~3 户）一起办，但各男子举行度戒的日子要由师父选定，可以一起进行，但不相冲才行。一旦决定了度戒的日子，进行度戒的人家就要提前准备以下物品：一是红、黄、蓝、绿、白五彩纸若干，用于布置正堂，另外还要准备若干草纸，用来布置正堂和烧送的纸钱。二是足够的焚香，因为在仪式整个过程中都

要烧香供奉祖宗和诸神。三是家中要杀猪2~3头，准备酒菜若干，用来宴请师父和村内外的亲朋好友，另准备公鸡若干只，用来祭献祖宗和度戒师父的三清三元。四是请师时要带去的鸡、肉、酒和草纸，数量多少视度戒人数的多少和家境来定。最后还要拿出祖祖辈辈过法时穿的衣服，衣服是由大红色土布缝制的长衫，前后心处各缝有一块黑色正方形布，上面用红线绣成兽形图案。

准备好这些东西后，要为孩子度戒的人家就带上酒、肉等，去请为孩子主持度戒仪式的掌坛师父（大师父），上香、烧纸拜师父及其家人，并且拜祭师父的祖宗。度戒一般需要7~8位师父，以及若干帮忙的弟子，其他的师父就由大师父去请，并根据分工不同分别排为二师父、三师父、四师父等以此类推，帮忙弟子一般由大师父叫上自己的弟子。由度戒人家和大师父具体商定度戒仪式开始前的分工，主人家主要负责备办祭祀食品等，大师父负责请人、布置神坛等。

进行度戒的人家开始置办度戒用品、准备酒席等，而大师父就去拜见自己度戒时的大师父和其他师父，然后去请几位师父、徒弟帮忙。另外大师父还要准备好自己的法衣和过法用具。过去法衣是由深蓝土布缝成，绘有人物和动物纹样等，现在随着市场经济的发展，法衣也开始使用购买的成品。例如调查组在小牛场村见到的度戒师父的法衣就是人造丝绸，上面有机器织的各种图案，衣服上的标签显示是在浙江温州制造。其他的过法用具有皮鼓、法铃、神像画、木刻印章及经书等。准备好相关事宜后，在度戒之前，大师父就要带领请来的人手到度戒人家，用准备好的彩纸、神像画等布置正堂。

图 7－5　小牛场村度戒师父的木刻印章和法铃（金少萍摄）

2．度戒仪式

度师和度道有不同的仪式，小牛场村男性村民现在一般两者都度，所以度戒师父一般都安排先度师再度道。度师的程序如下：首先在晚上九十点钟开始动鼓开坛，度戒人端坐在神龛下铺着的棉被上，身上再披一床棉被。大师父带领其他师徒围着度戒人边唱念边跳，请神灵下凡见证度戒人将要度戒成人。第二天天亮，在大师父带领下，度戒人和其他师徒到室外事先搭好的高台边，由大师父指定的二师父带度戒人爬上高台，大师父念唱经文，内容同样是请诸神见证，其他师徒则在台下铺垫棉被。待经文唱毕，准备就绪，度戒人就全身蜷曲，十指交叉，紧抱双膝，二师父塞入度戒人手中一张纸条，让其夹紧，然后度戒人从高台倒翻下来，落在事先备好的棉被上。接着要由大师父

图 7-6　小牛场村度戒的经书（金少萍摄）

检查度戒人在翻滚下来后，手有没有松开，手缝中纸条是否还夹着，再看有没有抱稳膝盖，有没有流鼻血或者仰面朝天倒下。若是犯了其中任何一项，则度戒失败，师父们马上离开，而度戒人一生只有一次跳台机会，失败了就不能重来。一旦跳台成功，大师父就会拿出木刻的三元章盖在度戒人的额头、四肢和胸口，意为通过，同时度戒人才能松开手。这时度戒人要戴上牛皮纸面具端坐，不能左顾右盼，等待师父盛饭给度戒人吃，并且只能吃半饱。接下来父母及旁人才可以靠近祝贺，然后大师父、二师父和三师父再上前分别砍断三根草藤。度戒者从高台跳下意味着从母体脱落，师父砍断草藤就象征剪断脐带，整个过程表示度戒者重新成人。最后由师徒将供奉的祭品献神，主人家则用草纸烧送还愿书，度师就完成了。

度师完成后，接着就要度道。度道是"文度"，部分程

序和度师相同，其主要部分是师父向度戒人剪线、脱胎和
签订阴阳牒。教法是师父给度戒人讲解阴阳牒上的戒律等
内容，并有十问，这些内容都是教会度戒人如何做人的规
矩。剪线还是在正堂神龛下进行，师徒中有一人敲鼓，然
后由二师父扮女装，怀抱衣服包成的襁褓和另一位师父拿
着木牌绕着度戒人舞动。舞毕，师父拿出三根线，每根线
分别吊一枚铜钱，又将这三根线拴在一根线上，将这根线
再系到度戒人头上，铜钱吊在额头前。接着打来清水一碗，
名为"甘露水"，放在度戒人面前。这时大师父、二师父、
三师父分别每人拿一枚木章、一把剪刀围住度戒人站好。
然后由三师父开始剪下度戒人额头左边的铜钱线，大师父
剪中间的，二师父剪右边的，三枚铜钱和木章剪断后都落
入水中。这时大师父要检查度戒人鼻子是否出血，没有，
就算成功。然后父母可以过来，由父亲叩谢神灵。剪线是
度道中最重要的一步。接着大师父会将一条白布拴在自己
和度戒人的腰带上，并且请自己的师父用剪刀将白布剪断，
意为脱胎，象征大师父生育度戒人，日后度戒人生活中遇
到问题以及学习宗教礼仪都由这位师父教导。度戒人在度
戒后，会获得一份阳牒，相应的还有一份阴牒。阳牒和阴
牒上面都写着度戒后终身必须恪守的戒律，内容有地区差
异，大概内容包括不准杀人放火、不准偷盗、不准虐待父
母等。两牒末尾都有各位师父的签名和印章，由二师父将
牒上规定告诫度戒者，然后将阴牒烧送给鬼神。阳牒由度
戒者自己保存终身，死后带入阴间认祖。度道除了这三个
主要仪式过程，还有行朝、开十方路等，但各地情况不同，
略有出入。小牛场地区近来度戒的仪式有所简化，例如以
前开十方路后才可以成师成道，以后才能当师父。但现在

部分人在度完前面的仪式后，不愿意当师父的，就暂时不进行，等日后再找自己的度戒大师父去学习相关事宜。

度戒完成后，为孩子度戒的家庭都要答谢各位度戒师父，并支付一定报酬。小牛场村的一般标准是送给大师父一只猪腿，另外每天向大师父支付 60～80 元不等，其他师父则每天支付 50～60 元。每户人家举行度戒需花费 3000 元左右，这是一笔不小的开支。因而近年小牛场村出现了几家人合在一起为孩子度戒的情况，以节省开支。

3. 度戒的相关禁忌

度戒是瑶族社会中至关重要的一项宗教仪式，因此形成了诸多相关的禁忌。一是度过戒的人终身禁吃狗肉。二是度道的不准杀生，可捕杀野兽，但不能宰杀家畜和家禽，甚至连鸡蛋都不能敲，要吃猪、鸡只能请家人帮着宰杀。而度师的在度戒七天后就可以杀生了。三是在动鼓开坛后整个度戒过程中，师父、度戒者及家人必须斋戒，禁食大油、大肉，只有亲朋好友可以吃荤。度戒期间度戒者的饮食由师父严格控制，不得自己吃饭，要由师父一口口喂，意为师父哺育成人。四是度戒过程中禁食牛肉。过去当地瑶族连平时都禁食牛肉，养牛仅是用于生产，牛老了就卖给其他民族。现在平时也吃牛肉了，只是在度戒过程中严格禁食。五是度戒者在度戒仪式结束后的一周内，走路时不得"踩死蚂蚁"，不得攀摘有生命的草木。

（二）扫寨

小牛场村在每年过年时和农历三月初三祭龙时都要举行扫寨仪式，又叫洗寨，是全寨性的驱鬼活动，遇到村寨中多病多灾时也要举行扫寨。扫寨由三位寨老主持，参加者一般有师公、道公和度过戒的男子。其他村民都在各自家中等候，由寨老带人到家中来撵鬼。整个撵鬼队伍由寨老带领，队列中一行人手持粪箕、扫帚、水桶等，沿着村中道路绕行村子一圈，每家都要走到。整个行进过程中敲锣打鼓，不停地叫喊。队伍每到一户人家门口，都要进屋帮助主人赶鬼，众人敲击或挥动自己手中所持的物件，在屋内转一圈，然后师公手持大刀在屋内四处砍一遍，表示砍杀孤魂野鬼。每户人家则事先在门口烧一束香，并放些冷饭，表示请游魂野鬼享用，不要破坏家宅平安。游行结束后，各家各户才可以打开户门，打扫家宅。

（三）祭龙

河口瑶族在每年的三月初三要举行祭龙仪式，传统祭龙仪式的内容包括祭谷魂、谷娘、盘古、玉皇、神农等，祈求风调雨顺、五谷丰登。现在小牛场村的祭龙仪式在寨老家进行，祭祀用的猪由全寨出钱购买，祭祀后全寨共同分食。妇女不得参加祭龙仪式，只能帮忙做饭洗菜。以前祭龙仪式一般要进行3天或者7天，在这3天以内寨老要约束村民不得从事生产劳动，不得上山采集等。据相关资料记载，祭龙之后，若仍有天灾病祸，还要进行第二次献祭，仍是全寨参加，在寨老家举行，但可以不杀猪。①

（四）占卜打卦

打卦在过去是小牛场蓝靛瑶日常生活中较为常见的宗

---

① 河口瑶族自治县人民政府编《瑶族通史——河口瑶族自治县资料汇编》，2001，第55页。

教活动，带有明显的原始宗教色彩。以往家中遇到不吉利的事，例如家人受伤生病、牛羊无故失踪死亡等，都要请卦师打卦询问；一般出远门之前也要占卜吉凶；甚至平日间遇到奇怪罕见或自己常识体系中所无法解释的事情都要进行打卦问吉凶。但到了现代，随着当地医疗卫生条件的发展和改善，以及村民教育文化程度的提高，村中占卜打卦已很少见，只有少数年轻人出于保护本民族传统文化的意愿向老一辈师公、卦师学习相关经文和仪式。据小牛场村的老人回忆，以前从附近村落金竹梁和金竹坪来的两个后生到小牛场做上门女婿时，曾拜师学会了打卦。此外，从前村民中还有会放巫海（放巫蛊等）的人，懂巫的人可以治人也会害人。随着时光的流逝，现代文明背景下，年轻人对此类事已淡忘或对其一无所知，而老年人们历经沧桑，对此仍讳莫如深。

（五）祭祀寨神

　　小牛场村村民在每年大年初一要祭祀寨神。寨神作为村寨的守护神格外神圣，其神位一般不轻易让外人看到，以免惊扰寨神，对村寨不利。据村民介绍，刚搬迁到小牛场地域不久，由村中有威望的老人们勘测风水，选择"有风有水"，且牛马不易破坏到的地方，定下时辰设立了村中的寨神位。此寨神位由四块石板垒成，其形状仿佛就是一个小小的神龛。全村还有约定俗成的禁忌，即在设立寨神位的方圆 4~5 米范围内不能乱扔杂物，也不能有脏秽物存在。每年的大年初一在寨老的领导下，全体村民都要到寨神位处进行集体祭祀。

图 7-7　小牛场村后山寨神位（唐晓云摄）

三　宗教活动的组织管理

河口瑶族村寨过去由寨老对其宗教活动和日常重大事务进行管理，寨老身兼神圣与世俗两方面的角色，既是宗教活动的首领，又代表着在处理世俗事务中的威望。

小牛场自然村的寨老由民主选举产生，一共有 3 位寨老，分别称为寨老、寨主、师人。村中的成年男子，都有资格参选，但一般要懂得祭祀礼仪、精明能干、公平正直、有组织能力并且要能读会写才能胜任，这也是村民选举时的标准。以前寨老制度在瑶族村社生活中起着举足轻重的作用，既要负责农业耕作的时令安排、狩猎、婚丧嫁娶等事务，又要担负宗教祭祀活动等。寨老具有较高的威望，但寨老并没有脱离农业生产，也没有任何报酬，纯粹是尽义务。再有，若寨老本人违反习惯法，村民有权提出抗议甚至罢免。在村民的心目中，本人或是自己家的人能成为寨老是家庭的荣誉，是村民对自己或家人的肯定，所以被选中的人一般都会欣然就任并竭尽全力为村民办事。

新中国成立后，随着从乡到村到小组层层干部制度的健全和完善，村民凡事有人可询，大事有干部主持，村民的观念也开始转变，寨老在现代小牛场村中的影响逐渐减弱，现在仅存维持部分宗教祭祀活动方面的职能，其选举方式也出现了变化。

小牛场村民自 1971 年从钟头寨迁来，迁来的时候请了 3 位寨神守护村落。其间由于"文革动乱"等原因，对寨神的供奉和寨老的选举中断了 10 多年，到了 1986 年村民共同商定后重新在村口处立了寨神位，并且开始在村中选举寨老以供奉寨神。寨老的选举于每年三月初三进行，选出寨主、寨老、师人（寨师）3 人。选举时每户都要参加，每户出 1 人，男女不限，但须满 18 岁。选举时设神案上香，村中有多少户就做多少票，其中 3 张纸上写有寨老、寨主和师人，用香将票裹成条形，丢入簸箕打乱，然后由每户代表抽签，缺席的人家由主持的师父（一般为道公、师公或者了解过去选举的老人担任）将票贴到其家门口。最后唱票，抽中写有寨老的人家，这家的男主人就为寨老，并且在本年度就要担负起组织供奉寨神的职责，寨主和师人同此。

据村内的老人说，过去在钟头寨时，村中寨老是由威望较高的人担任，且不进行轮换。而现在随着寨老威望的减弱，村民或多或少表现出不太愿意担任的意思，但只要被选中也没有不愿意做寨老的人家。但是现在大部分村民对寨老的职责和宗教祭祀等传统活动不太了解，此方面的意识薄弱，所以被选上的人家大多只是担着名号，举办宗

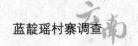

教活动时还要请村中懂宗教礼仪的老人进行协助指导。

现在村中寨老担负的相关职责主要有：

一是负责年节祭祀、寨神神位的照看等事务，每年大年初一早上由担任寨老的 3 家人带头燃放鞭炮，在其家中设祭案，寨老负责献鸡、肉、鸡蛋、粽粑、水果等祭品，同时在祭案上放置一碗清水、点燃一盏煤油灯，然后请道师进行诵唱祭祀。

二是三月初三祭龙期间，寨老要监督村民不得上山从事农业生产、采集等活动。

三是逢村中有人过世等，则由每户村民带上一束香、一叠纸、两枚鸡蛋，有的再带上一只鸡，到寨老家，请道师唱诵，然后由村民组成的"组委会"帮忙做厨处理各家带来的祭品，祭祀后将祭品分给各户，大家分别食用以求获得保佑。

第八章 新农村建设

党的十六届五中全会提出全面推进社会主义新农村建设的历史任务，这是一项惠及亿万农民，关系国家长治久安的战略举措，是落实科学发展观与构建和谐社会的时代要求。

建设社会主义新农村，必须树立和落实科学发展观，把解决好"三农"问题作为全党工作的重中之重，坚持"多予、少取、放活"和"工业反哺农业，城市支援农村"的方针，努力改善农村生产生活条件，提高农民生活质量，促使农村整体面貌出现较大改观，逐步把农村建设成为"生产发展、生活宽裕、乡风文明、村容整洁、管理民主"的社会主义新农村。

第一节 河口县新农村建设规划

按照党中央提出的"生产发展、生活宽裕、乡风文明、村容整洁、管理民主"的总要求，河口瑶族自治县结合具体实际，于2006年6月由县发展和改革局制定了《河口瑶族自治县社会主义新农村建设规划》，该规划是全面贯彻落实党的十六届五中全会精神，实施河口县国民经济和社会发展的第十一个五年计划；是切实推进河口县社会主义新农村建设，进一步做好"三农"工作，加快河口县农村全面建设小康社会和现代化进程的重要规划。河口县新农村建设规划的主要内容可分为三大方面，即：经济建设规划、政治建设规划和社会事业建设规划。①

一　经济建设规划

（一）调整农业产业结构——发展优势产业

河口县特殊的地理环境因素，决定了其光、热、水、土资源丰富，物种资源多样，具备发展农业特色产业的潜力和优势。经过改革开放以来的发展，已经形成了一批包括橡胶、香蕉、竹子、八角等产业在内的特色产业群。为了适应新阶段农业的发展变化，充分发挥市场配置资源的导向作用，加快农业特色产业培植，提高农产品市场竞争力，促进农业增效、农民增收，为建设社会主义新农村奠定产业支柱，河口县计划在"十一五"（2006～2010年）期间将粮食、香蕉、橡胶、竹子、八角、肉桂、木薯、菠萝、冬季农业、养殖业等十大产业确定为河口县农业特色产业，优先布局，重点发展。具体规划为：

粮食产业：现有面积65000亩，产量16300吨，产值1630万元；2010年保持面积65000亩，产量16300吨，产值1630万元。保持稳定。

香蕉产业：现有面积56926亩，产量88000吨，产值8800万元；2010年面积发展到60000亩，产量100000吨，产值10000万元。新增面积3074亩，产量增加12000吨，

---

① 数据来源：根据调查期间河口县相关部门提供的资料整理。

产值增加 1200 万元。

民营橡胶产业：现有面积 14070 亩，产量 210 吨，产值 332 万元；2010 年面积发展到 30000 亩，投产面积 6000 亩，产量 600 吨，产值 1000 万元。新增面积 15930 亩，产量增加 390 吨，产值增加 668 万元。

竹子产业：现有面积 6500 亩，产量 1750 吨，产值 35 万元；2010 年面积发展到 30000 亩，投产面积 10000 亩，产量 40000 吨，产值 1000 万元。新增面积 23500 亩，产量增加 38250 吨，产值增加 965 万元。

肉桂产业：现有面积 16237 亩，产量 450 吨，产值 190 万元；2010 年面积发展到 20000 亩，投产面积 10000 亩，产量 2000 吨，产值 1800 万元。新增面积 3763 亩，产量增加 1550 吨，产值增加 1610 万元。

木薯产业：现有面积 5500 亩，产量 6000 吨，产值 180 万元；2010 年面积发展到 20000 亩，产量 30000 吨，产值 1000 万元。新增面积 14500 亩，产量增加 24000 吨，产值增加 820 万元。

菠萝产业：现有面积 10707 亩，产量 7000 吨，产值 500 万元；2010 年面积发展到 15000 亩，投产面积 10000 亩，产量 10000 吨，产值 1000 万元。新增面积 4293 亩，产量增加 3000 吨，产值增加 500 万元。

八角产业：现有面积 28000 亩，产量 190 吨，产值 210 万元；2010 年面积发展到 30000 亩，产量 250 吨，产值 300 万元。新增面积 2000 亩，产量增加 60 吨，产值增加 90 万元。

冬季农业开发：现有面积 19000 亩，产量 28500 吨，产值 960 万元；2010 年面积发展到 25000 亩，产量 35000 吨，产值 1400 万元。新增面积 6000 亩，产量增加 6500 吨，产值增加 440 万元。

养殖业：现有生猪出栏 18738 头，产值 1500 万元；2010 年发展生猪出栏 28000 头，产值 2200 万元。生猪出栏增加 9262 头，产值增加 700 万元。

以上十大产业到 2010 年时总种植面积达 29.5 万亩，生猪出栏 28000 头。新增种植面积 73060 亩，生猪出栏增加 9262 头，产值增加 6993 万元。

在十大特色产业布局中，形成以瑶山乡、南溪镇、老范寨乡为主的香蕉产业区；以莲花滩乡、南溪镇、老范寨乡、河口镇为主的民营橡胶产业区；以桥头乡、瑶山乡、老范寨乡、莲花滩乡为主的八角产业区；以莲花滩乡、河口镇、老范寨乡为主的肉桂产业区；以老范寨乡、瑶山乡为主的菠萝产业区；以桥头乡、河口镇为主的畜禽养殖产业区；以莲花滩乡、老范寨乡为主的木薯产业区；以桥头乡、南溪镇、老范寨乡为主的冬季蔬菜产业区。

（二）农村基础设施建设规划

1. 农田水利建设

河口县在"十一五"（2006～2010 年）期间至 2020 年，以保障全县粮食安全、增加农民收入和改善农业生产条件和农村环境为目标，努力提高灌溉水的利用效率和效益，提高农业抵御自然灾害的能力，继续保持小型农田水利建设持续、稳定、健康发展。"十一五"期间，规划投资 540.6 万元，重点解决全县 20 条 36.04 公里的渠道新建、续修、防渗三面光，渠道过水流量 0.2～0.5 立方米/秒，该部分规划已经省、州相关机构审核。2011～2020 年期间规划改造小型灌区 19 个（含 1 个新建）、灌区片 128 个，新建小水池 192 个，新建小坝塘 3 座，修复小坝塘 1 座，预计投资 4460 万元。

2. 交通建设

河口县"十一五"（2006～2010 年）期间，公路建设的重点是在完成"通达"工程建设任务的基础上，大力推进"通畅"工程建设，重点建设条件较好的地区以及少数民族聚居区，在继续完成"柏油路到乡"建设的同时，重点转向"柏油路到村"建设工程。"十一五"期间将通行政村公路 119 公里，新建通自然村公路 324 公里，改建通自然村公路 79 公里，建设 79 个村民小组的村内卫生路。到"十一五"末期，完成不通公路的村委会通达项目，实现县到县、县到乡、通边、通口岸公路全面硬化，通村委会公路通沥青（水泥）率达到 85%，自然村通公路问题得到基本解决，15% 的通自然村公路实现路面硬化，全县农村公路的通达深度、技术状况得到显著提高，45% 的村民小组建成村内卫生路。

3. 农村通信建设

在河口县农村地区，通信基础设施建设薄弱已成为制约当地经济发展、社会进步和农民生活水平提高的重要因素之一。河口电信"十一五"的奋斗目标是"村村通电话，乡乡能上网"。"十一五"期间，要实现有条件的地区加快自然村通电话进程，基本实现"村村通电话"。加快农村地区互联网接入能力建设，促进互联网在农村地区的推广应用，基本实现"乡乡能上网"。通过"村村通电话"工程消除消息鸿沟，完成新农村基础通信设施建设，改善农村社会环境和转变农民生活方式，帮助农民增产致富。

4. 农村饮水安全建设

河口县在"十一五"期间，要把水源生态保护作为解决人畜饮水问题的一项重要措施，同时，要重点解决山区、半山区的人畜饮水问题，力争到 2010 年全县农村人饮水质 91% 以上达到国家规定的有关标准。2006～2010 年期间拟建饮水工程 42 项，解决 7682 人饮水安全问题；新建集中式供水工程 11 项，解决 3206 人饮水安全问题；自流引泉供水工程 31 项，解决 4476 人饮水安全问题；以上规划已经省、州相关部门审定，资金将逐年下拨。余下部分在 2010～2020 年期间分批解决，到 2020 年基本解决全县饮水安全问题，其中，2011～2015 年拟建饮水工程 50 项，解决 6000 人的饮水安全问题；2016～2020 年拟建饮水工程 30 项，解决 3721 人的饮水安全问题。

5. 加强农村生态环境建设

河口县在加强农村生态环境建设方面，其主要的规划有以下两个方面：

（1）积极推进农村生态环境建设。一是大力发展农村沼气等清洁能源，优化农村能源结构，改善村组及周边生态环境；二是加大对森林资源保护力度；三是配备环境保护专职或兼职人员，加强对环境污染的监管；四是加大对环保工作的经费投入。

（2）开展农村人居环境建设和环境综合整治工作。人居环境建设和环境综合整治工作要切实解决"脏、乱、差"的问题，做到"六清六建"，即清理垃圾，建立垃圾管理制度；清理粪便，建立人畜粪便管理制度；清理秸秆，建立秸秆综合利用制度；清理河道，建立水面管理制度；清理工业污染，建立稳定达标制度；清理乱搭乱建，建立村庄容貌管理制度。

二 政治建设规划

（一）加强农村基层党组织建设规划

建设社会主义新农村，关键在党，关键在人，核心在于建设一支高素质的农村党员队伍，使广大农村党员成为社会主义新农村建设的骨干力量，成为农民增收致富的带头人。为加强党在边疆的执政能力建设和先进性建设，为加快社会主义新农村建设的步伐和推进边疆地区经济社会又好又快发展提供坚强的政治保障和组织保障，自 2007 年 8 月以来，河口县委决定在全县范围内实施"边疆党建长廊建设"、"农村致富先锋"行动计划和在基层党组织中建设"先锋走廊"计划。

1. 边疆党建长廊建设

围绕"云岭先锋"工程"五好五带头"的目标要求，结合边疆民族地区的实际，全面加强边疆基层党组织的思想、组织、作风和制度建设，经过 3 年努力，力争达到以下目标。一是基层组织战斗堡垒作用明显增强。80% 的基层党组织达到"五好"，做到组织健全、设置合理、班子有力、制度完善，在凝聚民心、推动发展、促进和谐的实践中充分发挥领导核心和战斗堡垒的作用。二是党员队伍先锋模范作用更加突出。80% 的党员达到"五带头"，进一步强化党员意识，进一步提高党员素质，进一步发挥党员先锋模范作用，进一步树立党员形象，做到党员无信教、无赌博、无吸毒，在推动边疆的繁荣、稳定和发展中做好表率。三是促进边疆民族地区的各项工作。在边疆地区全面贯彻党的路线方针政策，边疆经济又好又快发展，群众收入明显增加，社会事业取得更大进步，党群干群关系更加密切，党的影响力和号召力不断增强，边疆民族地区更加和谐稳定。为实现这一目标，河口县党委确定了边疆党建长廊建设的主要任务：强组织，建阵地，聚人心，固边疆。在组织保障方面，确立了以下四项方针：建立上下联动、责任明确的工作机制；建立整合资源、加大投入共建机制；建立指导有力、考核严格的督查机制；建立典型示范、群众参与的推进机制。

2. "农村致富先锋"行动计划

实施"农村致富先锋"行动计划，就是要在农村有计划、有步骤地培养大批具有较强致富能力的共产党员，并通过他们在社会主义新农村建设中充分发挥战斗堡垒作用和先锋模范作用，带领和带动广大农村党员和群众共同致富，形成先富带后富，最终实现共同富裕的长效机制。

河口县"农村致富先锋"行动计划的目标任务是：各乡（镇）党委每年从辖区各村委会农村党员农户中选择有一定致富基础和条件的农村党员户（每个村委会2~4户）作为"农村致富先锋"行动计划培养对象，进行重点扶持和培养，力争通过1年的扶持和培养，使培养对象的带头致富能力和带领群众致富的能力明显增强，家庭经济收入明显增加，基本达到本村农户上等水平。"十一五"期间，全县力争培养100户"农村致富先锋"，使其成为边疆民族地区带领广大群众建设社会主义新农村的主力军和领头雁。在培养对象的选择上，采取农村党员个人申报、村支部和党总支研究推荐、乡（镇）党委讨论上报、县委组织部审定的方式确定，筛选出想致富、能致富、能带动致富的党员作为培养对象。在培养措施方面，主要采取政策扶持、项目扶持、资金扶持、结对扶持和技术扶持相结合的方法。

3. 在基层党组织中建设"先锋走廊"的计划

河口县在基层党组织中建设"先锋走廊"计划的主要目的在于巩固党的先进性教育成果，充分发挥先进典型的示范带头作用，进一步加强基层党组织的执政能力建设，巩固党在农村的执政基础。"先锋走廊"力争实现以下八个方面的目标：组织设置健全，班子团结有力，党员作用明显，队伍结构优良，活动开展正常，制度建设规范，工作业绩突出，人民群众满意。

"先锋走廊"建设的重点是农村先锋走廊、社区先锋走廊、机关先锋走廊、事业单位（服务行业）先锋走廊和"两新组织"先锋走廊。其中，农村先锋走廊建设要按照"生产发展、生活宽裕、乡风文明、村容整洁、管理民主"的要求，突出社会主义新农村建设这一主题，结合各地"三农"工作实际，积极探索并建立健全和完善党员活动中心、党员评星挂牌、民主评议村干部、村干部民情恳谈、便民服务代理、农村党员民主议事和听证质询、流动党员教育管理等制度，丰富党组织和党员的活动，努力在"增强凝聚力、体现先进性、建设新农村"方面取得实效，促进农业增长、农民增收、农村发展。

（二）推进农村民主法制建设规划

推进农村基层民主法制建设，既是维护农村稳定，加快农业和农村经济发展，实现农民收入稳步增长，促进城乡良性互动、共同发展的基础，也是推进社会主义新农村建设，构建社会主义和谐社会的重要任务。结合农村的实际情况，应该从以下几个方面推进农村民主法制建设。

1. 提高农村干部群众的法律素质

要深入持久地开展新时期农村法制宣传教育，认真实施法制宣传教育"123"工程，即：（1）立足一个出发点。以贴近农民生产生活的需要为出发点进行法制宣传教育，增强广大干部群众依法办事和依法维权的意识。（2）抓好两个重点对象。抓好村两委干部和农户法律明白人，进而引导和带动村民学法、守法、用法。（3）坚持三个并重。一是坚持法律知识传播与弘扬民族传统文化并重，二是坚持普遍宣传与特殊教育并重，三是坚持法制宣传教育与法治实践并重。

2. 推进农村基层依法治理

要围绕"三大目标"、完善"两项制度"、形成"一个机制"、搞好"五个结合"，开展"民主法治村"创建活动。"三大目标"，即农村民主更加健全，党支部领导的农村基层自治组织切实发挥作用；农民群众的法律意识明显增强，法律素质得到进一步提高；社会秩序良好，人民安居乐业。"两项制度"，即《村民自治章程》和《村规民约》。"一个机制"，即符合村民自治要求的矛盾调处机制。"五个结合"，即与加强党的基层组织建设相结合；与发展农村经济，促进农民增收相结合；与解决突出治安问题，创建安居乐业的社会环境相结合；与整顿村容村貌，加强精神文明建设相结合；与开展法制宣传教育，搞好法律服务和法律援助相结合。

三 社会事业建设规划

（一）加强扶贫开发工作

扶贫开发是新农村建设的重要内容，贫困地区是新农村建设的难点。河口县"十一五"期间扶贫开发的目标是：力争到 2010 年，解决全县农村贫困人口 22058 人和绝对贫困人口 7039 人的温饱问题；实现人均拥有 1 亩以上的基本农田（地），户均 3 亩经济作物；农村经济总收入 1.08 亿元；实现村村解决人畜饮水问题；村村通公路；有条件的户户建有"三配套"；农户通电率达 100%；健全农村卫生保健网络，提高医疗卫生服务质量；广播电视覆盖率100%；每个自然村都有积极、健康、向上的文化娱乐场所。到 2020 年全县的贫困人口同全国一道进入小康生活。为实现上述目标，将主要采取整村推进、产业开发、劳务输出、小额信贷扶贫、扶贫贴息贷款、社会帮扶等措施。其中，在小额信贷和扶贫贴息贷款方面，力争 5 年内向贫困地区发放 6000 万元小额信贷扶贫资金和 3000 万元扶贫贴息贷款，为贫困地区社会、经济的发展注入资金。同时，充分抓住"兴边富民"政策实施的重大机遇，将二者有机结合，加快贫困地区脱贫致富的步伐。

（二）其他社会事业发展规划

1. 教育

建设社会主义新农村，首先要提高农村人口素质，营造农村文明新风。农村是主体，人才是关键，人才的培养离不开教育。河口县为全面配合和推进社会主义新农村建

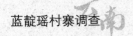

设，在教育"十一五"发展规划中，将采取以下措施：（1）进一步加大对农村义务教育的投入，改善农村中小学办学条件，提高办学质量；（2）加强农村教师队伍建设，提高农村教育质量；（3）加大对农村贫困学生的支持力度，建立和完善"贫困学生救助资金"管理制度，帮助家庭经济困难学生完成学业。在"十一五"期间，农村适龄儿童的完学率达98%以上，人均受教育年限8.5年，为社会主义新农村建设提供人才保障。

2. 卫生

河口县在发展卫生事业方面，主要采取三项措施：（1）加快新型农村合作医疗的发展；（2）加快农村卫生服务网络的建设；（3）推进农村卫生机构管理体制与运行机制改革。

3. 精神文明建设

河口县进一步加强农村思想文化阵地建设，力争用10~15年时间，使全县每个村都有文化活动室，电视覆盖率达97%以上，逐步形成覆盖农村各个层面的阵地网络，用健康向上的思想文化占领农村阵地，为农民提供良好的精神食粮。

4. 计划生育

（1）抓好婚育新风进农家活动；（2）全面推行计划生育村民自治，构建计划生育民主参与、民主决策、民主管理、民主监督机制；（3）加强县、乡、村人口和计划生育技术服务网络建设。

5. 社会保障

逐步建立和完善以社会养老保险为主的农村社会保障制度。

第二节　老范寨乡新农村建设 规划及其实施

河口瑶族自治县社会主义新农村建设规划，是老范寨乡推进新农村建设的重要依据。同时，老范寨乡党委和政府结合自身实际，将"兴边富民"行动计划和新农村建设规划有机地结合起来，有重点、有步骤、有针对性地推进本乡社会主义新农村建设。

一　老范寨乡扶贫开发项目规划及实施情况 *

（一）整村推进项目规划

整村推进是以贫困自然村经济、文化的全面发展为目标，以发展经济和增加贫困人口收入为中心，力求山、水、田、林、路综合治理，教育、文化、卫生、社区精神文明共同发展的一项综合扶贫工程。实施整村推进要达到的目标是：实现全村人人有饭吃、有衣穿、有水喝、有房住，适龄儿童能上学，有病能就医，增强自我积累、自我发展能力，稳定解决温饱问题，为巩固温饱实现小康创造条件。具体目标是：全村农民年人均纯收入达到温饱标准，人均占有粮食300公斤以上；人均建成1亩左右的稳产农田；解决特困户住茅草房、权权房问题；基本解决人畜饮水困难问题；户均发展1~2项稳定可靠的产业增收项目，有条件的配套建设一口沼气池或节能灶；符合条件

---

* 数据和政策措施根据老范寨乡提供的相关资料及调查访谈获得。

的，户均输出 1 个劳动力；基本解决适龄儿童入学难和贫困群众看病难的问题；基本实现村村通简易公路和村间道路基本硬化。

（二）老范寨乡"十一五"期间拟实施"兴边富民"项目规划

1. 农田水利基础设施建设计划

（1）茶坪河水沟全长 2000 米，实用农田灌溉面积 80 亩，水浇地面积 1000 多亩。（2）茶坪火烧寨水沟全长 3200 米，实用农田灌溉面积 32 亩，水浇地面积 1000 多亩。（3）老冯寨白沙河沟全长 1200 米，实用农田灌溉面积 12 亩，水浇地面积 2000 亩。（4）大寨大沟全长 2008 米，实用农田灌溉面积 30 亩，水浇地面积 1000 多亩。（5）双龙马龙河大沟全长 6500 米，实用农田灌溉面积 235 亩，水浇地面积 2000 多亩。（6）丫都坡金沙河沟全长 3500 米，实用农田灌溉面积 150 亩，水浇地面积 1500 多亩。（7）丫都坡竹棚田沟全长 1500 米，实用农田灌溉面积 14 亩，水浇地面积 800 多亩。（8）新寨新田沟全长 3500 米，实用农田灌溉面积 225 亩，水浇地面积 1000 多亩。（9）横梁大围山沟全长 11000 米，实用农田灌溉面积 195 亩，水浇地面积 2500 多亩。（10）双龙石门大沟全长 3500 米，实用农田灌溉面积 68 亩，水浇地面积 1000 多亩。

2. 人畜饮水工程建设计划

（1）新寨小组子母河住户 35 户，人口 132 人，饮水工程管长 2300 米，建水池 3 个共 36 立方米。（2）麻栗村民小组住户 61 户，人口 234 人，饮水主管长 600 米。（3）板蚌村民小组住户 20 户，人口 92 人，饮水主管长 600 米。

3. 农村电网改造计划

实施大寨一组、二组农村电网改造。

4. 乡村公路硬化建设计划

目前老范寨全乡乡村公路都没有实施公路硬化，拟在"十一五"期间全部实施乡村公路硬化。具体计划为：

（1）老范寨至贵良、半坡公路全长18公里。

（2）大寨公路全长9公里。

（3）老范寨至茶坪公路全长30公里。

（4）三台坡至麻栗公路全长6公里。

（5）小牛场、丫都坡一、二、三组公路全长14公里。

（6）双龙公路全长8公里。

（7）子母河至三台坡公路全长8公里。

（8）金竹坪、横梁公路全长13公里。

（9）三台坡至金竹梁地棚公路全长6公里。

目前金竹梁地棚至金竹梁村民小组公路尚未开工建设，计划建设金竹梁地棚至金竹梁村民小组全长20公里的公路。

5. 昆河公路至泛亚铁路茶坪投装站公路建设计划

泛亚铁路工程建设线路将经过老范寨乡，并建设1座车站，这一建设将对老范寨乡经济社会各个方面产生深远影响。为加强泛亚铁路与昆河公路一线的交通运输，切实发挥投装站的作用，增强老范寨乡和周边县乡的农产品运输，提高产品的经济价值，减少运输成本，老范寨乡计划建设昆河公路老范寨乡机关至泛亚铁路茶坪投装站的公路，计划建设一条柏油路，全长30公里。

6. 医院综合大楼建设计划

老范寨乡中心医院目前有危房1栋，建筑面积331.8平方米。为方便群众就医和改善就医环境，计划新建 1 栋 400 平方米的医院综合大楼。

7. 教学点建设计划

教育建设方面，目前老范寨乡一校一师教学点依然还有 8 所泥土建的房子，计划将以上 8 所一校一师教学点建成为砖瓦平房，分别是：老冯寨教学点、半坡教学点、大寨教学点、丫都坡教学点、金竹坪教学点、金竹梁教学点、横梁教学点、贵良教学点。

8. 综合办公楼建设计划

目前老范寨乡大会议室面积太小，每年召开人代会时，部分参会人员只能坐在走廊，另外老范寨乡没有宾馆和饭店等设施，接待室太小，部分代表到乡机关开会只能自己找地方住宿，用餐问题也难以解决。为加强基层政权建设，建盖新的办公、会议、接待、食堂综合大楼势在必行，为此，老范寨乡计划新建综合办公楼 1 栋，新建面积 1600 米，希望能得到上级有关部门的大力支持。

9. 咖啡种植项目计划

老范寨乡地广人稀，调整农业产业结构的潜力较大，适合种植咖啡和橡胶等经济效益较好的长效稳定作物的土地较多。目前，全乡范围内已种植一定规模的咖啡和橡胶，希望县政府将老范寨乡列为橡胶、咖啡产业重点发展区域。老范寨乡计划在全乡范围内大力实施咖啡种植项目，并就地加工，希望上级部门扶持老范寨乡建设 1000 亩咖啡种植示范基地。

二　老范寨乡新农村建设项目规划实施情况 *

（一）扶贫开发项目

从 2002 年以来，老范寨乡扶贫开发工作取得了显著成效。一是到 2006 年底，已先后完成了全乡 358 户茅草房改造工程；二是 2006 年 10 月，共投资 30 万元完成贵良村半坡小组和贵良小组整村推进项目工程；三是发放小额信贷 100 万元，获贷农户达 85 户，发展经济作物种植 1500 多亩；四是 2007 年在斑鸠河村丫都坡一组、双龙小组、横梁小组实施整村推进工程，铺设了卫生路面。通过扶贫项目的实施，农民人均收入不断增加，贫困人口逐年减少。

表 8 - 1　老范寨乡"整村推进"项目建设名录

单位：年，万元

自然村名称	项目名称	建设时间	投入资金	建设内容
双龙小组	民族团结示范村	2007	20	卫生路（"三配套"2005 年建，13 万元；活动室 2006 年建，15 万元）
茶坪二组	新农村建设示范村	2007	15	卫生路、学校（沼气 2003 年建，2.56 万元）
丫都坡一组	整村推进	2007	15	卫生路
横梁小组	整村推进	2007	15	卫生路
贵良小组	整村推进	2006	15	卫生路（2003 年易地搬迁 33.14 万元）
半坡小组	整村推进	2006	15	卫生路

* 数据来源：根据调查期间老范寨乡政府提供的《2008 年政府工作报告》整理。

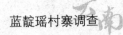

续表

自然村名称	项目名称	建设时间	投入资金	建设内容
小牛场小组	民族文化生态示范村	2002	25	卫生路、"三配套"（活动室 2003 年建，15 万元）
茶坪一组	科技文化示范村	2002	18	卫生路、"三配套"（活动室 2003 年建，13 万元）
麻栗小组	易地搬迁	2005	46	推台、挖路、送砖瓦
黄姜坪小组	扶贫沼气	2007		沼气池每户补助 500 元

数据来源：根据调查期间老范寨乡政府提供的资料整理。

（二）农田水利工程建设

截至 2007 年 12 月，老范寨乡实施建设的农田水利工程有：完成马龙河水沟三面光工程 2450 米，石门大沟三面光工程 2800 米，金沙河大沟三面光工程 1700 米，新田大沟三面光工程 610 米，茶坪火烧寨水沟三面光工程 400 米，茶坪河水沟三面光工程 500 米；新建五小水利工程 3 条；对 401 条五小水利渗漏部分进行了维修和改造；投资 49.094 万元架设水管 35304 米，砌水池 318 立方米。

（三）人畜饮水工程建设

在州县有关部门的支持下，解决了小牛场、丫都坡一组和三组、茶坪一组和三组、金竹梁、金竹坪、贵良、大寨一组和二组、板蚌小组、横梁、黄姜坪、老冯寨等 15 个村民小组的人畜饮水安全问题。2006 年又投资 3 万元完成半坡小组安全饮水工程。2006 年，在乡机关水源枯竭的情况下，投入资金 60 万元，完成乡机关安全饮水工程。

（四）公用设施建设

2003 年建盖了茶坪科教文化活动室，并安装了闭路电视，铺设了茶坪一组和小牛场村的卫生路面。2005 年投入资金修建了茶坪一组的篮球场和附属设施，投入资金 23 万元修建了小牛场村科教文化党员活动室和卫生公厕 1 座，并为小牛场村安装了闭路电视，清理修缮了小牛场村的污水沟及公路桥防护栏等。2005 年还修缮了斑鸠河村委会办公楼，并建盖了厨房，同时，着手建盖乡党政办公综合楼。2006 年，投入资金 18 万元建盖了双龙小学和双龙党员文化活动室。2007 年在茶坪三组修建了群众文化活动室，在茶坪二组修建了群众文化活动室和部分水泥路，在贵良村半坡小组、横梁小组铺设了卫生路。2007 年底，在全乡修建了卫生公厕 13 座，营造了整洁卫生的环境氛围。

（五）道路交通建设

老范寨乡政府高度重视农村道路交通建设工作，为方便群众出行，改善农村生产生活条件，在乡人民政府的协调和组织下，先后开挖了茶坪公路、老冯寨公路、半坡公路、贵良公路、板蚌公路、大寨公路、大冲河公路、新寨公路、子龙公路、麻栗公路等 11 条村组公路，全长 91 公里，解决了 16 个村民小组群众出行难、生产物资运输难的问题。2006 年，争取上级扶持资金 9 万元，动员群众投工投劳，疏通了双龙公路、大寨公路、横梁公路、麻栗公路、贵良公路的排水沟和安放了 60 厘米涵管 146 道、30 厘米涵管 718 道，提高了道路通行效率。到 2007 年底，老范寨乡 20 个村民小组中，仅有金竹梁村民小组未通公路，村民小组通公路率为 95%，在全县属于通公路率较高的乡镇。

（六）能源建设

老范寨乡在上级各有关部门的大力支持下，在全乡建设沼气池 204 口，其中"三配套" 157 口。大力发展生态经济，营造和谐的生态环境，紧紧抓住国家实施退耕还林政策的机会，完成荒山造林 1326 亩，封山育林 10000 亩。在河口县供电公司的支持下，在乡机关率先实施农网改造工程。2005 年 8 月，在贵良、半坡、板蚌、黄姜坪、新寨等村民小组实施了农网改造工程。2008 年初在丫都坡一组、二组和三组，小牛场，双龙，横梁，金竹坪也相继实施了农网改造工程。

（七）通信设施

良好的通信是加快农村经济社会向前发展的必备条件之一。随着市场经济的发展，人民群众对通信设施的需求越来越大。在老范寨乡政府的协调下，中国移动公司、中国联通公司、中国电信公司给予了大力支持，在老范寨乡全乡范围内设立了 8 座信号接收塔，解决了全乡 20 个村民小组的通信难题。

（八）农业产业结构调整

老范寨乡以其独特的地理位置和气候条件，在河口县农业特色产业发展中占据重要位置。在河口县十大农业特色产业建设的规划中，其八大特色产业区中，老范寨乡包含在香蕉、民营橡胶、八角、肉桂、菠萝、木薯、冬季农业七个产业区内，这为老范寨乡农业经济的可持续发展，尤其是农业产业结构调整提供了得天独厚的条件和政策的支持。

图 8 - 1 小牛场村后山连片的香蕉地（金少萍摄）

老范寨乡政府始终把"三农"工作放在全乡工作的首要位置，紧紧围绕农业增效、农民增收的目标，因地制宜，采取有效措施，积极调整农村农业产业结构。其具体措施有以下几个方面。

一是加大热带经济作物开发力度，鼓励农户种植香蕉、菠萝、橡胶、肉桂等热带经济作物，不断提高科技含量，经济作物的品质和价位不断得到提升，热带经济作物已成为全乡农村经济发展的重要支柱。同时开展相关的技术培训，2007 年共举办了五期关于香蕉、菠萝、橡胶标准化栽培管理技术等培训班。

二是积极引进外来资金和技术，在麻栗、金竹梁、横梁、双龙等小组发展花椒、咖啡、甜龙竹、橡胶等新兴产业。

三是加快发展新型养殖。在茶坪一组成功培养了一户养殖 80 头仔猪的养殖示范户，在此基础上又建设了一个 20 头种用母猪的养殖示范点，在双龙小组和大寨一组、茶坪分别建设了养殖 120 头仔猪的养殖示范点。

四是加大冬季农业开发力度，在全乡范围内推广密本南瓜、冬玉米、蔬菜、西瓜等冬季农作物，使全乡冬季农业成为农村经济发展的新亮点，2005 年全乡冬季农业面积 2900 亩，其中南瓜 700 亩，仅此一项人均增收 30 元。

老范寨乡农业产业结构调整取得了良好的效果。2007 年，全乡水果总产量 12900 吨，其中香蕉产量 9000 吨，菠萝产量 3800 吨；橡胶产量达 60 吨，创产值 60 万元；生猪存栏 1530 头，大牲畜存栏 1580 头（匹）。2007 年，全乡农村经济总收入达 635.49 万元。其中农村经济纯收入 509.08 万元，比 2003 年的 359 万元增加 150.08 万元，增长 41.8%；农民人均纯收入 1383 元，比 2003 年的 722 元增加 661 元，增长 91.55%。

（九）关注民生的社会事业建设

老范寨乡党委和乡政府关注民生的社会事业建设，具体措施如下：

一是认真贯彻"科教兴乡"的战略思想，狠抓农村基础教育设施建设。2005 年 12 月新建麻栗小学；2006 年新建双龙小学，修缮丫都坡小学，更换半坡小学课桌椅；2007 年动工建盖横梁小学，在中心小学建盖幼儿园，重新建盖茶坪二组小学教室，确保小学教育事业顺利开展。

二是加大计划生育的法律法规以及相关政策的宣传力度，认真开展计划生育村民自治工作，做好"奖、优、免、补"政策的贯彻落实，并按照相关政策发放了已领取独生子女证的农户 66 户 127 人的一次性奖励共 6.35 万元，发放年满 60 周岁养老扶助金 2 户 2 人共 0.35 万元，发放教育奖助学金 25 户 25 人共 1.48 万元，发放独生子女保健费 65 户 65 人共 1.6 万元，完成"三术"任务 64 例，人口自然增长率控制在 5.3‰。

三是继续开展农村卫生改革工作，2006 年建盖乡卫生院住院综合楼，建盖了两个村委会的卫生室，积极动员农户参与新型农村合作医疗，解决农民看病难的问题。

四是积极实施民政救灾救济和低保工作，五年来共发放救灾救济资金 185168 元，发放城镇低保 352793 元，农村低保 138240 元，军烈属优抚金 42410 元，五保户供养 1800 元，并积极做好残疾人的帮扶工作，支持和加快残疾人事业的发展。

五是进一步做好党务公开、政务公开和村务公开工作，强化机关服务意识，争取工作的透明度，做到自觉接受人民群众的监督检查。

六是积极开展林权制度改革工作，确保林权制度改革工作顺利通过验收。

七是开展以清洁公共卫生，清除和整治农村草堆、粪堆、柴堆"三堆"和灭鼠、灭蝇、灭蟑螂、灭蚊的除"四害"为主的农村环境卫生整治工作。

（十）民主法制建设和精神文明建设

老范寨乡在推进民主法制建设和精神文明建设方面开展的主要工作有：

一是严格按照《中华人民共和国村民委员会组织法》、

《中华人民共和国村民委员会选举法》和《河口瑶族自治县第三届村民委员会换届选举工作实施方案》等法律法规的要求和规定,顺利完成村"两委"换届选举工作任务,认真贯彻落实《中华人民共和国公务员法》,加强公务员队伍建设。

二是认真落实党风廉政建设责任制,加强和改进机关作风建设,使乡机关学习风气、思想作风、工作作风、行政质量和效率得到改善和提高,全乡干部职工的政治意识、勤政廉政意识、全局意识和责任意识普遍增强。

三是坚持物质文明、政治文明、精神文明和生态文明协调发展的方针,在全乡广泛开展社会公德、职业道德、家庭美德和"十星级文明户"等群众性精神文明创建活动,乡妇联积极开展"双学双比"活动,在全乡农村开展"五好文明家庭"评比活动。

三 老范寨乡斑鸠河村委会新农村建设主要指标

图 8-2 小牛场村公路入口处的建设工程公示(唐晓云摄)

表 8-2 老范寨乡斑鸠河村委会新农村建设主要指标

村组名称		斑鸠河村委会	丫都坡一组	丫都坡二组	新寨小组	金竹坪小组	金竹梁小组	双龙小组	小牛场小组
2005年总人口（人）		1460	86	181	299	212	214	182	286
贫困人口数（人）	2005年	244	5	35	52	4	65	46	37
	2010年	114		15	22		35	20	22
	2020年								
有效灌溉面积（亩）	2005年	2507	235	317	503	358	377	263	454
	2010年	3307	335	467	603	458	477	413	554
	2020年	4507	535	617	803	608	627	563	754
经济总收入（万元）	2005年	142.3	8.9	18.7	29	16	13.7	12	44
	2010年	246.25	15.68	32.96	49.98	28.20	24.14	21.15	74.14
	2020年	738.27	48.71	102.36	148.43	87.58	74.99	65.68	210.52
农民人均纯收入（元）	2005年	714	724	669	828	669	486	659	905
	2010年	1229	1276	1179	1427	1179	856	1161	1525
	2020年	3732	3963	3662	4238	3662	2660	3607	4330
安全饮水（%）	2005年	82	82	82	83	82	80	82	84
	2010年	92	93	92	93	92	90	92	94

续表

村组名称	班鸠河村委会	丫都坡一组	丫都坡二组	新寨小组	金竹坪小组	金竹梁小组	双龙小组	小牛场小组
安全饮水（%）2020年	100	100	100	100	100	100	100	100
通村公路（公里）2005年	51	15	15		11		5	5
通村公路（公里）2010年	3			3				
通村公路（公里）2020年								
乡村公路硬化（公里）2005年								
乡村公路硬化（公里）2010年	13			3	4		3	3
乡村公路硬化（公里）2020年	16				8		3	3
主导产业培养　名称		草果、香蕉、菠萝	草果、香蕉、菠萝	香蕉、菠萝	草果、香蕉、菠萝	草果	草果、菠萝	香蕉、菠萝
主导产业培养　2010年规模（万株）	3030.1	590.6	562.4	339	425.9	466	262.8	383.4
备注				公路修为弹石路	公路修为弹石路		公路修为弹石路	公路修为柏油路

数据来源：根据调查期间老范寨乡政府提供资料整理。

表 8 - 3　老范寨乡斑鸠河村委会新农村建设规划项目

村组名称		斑鸠河村委会	丫都坡一组	丫都坡二组	新寨小组	金竹坪小组	金竹梁小组	双龙小组	小牛场小组
投资（万元）	合　计	425.46	119.38	135.72	170.36				
	上级补助	340.37	95.50	108.58	136.29				
	自　筹	85.09	23.88	27.14	34.07				
农田建设	面积（亩）	2000	300	300	300	250	250	300	300
	投资（万元）	700	105	105	105	87.5	87.5	105	105
水利建设	里程（千米）	9700						7000	2700
	投资（万元）	145.5						105	40.5
人畜饮水	里程（千米）	3000			3000				
	投资（万元）	9			9				
通村公路	里程（千米）	3			3				
	投资（万元）	6			6				
改厕	数量（个）	220	19	42	68	46	45		
	投资（万元）	11	0.95	2.1	3.4	2.3	2.25		

村组名称		斑鸠河村委会	丫都坡一组	丫都坡二组	新寨小组	金竹坪小组	金竹粱小组	双龙小组	小牛场小组
改圈	数量（个）	220	19	42	68	46	45		
	投资（万元）	26.4	2.28	5.04	8.16	5.52	5.4		
沼气	数量（口）	220	19	42	68	46	45		
	投资（万元）	77	6.65	14.7	23.8	16.1	15.75		
卫生路	里程（千米）	17.94	1.5	2.96	5	3.2	2.98	2.3	
	投资（万元）	53.82	4.5	8.88	15	9.6	8.94	6.9	
公路硬化	全长（千米）	29			3	12		6	8
	投资（万元）合计	580			60	240		120	160
	上级补助	464			48	192		96	128
	自筹	116			12	48		24	32

数据来源：根据调查期间老范寨乡政府提供资料整理。

第三节　社会治安与社会稳定

一　老范寨乡社会治安现状及特点

据老范寨乡党政领导和边防派出所教导员介绍，老范寨乡的社会治安状况总体上比较良好，呈现大案少、发案率低的特点。不过，近年来随着流动人口的增加，一些社会不良风气也有滋生蔓延的趋势。老范寨乡社会治安综合治理状况主要具有以下特点。

一是偷盗现象时有发生。近年来，农村中偷牛盗马现象逐年增多。据边防派出所教导员介绍，从破获的案件来看，这些行为一般是外来流动人口所为，很少有本村人参与的情况，被偷盗的牛马一般会被牵到蒙自一带出售。随着乡村经济的发展和交通的便利，村民购买摩托车的数量越来越多，但摩托车被盗案件也越来越多。据小牛场村村民反映，近年来，偷菠萝、偷香蕉的现象也时有发生。边防派出所教导员说，这些偷盗现象的发生只是极少数人的个人行为，有的是经济困难所迫，也有的是个人具有这方面的不良习惯。

二是邻里纠纷日益增多。在市场的推动和政府的有效引导下，老范寨乡的产业结构正经历着从传统的粮食作物种植向经济作物种植的转变。这一转变促使原来不能种植粮食的土地价值增加。而该地区原来划分土地和山林的四至界限往往都不太明确，导致近年来邻里之间、村落之间的土地纠纷、山林纠纷层出不穷。除此之外，邻里之间因家务产生纠纷、酗酒斗殴的事件也时有发生。

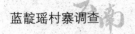

三是民警任村官制度为社会治安综合治理提供了组织保障。从 2006 年开始，老范寨乡推行了民警任村官制度，即在村委会设立治保会，由村委会副主任兼任治保会主任；由 1 名派出所民警兼任村党总支副支书；各村民小组设 1 名治保员。这一制度的推行，为社会治安综合治理的贯彻落实提供了坚强的组织保障，同时，为村民维护自己的正当权益提供了畅通的维护渠道。

四是《村规民约》的效力大于治安管理条例。《村规民约》是村民讨论通过而制定的，村民较容易接受，村民对其认同度也较高。由于村民的法律意识淡薄和法律知识欠缺，以及执法公正性等方面的因素，一般案件都会在《村规民约》范围内自行解决，只有比较大的案件或是《村规民约》解决不了的问题，村民才会诉求法律解决，比如涉及大片的土地、森林的纠纷，大宗的偷牛盗马事件等就会向乡综合治理办公室或乡派出所报案。

五是社会治安综合治理工作目标管理责任制的实施，保障了综合治理工作的层层落实。为保障综合治理工作能落实到位，切实维护老范寨地区的社会稳定，乡综合治理办公室分别与各治保单位签订了《老范寨乡 2008 年社会治安综合治理工作目标管理责任书》，并将综合治理工作纳入各单位年终工作考评范围，保证了各级、各部门开展综合治理工作的积极性。

二 社会治安综合治理取得的成效及存在的问题

老范寨乡党委和乡政府高度重视维护社会稳定，以创建和巩固"平安老范寨"为目标，落实社会治安综合治理目标管理及重视和加强信访工作，妥善处理人民内部矛盾，严厉打击各类犯罪活动，努力做好人民调解工作，杜绝了各种社会丑恶现象。

老范寨乡 2003 年被评为省级无毒社区乡镇，2005 年被县委、县政府命名为"平安老范寨"，2007 年被县委、县政府命名为"无邪教乡镇"，形成了政治稳定、社会治安良好的局面。2008 年初，乡综合治理办公室分别与两个村委会、乡属各单位签订了《老范寨乡 2008 年社会治安综合治理工作目标管理责任书》。为保障社会治安综合治理工作的正常开展，2008 年上半年投入综合治理工作经费 2000 元，全乡共排查各类纠纷 6 起，调解 6 起，成功 5 起，成功率达 83%，接待各种形式的法律咨询 9 起，为外来民工、困难家庭等弱势群体提供法律援助 6 起。社会治安综合治理工作的层层落实，为老范寨乡经济社会的发展创造了坚强的后盾，为老范寨乡全面推进社会主义新农村建设提供了良好、稳定的社会环境。

老范寨乡社会治安综合治理方面还存在一些不容忽视的问题，如果对这些问题处理不当，将会影响到社会的稳定。

首先，日益增多的土地纠纷和林权纠纷问题，是历史因素与现实因素共同影响、个人利益与集体利益相互纠葛的复杂问题。刚实行包产到户时期，土地对于农户的价值首先在于种植粮食，在整个河口地区，地势上坡陡谷深的特点突出，大部分地区并不适宜种植粮食，许多坡度大的地方就成为划分土地的盲区，在具体的界限划分上也不明确，往往就是以某个山脊或山凹为界。这些因素都为日后的土地、林权纠纷埋下了隐患。随着产业结构的调整，过去并没有多少开发价值的坡度大的土地的价值日益体现出来，促使众多的土地纠纷和林权纠纷凸显出来。这种纠纷在户与户之间、户与村之间、村与村之间，以及乡与乡之间都存在。对这类纠纷的调解难度较大，稍有不慎就会造成群众的不满。对这类纠纷的调解必须从大局出发，全盘考虑，谨慎从事，决不能敷衍了事或包庇偏袒。

其次，生态环境的脆弱将对社会安全系统造成潜在的冲击。由于经济利益的驱动，大片的林地、草地被改造成香蕉地、菠萝地，退耕还林还草政策难于实施。盲目的毁林开荒造成土质疏松，再加上河口地区山地坡度大、雨量大等因素，导致的直接后果就是大量的塌方、泥石流和山体滑坡。据老范寨乡有关部门统计①，2008 年 8 月 9 日（适逢我们调查组在此地调研）的一场暴雨对该乡造成的影响为：（1）人员及房屋受损情况：受灾户数 29 户，受灾人数 114 人，倒损或倒塌民房 13 间，直接经济损失 23 万元；（2）经济作物受灾情况：香蕉受灾 505 亩，橡胶受灾 120 亩，水稻受灾 22.5 亩，其他作物受灾 20 亩，经济损失 20.72 万元；（3）交通道路受灾情况：水毁路基 25000 米，水毁路面 262500 平方米，塌方 1980 立方米，毁坏挡墙 5 处，毁坏道路约 50 米，水毁涵洞 16 道，洪水淹没桥梁 3 座，经济损失达 144 万元；（4）水利设施受损情况：水渠（沟）受损 46 条，受灾水利设施全长 4375 米，经济损失 10 万元。这组数据明确地表明生态环境遭到破坏后所带来的严重的生态灾害，将对和谐稳定的社会治安局面造成冲击。如果生态环境继续遭到破坏，该地区的社会安全系统将面临更加严峻的挑战。

---

① 数据来源：调查期间由乡政府提供。

表 8-4　老范寨乡人民政府"8·9"灾情统计（一）

填报单位：老范寨乡人民政府　　　　　截止时间：2008 年 8 月 12 日 15 时

人员房屋受损情况													直接经济损失（万元）
受灾户数（户）	受灾人数（人）	因灾死亡人数（人）	因灾失踪人数（人）	因灾伤病人数（人）	紧急转移安置人数				倒损民房（间）	倒塌民房（间）	水淹		
					投亲靠友（人）	借住（人）	租房（人）	搭建帐篷（人）			住房（间）	门面（间）	
29	114					8			6	7			23

数据来源：老范寨乡政府提供。

表 8-5　老范寨乡人民政府"8·9"灾情统计（二）

填报单位：老范寨乡人民政府　　　　　截止时间：2008 年 8 月 12 日 15 时

农作物等受灾情况													
农作物受灾			毁坏耕地面积（亩）	经济作物受灾							畜牧业受灾情况		
经济损失（万元）	成灾（亩）	绝收（亩）		经济损失（万元）	香蕉受灾（亩）	橡胶受灾（亩）	水稻受灾（亩）	玉米受灾（亩）	其他作物（亩）	经济损失（万元）	因灾死亡大牲畜（头）	猪（头）	家禽（只）	鱼塘（亩）
				20.72	505	120	22.5		20	0.4	1			

数据来源：老范寨乡政府提供。

表 8-6　老范寨乡人民政府"8·9"灾情统计（三）

填报单位：老范寨乡人民政府　　　　　截止时间：2008 年 8 月 12 日 15 时

交通道路设施受灾情况								水利设施受灾情况		
经济损失（万元）	水毁路基（米）	水毁路面（平方米）	塌方（立方米）	毁坏挡墙		毁坏道路		水利经济损失（万元）	水渠（沟）受损（条）	其他
				（处）	（米）	（条）	（处）			
144	25000	262500	1980	5	50	9	98	10	46	

备注：水毁涵洞 16 道，水毁桥 3 座，受灾农田水利设施全长 4375 米。

数据来源：老范寨乡政府提供。

附　录

附录1　漂摇过海歌[*]

元帅福林二人造，抬盘执笔造言中。

造现前人古言意，留庇世间万众通。

盘古开天直立地，置立前朝万代龙。

盘古圣王管天底，人民安乐过年冬。

上元甲子三千岁，未有为婚结配央。

野兽山果当饭菜，欢由四季万年春。

盘古现身西天国，两个金童相伴龙。

金童相伴盘王主，真主管朝置万红。

上置月头在天底，下置阴罗十八殿。

唐王出世连州庙，连州行平相伴逢。

化起伏灵五旗鬼，莫祭盘王落海中。

唐王起祭盘王灵，木板合船海疆中。

东殿真流出金宝，南殿步流出女龙。

西步学山共一岭，千层云雾晴天容。

---

* 河口瑶族自治县人民政府编《瑶族通史——河口瑶族自治县资料汇编》，
2001，第24页。

寅卯二年天大旱，阴阳结合在天宫。

留州漂在真州岭，石中装在嫩花龙。

众鸟架路来分水，照顾真金好道红。

盘古圣王现身世，管朝天底万年秋。

雷公弄潮洪水发，葫芦浮起到天求。

洪水漫天改换国，改换人民天底珠。

青山百鸟无声息，天底人民无个央。

留有伏羲两兄妹，游行天底万朝州。

路遇乌龟问因由，水漫天底人未留。

世间无人不成世，要起人烟有何猷。

伏羲兄妹为妻对，重有人烟世不愁。

伏羲不信乌龟语，刀斩龟背大裂丘。

乌龟被斩十三块，合在一起又活游。

伏羲兄妹又无奈，不愿婚配面容愁。

隔岸烧火烟对烟，两岸火焰合成龙。

隔河种竹竹相缠，隔河丢物又合游。

棕树为媒结夫妻，连柳青水证婚求。

结配三年身有孕，养花落地不成样。

像个瓜样肉团卯，没有人形不开阳。

伏羲兄妹用刀斩，瓜孩肉片又发黄。

发上青山成瑶人，发下平地变汉央。

过了三朝火烟出，置出人民在满洲。

置得人民在天底，又置禾粮在地头。

下元甲子百二岁，男婚女配世间流。

人丁兴旺列国家，瑶人兴盛有盘瓠。

人间灾难难言尽，又逢大旱困愁慌。

大旱三年又断水，四处山头出火焰。

青山格木也出火，人民愁慌过长年。
大河变小小河干，鲤鱼难寻大水潭。
官仓难收谷粱米，百姓也愁官也忧。
瑶人日子无计奈，合船过海远方流。
过了七天七昼夜，船路不通人昏头。
恐怕木船落大海，人魂进入阴水州。
浪旋木船不识向，生计船中叩盘王。
许了盘王念了经，船在海中顺航流。
漂到海边得上岸，不忘还愿祭盘王。
还愿盘王圣帝主，人民兴旺各安居。
去上山林垦山处，去射鹿猪献圣修。
谢了神恩盘王愿，元盆杆散各为修。
又分各姓宗支部，各姓各有宗祖烟。
罗姓李家共邓姓，盘家赵姓共宗支。
冯姓宗支共祝姓，陈姓黄家各自修。
愿头撒撒各度日，二路二春各进州。
一路一春广西道，二路二春广东省。
广西广东也住久，游耕游住北到南。
四方八面散有瑶，柳州泗城各自游。
清朝又乱不安生，要找好地安居州。
一分走上贵州地，二路云南各落居。
三路游往跤趾国，各路安生各路修。
十二姓瑶各路去，又有瑶人辽国游。
我祖跤趾游几代，进入大潮住河口。
抄古难林眉音眷，玉字名福抄古言。
寒林细小贫滩屋，未曾学堂念过书。
抄来字里有错处，叩望先生改正言。

抄转古言传族世，留庇族代众人知。

前初古言抄不了，那表先生添一章。

注：庇（cì）为瑶族创造字，意为"给"。

附录2　斑鸠河村民委员会职责 *

一、宣传宪法、法律、法规和国家的政策，教育和推动村民履行纳税、接受义务教育、服兵役等法定义务，执行计划生育的基本国策，教育村民爱护公共财产和设施，维护村民的合法权利和利益。

二、召集和主持村民会议、村代表会议，执行会议的决定、决议，接受质询并报告工作，组织村民小组开展工作，督促村民遵守《村民自治章程》、《村规民约》。

三、组织、实施本村建设和发展规划，办理本村的公共事务和公益事业，支持和组织村民依法发展各种形式的合作经济和其他经济，承担本村生产服务和协调工作。

四、尊重集体经济组织依法独立进行经济活动的自主权，维护以家庭承包经营为基础、统分结合的双层经营体制，保障集体经济组织村民、承包经营户、联户或者合伙人的合法的财产权和其他合法的权利、利益。

五、依法管理属于本村村民集体所有的土地和其他财产，教育村民合理开发利用自然资源，珍惜土地，保护和改善生态环境。

六、发展文化教育事业，推广科学技术知识，引导村民走科教兴农的道路。

---

* 斑鸠河村委会提供。

七、认真完成地方税代征、代缴任务。

八、开展社会主义精神文明建设活动，教育村民热爱祖国、遵纪守法、移风易俗、敬老爱幼、扶贫济困、拥军优属、团结互助，树立社会主义新风尚。

九、调解民间纠纷，促进村民团结、家庭和睦，处理好与驻村单位和与其他村之间的关系，协助维护社会治安，配合有关部门做好禁毒、禁赌工作，坚决抵制和反对邪教组织的活动，预防和制止家族、宗派冲突，对依法被剥夺政治权利或者受到其他刑罚处罚的村民进行教育、帮助和监督。

十、协助乡（镇）人民政府开展工作，向人民政府反映村民的意见、要求，提出建议。

十一、法律、法规规定的其他职责。

附录3　斑鸠河村民委员会主任职责[*]

村民委员会主任在村党支部的领导下主持全村的工作，其主要职责是：

一、认真贯彻执行《中华人民共和国村民委员会组织法》，坚持依法治村，做到民主决策、民主管理和民主监督。

二、组织实施乡（镇）政府下达的经济、教育、农村建设事业和税收、优抚、扶贫、社会治安、计划生育等工作任务，组织村干部和村民如期完成并将情况报告乡（镇）政府。

三、组织制定和实施本村经济、社会发展计划和规划。村经济计划和社会发展规划的制定必须在充分发动群众、集中多数群众意见、正确分析评估当地自然资源、社会资

＊　斑鸠河村委会提供。

源的基础上进行，并报乡（镇）政府批准后实施。

四、组织和帮助村民发展生产，选择致富项目，并在资金、技术、消息等方面做好服务工作，千方百计帮助贫困户脱贫致富。

五、重视发展村办经济，增加村集体经济收入，努力为村民办实事，增强村委会的凝聚力。

六、重视发展村级文化教育事业，提高适龄儿童入学率。采取业余文化、技术学校等多种形式，组织村民学习政治、法律、文化和技术，提高村民的政治思想和科学文化素质，做好村民的社会福利和社会保障工作。

七、重视了解村民的思想、生产、生活情况和迫切需要解决的问题，积极向上级反映群众的意见，争取政府的支持、帮助和指导，为村民解决实际问题。

八、定期召集和主持村民会议和村民代表会议，报告本村经济计划和社会发展规划的执行和各项工作的进展情况，征求村民意见，通过村委会有关决定，公布财务收支情况。

附录4　河口县"民主法治社区"工作标准[*]

一、社区居民自治章程规范。符合宪法、法律、法规和国家的政策。（10分）

二、民主选举行为规范。居民自治组织依法、公开、公正、公平民主推选产生，选举结果居民满意。（10分）

三、民主决策行为规范。凡涉及居民自治范围的重大

---

* 河口瑶族自治县政府办公室提供。

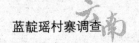

事项由居民（代表）会议讨论决定。（15分）

四、民主管理行为规范。社区经济管理、社会治安、社风民俗、婚姻家庭、计生工作依章理事、依法办事。居民当家作主的民主权利切实得以保障，无压制、破坏、侵犯民主权利的行为发生。（15分）

五、民主监督行为规范。健全社区事务公开、财务公开、民主评议干部制度，有财务、社务监督小组和公开栏，广大居民知情、参与、监督的权利得到落实，居民满意率达到95%以上。（15分）

六、综合治理工作规范。有社区巡逻队、综治联络员、调解、安置帮教、外来人员管理组织和工作制度，及时调处民间纠纷，小事不出组，无群体性上访事件，无民转刑事件，"平安社区"创建工作成效明显。（15分）

七、法制宣传教育规范。有组织、有宣传橱窗、有教材（由县普法办提供），有台账资料、组织居民学法每年不少于两次。居民遵纪守法、依法维权、社区稳定。居民法律素质不断提高，依法办事形成风尚，社区法治化管理水平明显提高。（20分）

附录5 河口县"民主法治村"考核标准*

一 民主选举

1. 村民委员会主任、副主任和委员由村民直接选举产

生。（3分）

2. 无非法剥夺村民依法享有的选举权和被选举权的行为。享有选举权和被选举权的村民名单应当在选举日的二十日以前公布。（2分）

3. 村民选举委员会的成员依法由村民会议或村民代表会议或各村民小组民主推选产生。（2分）

4. 选举过程中，实行无记名投票、公开计票的方法，选举结果当场公布，并设有秘密写票处。有选举权的村民过半数投票，选举村民委员会方为有效；候选人获得参加投票的村民的过半数选票，始得当选。无以威胁、贿赂、伪造选票等不正当手段妨害村民行使民主权利的行为。（5分）

5. 有明确的村民委员会成员罢免程序和制度，并能严格执行。（2分）

6. 无违法产生村民小组长的行为。（1分）

（说明：出现不符合上述考核标准的事项酌情扣分。）

二　民主决策

1. 村党支部起领导核心作用。（2分）

2. 以下村务须由村民委员会提交村民会议或经授权的村民代表会议讨论决定：（1）村经济和社会发展规范、年度工作计划；（2）乡统筹的收缴办法、村提留的收缴及使用；（3）本村享受误工补贴的人数及补贴标准；（4）村办学校、村建公路等村公益事业的经费筹集方案；（5）村集体经济所得收益的使用；（6）村集体经济项目的立项、承包方案及村公益事业的建设承包方案；（7）村民的承包经营方案；（8）宅基地的使用方案；（9）村民会议认为应当

由村民会议讨论决定的涉及村民利益的其他事项。(4分)

（说明：出现不符合上述考核标准的事项酌情扣分。）

3. 村党支部、村民委员会讨论决定问题，少数服从多数，不得违背群众意愿。(2分)

4. 各类会议讨论决定的事项、作出的决议无违反党的政策和法律法规的情形。(2分)

（说明："两委会"擅自决策，并给集体经济或村民利益造成重大损害的，实行一票否决制。）

三　民主管理

1. 制定的《村民自治章程》或《村规民约》没有与宪法、法律法规和国家的政策相抵触之处，不含有侵犯村民的人身权利、民主权利和合法财产权利的内容。(3分)

2. 《村民自治章程》或《村规民约》的制定和修改须经村民会议讨论通过，报乡镇人民政府备案，并在全村公布。(3分)

3. 有明确的财务管理制度，明确财务审批权限。(2分)

4. 有完善的公章使用和管理制度。(2分)

5. 治安、调解、安置帮教、普法依法治理、暂住人口管理等组织健全或由村委会成员分工负责。(2分)

6. 开展农村法制宣传教育"123"工程和"六个一"活动（见注释2、3）。(5分)

7. 无侵害农户土地承包权、生产经营权、经营受益权的行为；无压制和破坏民主，侵犯农民民主权利的行为。(2分)

（说明：出现不符合上述考核标准的事项酌情扣分。）

8. 村民遵纪守法：（1）无非法占用耕地或改做他用现象；（2）无非法婚姻、非法收养现象；（3）无违反计划生育法律法规现象；（4）村民依法主动纳税；（5）无违反环保法律法规现象；（6）无违反殡葬管理条例事件；（7）无乱砍滥伐林木行为；（8）无非法猎、捕、捞行为；（9）无违反其他法律法规的行为。（13分）

（说明：出现一例计划外生育，实行一票否决制。）

9. 社会秩序稳定：（1）无故意杀人、故意伤害致人重伤或死亡、强奸、抢劫、贩卖毒品、放火、爆炸、投毒等八类刑事案件、无重大毒品犯罪案件发生；（2）无火灾、交通、安全生产等重大治安责任事故；（3）无非法集会、械斗、聚众闹事、拦车断道等群体性事件，无集体上访事件；（4）无民间纠纷转化为刑事案件；（5）无非法宗教活动及危害国家安全事件；（6）无刑释解教人员重新犯罪现象。（8分）

（说明：未通过综合治理目标考核的，实行一票否决制。）

四　民主监督

1. 落实村务公开制度，设立村务公开栏。村民委员会应当及时公布下列村务，其中涉及财务的事项至少每6个月公布一次：（1）法律法规规定由村民会议和经授权的村民代表会议讨论决定的事项及其实施情况；（2）村财务的收支情况；（3）土地、企业、财产承包、经营、租赁情况；（4）国家计划生育政策的落实情况；（5）救灾救济款物的发放情况；（6）水电费的收缴；（7）征地拆迁、安置、土地承包流转等方案；（8）涉及村民利益、村民普遍关心的

其他事项。村民委员会应当保证公布内容的真实性，并接收村民的查询。（14分）

（说明：如公布内容缺乏真实性扣10分，不按时、按项公布，酌情扣分。）

2. 及时公布国家和地方政府有关涉农政策，特别是减轻农民负担的政策。（2分）

3. 建立群众评议干部制度，每年至少对村干部评议一次。有较为规范的村干部创业承诺制度。（3分）

4. 对村干部实行任期、离任审计制度。（4分）

5. 建立村民委员会向村民会议或村民代表会议报告工作制度，每年至少两次。（3分）

6. 成立民主财务监督小组，成员产生合法公正，罢免程序合法（村党支部、村民委员会成员及其配偶、直系亲属不得担任成员）；民主财务监督小组履行职权有严格的制度规定和保障。（4分）

（说明：出现不符合上述考核标准的事项酌情扣分。）

五　其他

1. 台账较规范。（1分）

2. 村级集体经济持续发展。（3分）

3. 村容村貌整洁卫生，移风易俗，无封建迷信行为。（1分）

（说明：出现不符合上述考核标准的事项酌情扣分。）

注：

1. 本考核标准的"标准分"总分为100分，其中"民主选举"15分，"民主决策"10分，"民主管理"40分，"民主监督"30分，"其他"5分。

2. 农村法制宣传教育"123"工程。

（1）立足一个出发点：以贴近农民生产生活需要为出发点。

（2）抓好两个重点对象：村、组干部和农户法律明白人。

（3）坚持三个并重：坚持法律知识传播与弘扬民族传统文化并重，坚持普遍宣传与特殊宣传并重，坚持法制宣传教育与法治实践并重。

3. "六个一"活动。即：每个村委会有一支法制宣传队伍，有一所法制学（夜）校，有一个法制宣传栏，每个村民小组有一名法制宣传员，每户有一个法律明白人，提供一本农村法律知识读本。（由县委普法办提供）

附录6　河口县创建"民主法治村（社区）"工作的实施意见*

总体目标：基层民主选举制度进一步健全，基层民主进一步扩大，基层自治制度更加完善，各组织之间职责明确，关系协调；法制宣传教育工作进一步加强，广大城乡居民民主意识和法制观念普遍增强，基层干部民主管理、依法办事的能力明显提高；社会治安综合治理各项措施进一步落实，基层经济社会生活中的热点、难点问题得到有效治理，基层社会和谐稳定的局面得以巩固和发展。在2006 年年底前全县 45% 以上的行政村和社区达到云南省"民主法治村"建设基本标准和"民主法治社区"标准。

---

* 斑鸠河村委会提供。

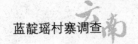

一 工作任务

1. 开展"民主法治村"创建工作，推进农村基层民主法制建设。认真贯彻《中华人民共和国村民委员会组织法》，依法做好基层选举工作，健全村民自治组织；完善村民大会和村民代表会议制度，实行村民讨论决定重大事项；以村党支部和村委会组成人员为重点对象，深入开展法制宣传教育，重点宣传土地承包流转、税费改革、婚姻家庭、计划生育等与村民生产生活密切相关的法律法规；突出制度建设，完善"四民主"、"两公开"制度；加强法律服务和综合治理。

2. 开展"民主法治社区"创建工作，推进社区民主法制建设。组织实施《中华人民共和国城市居民委员会组织法》，依法做好社区居委会选举工作，健全城市居民自治组织；建立健全居民民主议事决策制度和议事规则；实现党组织领导下的各自治组织的协调统一，完善社区居委会自治章程或居民公约，社区事务、财务定期定点公开；深入开展法制宣传教育，充分利用社区法律资源，着力提高社区成员的法律素质；建设管理有序、文明祥和的新型社区。

实施步骤。"民主法治村"、"民主法治社区"创建工作步骤：8～10月为各乡镇组织实施阶段；11月为各乡镇对照"两个标准"查漏补缺阶段；12月上旬县组织力量对各乡镇创建工作达标情况进行检查验收。

二 工作要求

1. 切实提高对全面推进"民主法治村"、"民主法治社区"建设工作的认识。

2. 用科学发展观统领全面推进"民主法治村"、"民主法治社区"建设工作。

3. 发挥基层依法治理领导机构的作用。

4. 切实加强对全面推进"民主法治村"、"民主法治社区"建设工作的组织领导。

附录7　云南省省级"民主法治示范村"创建工作指导标准*

为深入开展"民主法治示范村"创建活动,依据有关法律法规和政策,结合云南省"民主法治示范村"创建活动的实践,制定本工作指导标准。各地可参照本标准制定本级的指导标准或实施细则。

一　村级组织健全有力

1. 农村基层党组织和群团组织健全,党组织领导核心作用和先锋模范作用充分发挥,依法保障村民自治工作正常开展。

2. 村委会及其下属组织和所有需要民主选举产生的群众性组织,产生程序合法,工作规范并有记录和档案,能自觉接受党组织领导及乡镇人民政府的工作指导。

3. 村党组织和村委会关系协调,工作规范,村民会议和村民代表会议、村务公开监督小组和民主理财小组等组织健全,能充分发挥职能作用。

4. 村级社会治安综合治理组织和治保网络健全,职责

＊　老范寨乡政府提供。

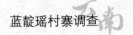

明确，工作落实到位。

5. 村组调解组织网络健全，人民调解制度完善，工作落实到位，矛盾纠纷得到及时化解，无村民集体上访事件。

二　民主制度规范完善

1. 村委会依法按时换届，严格程序，采用公开竞争、差额、无记名方式选举，无违背群众意愿的指定、委派、撤换或变相撤换村委会成员行为发生。罢免村委会成员依法按规定程序，群众满意度高。

2. 每年至少召开一次村民会议，每季度至少召开一次村民代表会议。凡是与村民切身利益密切相关的事项必须通过村民会议或村民代表会议民主决策。有切实可行的举措责任追究制度。"一事一议"制度落到实处。

3. 村务公开制度健全并得到落实，有规范的集体收支审批程序，村组财务定期审计，群众对村财务情况清楚、满意，民主换届后能及时交接各项工作。

4. 有规范的民主管理制度，《村民自治章程》、《村规民约》合法产生，不违背国家法律法规和政策，没有侵犯村民合法权益的内容，干部群众自觉遵守，实施效果好。

15. 每年对村干部至少进行一次民主评议，对两次评议为不合格的村干部，有处理结果；奖惩、责任追究制度能落实。村级档案台账齐全规范。

三　法制教育扎实有效

1. 认真贯彻国家各项法律法规和政策，积极做好计划生育工作、资源环境保护工作、耕地保护工作。

2. 建有村级法制学校或开辟法制宣传教育阵地，开展

"法进家庭"和多种形式的学法用法活动。村有法制宣传组，村民小组有法制宣传员，户有法律明白人。村干部、党员、村民遵纪守法。

3. 建立学法、用法、守法档案，积极开展法制文明活动和"12·4"全国法制宣传日活动。

4. 村组治安秩序良好，农村社会稳定，村干部和村民熟悉寻求法律服务的渠道，能依法自觉维护自身合法权益，正确寻求处理涉法问题的途径。

5. 积极协助公安机关做好治安防范和农村治保工作，近年来村内无重大刑事犯罪案件和治安案件发生。帮助和教育刑释解教人员回归社会，对经常违法违纪、具有明显劣迹的重点人员进行帮教。

四　经济社会和谐发展

1. 村集体经济不断发展壮大，农民收入明显增长。

2. 有明确的村内近期、中期、长远发展规划和发展目标并能连续贯彻执行，年度工作计划按时完成。

3. 村内集体投资项目公开招投标，公平竞争，民主决定，集体资产能有效保值增值。

4. 建立各种适合村民群众需要的农村专业化合作经济组织，激励和调动有不同优势的村民发展经济，帮助困难村民共同致富。

5. 村容村貌绿化、美化、净化，体现节约、美观、可持续发展原则，走上生产发展、生活富裕、生态良好的文明发展道路。

6. 村公共事务和公益事业发展好，村民有学习、活动场所，经常举办群众性娱乐活动，村民素质不断提高。

7. 讲究科学，反对迷信，讲究公共卫生，合作医疗制度健全，有应急处理各种突发事件的能力，有效预防各类疾病发生。

8. 村级治安秩序良好，农村社会稳定，优抚安置、养老扶幼助残工作得到落实。村民关系和谐，互相帮助、民族团结进步。

附录8 老范寨乡护林员管理制度*

为充分调动农村护林员工作积极性，增强护林员的责任感和使命感，加强对老范寨乡辖区内森林资源的管护工作，巩固农村造林绿化成果，特制定本制度。

一、对盗伐、滥伐及在封山育林区域内砍柴、开垦、毁坏林业标志等行为要及时制止，并直接向乡林业站报告。

二、发现山火要及时扑救，并在第一时间内向当地政府及有关部门报告。

三、做好森林病虫害疫情监测，及时向乡林业站报告森林病虫害情况。

四、积极配合森林公安机关做好各类林业案件的侦破工作。

五、积极协助林业主管部门做好《森林法》的宣传工作。

六、对所管辖的林区要进行每月巡查，并将巡查情况向乡林业站汇报，汇报方式可电话汇报或当面汇报，如缺

---

* 老范寨乡政府提供。

一次将扣除当月补助费 50 元。

七、所管辖的林区如出现乱砍、滥伐行为将扣除一个月的补助费，并给予警告处分。

八、如对盗伐、滥伐行为隐报、瞒报，也不进行制止，将予以除名。

九、要遵纪守法，率先垂范，如出现护林员参与砍伐、盗伐林木、毁林开荒行为，将予以除名。

十、坚持原则，敢于负责，热爱林业工作并掌握一定的专业技术和法律法规、政策。

十一、护林员之间要加强沟通和交流，既有分工，又有合作，形成团结和谐的护林员队伍。

十二、护林员要听从乡林业站的统一调度和安排，如无故不听从安排，将取消护林员资格。

附录9　斑鸠河村委会调解委员会职责*

一、对村民进行有关政策、法律和道德风尚的宣传教育，预防纠纷的发生。

二、积极调解婚姻、家庭赡养、抚养、房屋、债务、继承赔偿纠纷以及山林、水利、土地纠纷。

三、调解打架、斗殴、小偷小摸、损害名誉、轻微伤害、干涉婚姻自由等纠纷，做到及时处理，不使矛盾激化，不使纠纷升级。一般纠纷在村内调解解决，对于性质严重、情节复杂、影响面大、调委会无力解决的纠纷和其他违法活动应及时报告公安机关。

---

* 斑鸠河村委会提供。

四、在工作中周密调查、研究、分析产生各类纠纷的根源和规律，主动及时地进行防范，做好疏导和宣传教育工作，把工作做在纠纷产生之前。

五、涉及外地、外单位的民事纠纷要积极主动协商解决。

六、积极开展创建文明村活动，配合有关部门搞好评比、评优工作，发挥"五好家庭"、"好媳妇"、"好青年"、"好家长"等典型的表率作用，树立良好的村风民风。

七、积极向村委会汇报工作。

附录 10　破理书（节选）*

天下文章破理明，世间传报众详情。

皇帝坐北京，道理传天下。

道理众公用，道路众人行。

做事不平问道理，人心不平问天秤。

事不到头问君子，字不到头问先生。

好丑商量问父母，不会做人问贤人。

路行不通问乡邻，伦理不通问老人。

不知春日听春鸟，不知子丑听鸡鸣。

不信药灵信久炳，不信神佛信雷鸣。

天上星多不比月，朝里臣多不比君。

山上鸟多不比凤，水里鱼多不比龙。

日月在天照光明，君王坐朝管万民。

---

* 河口瑶族自治县人民政府编《瑶族通史——河口瑶族自治县资料汇编》，2001，第 58～60 页。

凤凰开翅飞禽动，龙虎现身惊兽群。

宝多不比米，财多不比衣。

亲多不比父，娇多不比妻。

有钱无衣身也冷，有宝无米肚也饥。

父子上阵莫丢命，夫妻着病莫丢心。

君子谋道，小人谋财。

君子争坐处，小人争饿肚。

闲人谋睡，懒人谋闲。

饿人谋食，浪子谋穿。

君子酒醉语不乱，小人酒醉乱伤人。

聪明人睡心不睡，勤劳人闲心不闲。

有理莫骂父，有钱莫欺人。

有功莫赛艺，有文莫慢师。

骂父必定寿命短，欺人必定是非多。

赛艺必定遭强惩，慢师必定损法门。

有钱莫使尽，有福莫享尽。

有事莫当尽，有话莫说尽。

使尽无本利不起，享尽清福遭亦贫。

当尽无理事落你，说尽又变无理人。

富贵莫嫌米，肥田莫嫌屎。

有奴莫嫌马，有妾莫嫌妻。

有奴嫌马奴隶苦，有妾嫌妻理不容。

有金万两也吃米，满堂儿孙也要妻。

莫把人情当脸面，莫把菩萨当人情。

钱作脸面家贫苦，佛作人情慢师神。

人爱神不爱，神要各坛在。

人亲财不清，财帛要分明。

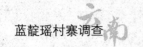

男人不露财，女人不露体。

奸情只为露体女，盗贼只为露财人。

真君不露脚，富人究衣着。

有麝自然香，何必当风浪。

有肚自然吃得醋，有腿自然穿得裤。

有能干，当然吃得那碗饭。

有虫骨，自然吃得那条木。

有心开饭铺，不怕人大肚。

有心开酒行，不怕贫酒王。

有心过海不怕龙，有意追盗不怕红。

有意爱着人，有心娶媳不怕贫。

不请一台酒，留着不会有。

头发会长不怕剃，眉毛不长不怕留。

不唱闲歌也会老，不使闲钱也会穷。

有钱不使彼发疯，有衣不穿光卵龙。

积钱留子孙，分财不平打闹争。

算数不明，你争我打闹沉沉。

有钱不如无钱好，免得儿孙怪老人。

只见分粮人，不见分财平。

歪心分财有架吵，蒙路分岔有错人。

人有失错，马有露蹄。

人不错为仙，马不错为龙。

捡得不为偷，算错不为谋。

不看人情看主面，不看和尚看庙门。

打鼓留声，说话留情。

有理不用蛮语，无理要做悔心人。

话要轻，鼓要钉。

人怕对，鼓怕擂。

打一捶留一捶，响得三声慢慢擂。

讲一句留一句，十字路口教武艺。

教一步留一步，教成徒弟打师父。

天有久雨，山有长流。

恶人辩理非好语，善人辩理说分明。

闲话莫乱讲，有理莫乱狂。

相争莫动手，闲话莫动口。

动手打人有错理，闲话说人有错语。

子能不可欺父，臣能不可欺君。

妻巧不可欺夫，弟乖不可欺兄。

儿欺父母天地黑，臣欺君王反乱朝。

乖弟欺兄非好汉，巧妻欺夫不到头。

家有长子，国有道臣。

大臣无能国里乱，长子不成家里贫。

在家靠父母，出门靠自主。

下雨靠雷神，结配靠师人。

养马靠料力，撑船靠风吹。

养子靠父母，栽种靠泥土。

打铁靠炉，抄字靠书。

火炉无风燃不起，不识文字抄不出。

三代外家不可欺，九代坟山不可移。

聪明人家坟山出，子孙貌相外家祜。

母修功果出娇女，父修殷功子得臣。

青山宽阔藏猛虎，官心清明救良民。

雇人雇到头，杀鸡杀断喉。

鸡喉不断半生死，雇不到头白费心。

走路莫逼马，放账莫逼人。

逼马必定有伤病，逼人必定有伤心。

借到穷人手，等到穷人有。

上到哪条坡，慢唱哪条歌。

过到哪条渠，慢穿哪双鞋。

走到哪片山，再砍哪山柴。

便宜莫买，浪荡莫收。

便宜必定是贱货，浪荡必定是懒人。

附录 11　老范寨乡卫生院新农村合作
医疗管理工作制度*

一、坚持公平、公正、公开、廉洁、高效的原则，依法依章办事。

二、对合作医疗补助的结算审核要仔细、认真、准确、及时。

三、对所有审核对象一视同仁，严禁徇私舞弊、弄虚作假，严禁违规操作。

四、严禁接受合作医疗病人钱、物、吃请。

五、对定点医疗机构合作医疗业务实行经常性的检查、监督，对定点医疗机构实行定期考核制度。

六、及时发现和解决合作医疗运行中的问题，发现重大问题及时向领导报告。

＊　老范寨乡卫生院新农村合作医疗办公室提供。

附录 12　老范寨乡卫生院 2007 年
工作总结[*]

一年来在乡党委、政府的领导下，在县卫生局的业务指导下，以党的"十七大"精神和"三个代表"重要思想为指导，乡卫生院加强和改进卫生行风和职业道德建设；坚持解放思想、与时俱进、求真务实、团结干事、高举邓小平理论伟大旗帜、奋勇开拓、真抓实干，为地方经济发展充分发挥职能部门的作用。现将老范寨乡卫生院一年来卫生工作目标责任完成情况总结如下。

一　基本情况

1. 老范寨乡卫生院位于乡政府所在地。老范寨乡距河口县城 48 公里，与屏边、马关县接壤，海拔 172 米，辖区面积 170 平方公里，管辖 2 个村委会，9 个乡属单位，常住人口 920 户，共计 3877 人。其中农业总人口为 3643 人，共计 856 户。贵良村委会：农业人口为 1989 人，共计 478 户，人均纯收入 639 元，人均有粮 255 公斤；斑鸠河村委会：农业总人口为 1654 人，共计 378 户，人均纯收入 525 元，人均有粮 305 公斤。全乡居住着瑶、苗、彝、汉等多个民族。

2. 全乡医疗机构设有 1 个卫生院、2 个卫生室，共有 21 名医疗防疫人员，其中医疗技术人员 5 人，卫生技术人员 7 人，退休 5 人，乡医 4 人。

---

[*] 老范寨乡卫生院提供。

二 预防保健工作

（一）疟疾防治工作

1. 血检：一年共检了 460 人。本地人口 363 人，流动人口 97 人。

2. 休根对象 195 人。

3. 灭蚊喷洒：一年共喷洒 141 户，19740 平方米，受益人口 282 人。

4. 药物浸泡蚊帐 200 顶。

5. 疟疾病人治疗 387 人次，其中恶性疟 39 人次，间日疟 348 人次。

6. 发放疟疾宣传画 130 张，疟疾知识培训 30 人次；发放登革热宣传画 40 份。

（二）媒介监测

1. 人工小时密度完成 10 间，16 小时，未捕到疟蚊。

2. 户密度调查完成 7 村次；人房、畜房各 7 间，未捕到疟蚊。

三 计划免疫工作

（一）2007 年 1 月 5~7 日强化免疫脊灰糖丸活动

乡机关：应服 14 人，实服 14 人，完成率 100%。

贵良村：应服 71 人，实服 68 人，完成率 95.77%。

斑鸠河村：应服 81 人，实服 80 人，完成率 98.77%。

流动人口：应服 49 人，实服 48 人，完成率 97.96%。

合计：应服 215 人，实服 210 人，完成率 97.67%。

（二）2007 年 3 月 16~27 日开展麻疹强化免疫活动

全乡应种 976 人，实种 968 人，完成率 99.18%。

（三）2006 年儿童接种疫苗情况

乡机关：5 苗应种 7 人，实种 7 人，全程 7 人。

贵良村：5 苗应种 23 人，实种 23 人，全程 23 人。

斑鸠河：5 苗应种 20 人，实种 20 人，全程 20 人。

流动人口：5 苗应种 25 人，实种 25 人，全程 25 人。

（四）2007 年儿童接种疫苗情况

乡机关：5 苗应种 4 人，实种 4 人，全程 1 人。

贵良村：5 苗应种 24 人，实种 24 人，全程 7 人。

斑鸠河：5 苗应种 11 人，实种 11 人，全程 1 人。

流动人口：5 苗应种 17 人，实种 17 人，全程 7 人。

（五）14 岁以下儿童开展其他疫苗接种情况

1. 腮腺炎疫苗接种 12 人。

2. 人球蛋白疫苗 5 人。

3. 麻风疹疫苗 69 人。

4. A 群脑炎疫苗 319 人。

5. 甲肝疫苗 5 人。

6. 伤寒 Vi 多糖疫苗 10 人。

7. 狂犬疫苗 5 人。

8. 乙脑疫苗 44 人。

9. 白破疫苗 175 人。

（六）其他情况

1. 计划免疫结核、艾滋病、疟疾三病：坚持"零"报告，无漏、缺、瞒报现象。

2. 疫苗运输：冷存符合冷藏标准规范。

3. 免疫注射本级或下级坚持执行一人一针灭菌注射器材。

4. 按时上报常规免疫接种表，辖区内儿童卡证相符，建立了计划免疫台账。

5. 生物制品进出有登记，运送保存符合规定。

6. 有专人负责计划免疫工作。

7. 健康教育宣传情况。

今年 3 月 24 日和 10 月 12 日两次三下乡活动中，共发放结核、艾滋病、疟疾宣传资料 1500 余份。

四 妇幼保健工作

1. 全乡育龄妇女共有 1129 人，已婚妇女 838 人。全乡孕产妇 55 人。系统管理 43 人，管理率 78%；住院分娩 36 人，住院分娩率为 65.4%；新法接生 49 人，新法接生率为 89%；活产数 55 人，活产率为 100%。

2. 高危孕产妇 4 人，系统管理 4 人，管理率为 100%。孕产妇死亡人数为 0。

3. 7 岁以下儿童 421 人，死亡数为 2 人。

4. 粘贴宣传资料 4 份。

5. 艾滋病筛查 7 人，阳性 0 人。

五 治疗组情况

1. 临床工作情况。一年共接待患者 3468 人次，住院

103 人（包括州县住院人员），其中卫生院住院 83 人。

2. 加强业务学习，提高服务质量及人才培训质量。为提高卫生医疗服务质量及提升卫生技术人员的技术，医疗组在资金紧张及人员紧张的条件下，分别选送 3 名有上进心、责任心强的技术人员到上级单位培训学习。

3. 急危病人的抢救工作：全年共抢救急危病人 1 人，死亡 1 人。

六　财务情况

1. 1~9 月份业务收入 140767.99 元，其中：门诊医疗收入 34737.10 元，住院医疗收入 11242.20 元，药品收入 94788.69 元。上级补助收入 43872.21 元。

2. 1~9 月份总支出 415690.04 元，其中：工资支出 332662.35 元，药品支出 83027.69 元。

3. 卫生院现有固定资产 998741.87 元，其中：房屋 860005.87 元，医用设备 65721 元，办公设备 73015 元。

七　传染病培训工作

1. 培训两次，参加人数为 30 人次。

2. 发放宣传资料 120 份。

八　其他工作情况

（一）政治学习及思想工作

1. 卫生院认真组织学习"十七大"精神及"三个代表"重要思想，认真总结卫生院内部管理体制的不足之处，改善工作作风，坚持以广大人民的根本利益为出发点，全心全意为人民服务。

2. 一年卫生院未出现偷盗、赌博、嫖娼、卖淫现象，在医疗活动中未发生医疗事故及医疗纠纷。

3. 认真组织职工学习《医疗事故处理条例》，并认真制定一系列医疗条例，明确各自的职责。

4. 认真组织职工学习各类卫生职业道德及上级部门各类文件及法律、法规。

（二）人才培养

1～9月份共有3名医务人员到上级部门学习培训专业技术。

（三）爱国卫生工作

1～9月份积极配合乡政府的工作，在乡机关单位开展灭鼠活动一次。

（四）合作医疗

目前全乡共有1376人参加合作医疗，入保率37%。

（五）乡村卫生室的建设

在县委、县政府的关心下，在县卫生局的支持下，下拨了80000元经费建盖贵良村卫生室，目前已投入使用。

九　存在的问题

1. 由于卫生院地处偏僻地带，人口稀少，又不接近集市，不方便群众就医，因此社会效益与经济效益不佳，给卫生院带来不利因素，影响工作的进一步开展。

2. 医务人员的整体素质有待进一步提高。

3. 历史遗留下来诸多因素，制约了卫生院的发展。如：卫生院的医护比例失调，人员结构过于单调。

十　下半年工作安排

1. 加强政治学习及业务学习。

2. 认真落实全县卫生工作会议精神，深化卫生改革，强化卫生院管理。

3. 继续抓好合作医疗工作，加强宣传工作，完善合作医疗制度，努力推进初级卫生保健工作，力争到 2010 年人人享有初级卫生保健。

4. 加强疾病控制工作，严格疫情报告制度。

5. 继续抓好防治"非典"工作，严防"非典"的发生。

6. 认真考查医务人员的工作情况，选送责任心强，能安心工作的医务人员到上级部门进修学习。

7. 加强落实卫生事业改革，进一步完善改革成果。

老范寨乡卫生院
2007 年 11 月

附录 13　斑鸠河村计划生育村民
自治村规民约 *

为使本村的计划生育工作达到"自我教育、自我管理、

＊　斑鸠河村委会提供。

自我服务、自我监督、自我约束"的目的，进一步规范村民的生育行为，教育村民自觉遵守计划生育政策、法律法规，严肃处理违反计划生育政策的人员，根据《中华人民共和国村民委员会组织法》、《云南省人口与计划生育条例》等有关法律、法规，结合本村的实际情况，制定本村计划生育村民自治村规民约如下：

第一条　依照国家法律法规和计划生育政策的规定，村民必须实行计划生育，做到少生优生，树立科学、文明的婚育观念。

第二条　符合结婚条件的男女，必须到婚姻登记机关办理结婚登记，领取结婚证。

第三条　符合生育条件的夫妇，必须持有关证件到计划生育管理部门办理生育证，领取生育证后方可生育。新婚夫妇领取生育证时，应自觉与村民委员会签订计划生育协议。

未办理生育证而生育，影响本村人口计划生育责任目标考核的，除接受上级计划生育部门处罚外，还应向村民委员会缴纳罚款50元。

第四条　育龄夫妇应在其新生婴儿出生5天内，主动自觉向村民委员会报告婴儿的出生日期、性别等情况。

在婴儿出生后的42～90天内，应采取相应的避孕节育措施，生育一孩的，应采取上环手术；生育二孩的，应由夫或妻采取长效节育措施。逾期未采取相应的避孕节育措施，影响本村节育手术及时率的，除接受上级计生部门处罚外，还要向村民委员会缴纳罚款50元。

第五条　已婚育龄妇女中的重点检查对象应参加每年的妇检，因故暂时不能按时参加妇检的，应提前向村民委员会报告，事后要及时补检。无故不参加或逾期参加妇检而影响村妇检率的，除接受上级计生部门的处罚外，还要向村民委员会缴纳罚款 50 元。检查对象必须亲自参加妇检，不得代检。若有代检情况的发生，则分别给予应检和代检者处以 50 元罚款。

第六条　收养婴幼儿的，应按《收养法》等规定向有关部门办理收养手续。被收养的婴幼儿视为该育龄夫妇的子女，计入其子女数，育龄夫妇按照子女情况落实相应计划生育政策。违反计划生育法律法规及政策收养婴幼儿的，除按照规定由计生部门进行处罚外，村民委员会对收养人处以罚款 50 元。

第七条　已婚育龄人员外出务工、经商的，在外出前应先与村民委员会签订《计划生育协议书》，办理流动人口婚育证明后方可外出。

外出期间必须自觉遵守计划生育规定，按时向村民委员会反馈计划生育执行情况。属妇检对象的，可到流入地计生服务部门参加妇检，并按户籍地规定的妇检时间寄回妇检证明；有生育情况的，应以书面形式向村民委员会报告，并寄回婴儿出生证明及避孕节育手术证明复印件（手术可在流入地计生服务部门进行）。外出期间以流入地计生部门管理为主。

外出期间违反计划生育规定的，由当地计生业务部门按规定进行处罚。若影响本村当年人口计划的执行及考核的，由村民委员会对该夫妇处以罚款 50 元。

第八条　按时参加人口计划生育宣传教育培训，积极参加计生协会组织开展的活动。因故不能参加的，应向村民委员会请假。无故不参加培训及协会活动的，村民委员

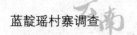

会按缺少一次处以罚款 10 元。

第九条 不包庇、藏匿违反计划生育政策、法律法规的人和事，发现本村村民有违反计划生育政策、法律法规的人和事，应及时向村民委员会报告。对知情不报，经村民委员会查证属实的，由村民委员会处以罚款 50 元。

第十条 实行村务公开，民主监督。公开村计划生育法律、法规及本村制度的各项规章制度，公开本村当年生育、节育情况，公开违反计划生育政策的处罚情况等。

第十一条 凡违反本村规民约的村民，由计划生育村民委员会对照村规民约作出处理决定。

对村民委员会作出的处理决定，当事人应当自觉履行。违反本村规民约的村民，不能享受上级扶贫及村级给予的其他优惠待遇。

第十二条 自觉遵守村规民约的优惠措施

1. 村民按照规定的条件，要求办理各种婚育证件、证明时，村民委员会应为村民提供快捷优质的服务。

2. 村民生育一孩并办理独生子女父母光荣证后，村民委员会应报请上级计生部门按照"奖优免补"政策给予每户一次性补助 1000 元的奖励和享受政策规定的各种优惠待遇。

3. 会同上级政府切实认真开展"三结合"帮扶，让实行计划生育的村民特别是独生子女户充分享受政策规定的各种优惠待遇，并通过计生户辛勤耕耘、努力工作、发展生产，早日实现脱贫致富奔小康。

第十三条 本村规民约，经各小组群众会议讨论通过，自公布之日起实施。如需要修改，须经村民代表大会讨论通过。

第十四条 本村规民约自公布之日起实施。

第十五条 本村规民约，由村民委员会负责解释。

附录 14　河口县民族宗教事务局提供的资料
2007 年 8 月 15 日[*]

一　河口县民族区域自治状况

1. 民族自治地方的行政级别：自治县。

2. 民族自治的时间：1963 年。

3. 河口瑶族自治县为单独自治。

4. 1990 年颁布《自治条例》。

5. 自治县瑶族担任党政领导的共有 5 人。其中县委领导 1 人，人大领导 1 人，政府领导 2 人，政协领导 1 人。

二　文化制度

民族文化行政管理机构设置：县级民族事务委员会设置民族教育股。

三　河口县、乡边防与边疆稳定方面的情况

（一）调查地区基本情况

民族种类及各民族在当地所占比例：河口瑶族自治县境内有 24 个民族，世居民族有 7 个，少数民族占总人口数的 64.2%。各民族人口所占比例为：瑶族 21858 人，占总人口的 27.51%；苗族 12433 人，占总人口的 15.65%；壮

---

[*] 河口县民族宗教事务局提供。

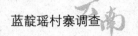

族 8991 人，占总人口的 11.32%；彝族 3017 人，占总人口的 3.8%；布依族 2034 人，占总人口的 2.56%；傣族 1909 人，占总人口的 2.4%；其他少数民族 793 人，占总人口的 1%；汉族 28409 人，占总人口的 35.8%。民族乡 1 个，即桥头苗族壮族乡，总人口 16951 人。

（二）跨境民族

1. 跨境民族的种类与分布：河口县跨境民族分别是瑶族、苗族、壮族、哈尼族等，大多分布在边境沿线和接边地区。

2. 各跨境民族内外人数大致情况：无涉外民族工作经费，因此，此项工作未开展过。

3. 近 5 年来跨境民族中值得注意的问题：越南政府对民族政策比较优惠，对我国边民影响极大；越南政府对民族教育方面的政策特别优惠，小学到初中阶段的学习费用全免；中越边民来往频繁，对各个跨境民族在生活方式、国家意识方面都会有不同的影响。

（三）边疆地区民族关系

1. 各民族干部群众对民族关系的评价：很好。

2. 民族关系中较突出的问题：无。

3. 处理民族关系的经验与教训：经验是认真贯彻落实党和国家的民族法律法规及政策；认真贯彻落实民族团结目标管理责任书的各项内容；尊重各民族的风俗习惯等。教训是不要把民间纠纷上升为民族矛盾，不要把刑事案件列为民族问题。

附录 15　河口县文化体育局提供的资料
2007 年 8 月 15 日[*]

一　文化设施情况

河口全县辖四乡（桥头苗族壮族乡、瑶山乡、莲花滩乡、老范寨乡）两镇（河口镇、南溪镇），各乡镇均设有国办文化站。今年，完成了莲花滩乡文化站、南溪镇文化站新建项目和瑶山乡文化站建设项目的申报、审批及建筑施工图纸设计等前期工作。其中莲花滩乡文化站、南溪镇文化站已于 5 月 8 日及 6 月 1 日正式开工，计划工程将在今年 9 月完工。瑶山乡文化站的建设工作也在进行之中。

在省、州的大力支持下，河口县民族图书馆改扩建项目工程顺利实施。按照县级一级图书馆的功能要求，在原有外借室、期刊阅览室、少儿阅览室、过刊资料室的基础上，图书馆又新设置了采编室、地方文献室、外文图书室、电子读物室、电子阅览室、培训教室、多功能厅七大功能室。同时，为加快文化资源信息共享工程建设，图书馆网络系统集成工程及中心计算机房已先后建成，业务楼 48 道窗子的窗帘也已安装完成，购买的 18 套双人课桌及 1 块黑板，图书馆采购的书架、阅览桌、期刊架，40 张电脑椅、18 套电脑桌和 43 台电脑，100 张阅览椅等设备已全部到位，并组装完成，即将投入使用。

二　文化团体情况

　　河口县的民族艺术团是文体局下属的一个事业单位，是一个对专业技能要求很高的特殊单位。专业人员在辛勤的工作中把能够反映本地区民族民间特色、风土人情的文艺素材通过收集、整理后，创作出不同风格的艺术作品，以舞蹈、声乐的形式在舞台上展现给广大人民群众，丰富了人们的文化生活。

三　文化交流情况

　　贯彻落实中国河口与越南老街党政代表团双边会谈工作纪要精神。中越两国一衣带水，是隔河相望的近邻，文化交流的历史源远流长，从古至今，两国人民互相学习，彼此借鉴，创造了灿烂的文化。两国地缘相近，文化一脉相承，两国民众有着天然的亲近感，文化传统相近使两国国民比其他国家的国民之间更容易互相理解和沟通，更容易"寻求友谊、繁荣文化"。以中国河口与越南老街结为友好城市为契机，推进两县市文化体育深化合作关系，拓宽合作层次，丰富合作交流内容。依据协定签订了年度交流计划，使两国文化交流步入不断发展的轨道。

　　中国河口与越南老街交流以政府为主导，官民并举，主要的交流项目有双方政府间代表团互访交谈、在两国举办文化艺术活动、传统和现代艺术教育领域合作与交流。

　　2007 年上半年与越南方面开展的文化交流主要有：2007 年 2 月 11 日，积极参与了中国河口—越南三省一市的迎新春文艺联欢晚会；2 月 15 日，精选节目在影剧院和越南艺术学校进行联欢演出。

四　民族文化遗产整理、研究、保护情况

一是加强对河口县境内 2 处省级、1 处州级、10 处县级文物保护单位管理，做好文物"四有"工作，加大文物保护单位的开发利用，"河口起义纪念馆"上半年接待观众4500 人次，对加强河口县爱国主义教育起到了积极作用；二是 4 月 25～27 日成功举办了"红河州首届文物干部联谊会"；三是积极开展"5·18"世界博物馆日活动，河口海关旧址免费向游客开放 3 天，同时在街心花园向群众宣传和讲解文物知识和分发宣传材料；四是积极深入农村考察文物保护单位和进行考古发掘工作。

完成非物质文化遗产保护名录，其中民族文学 126 个、民族保护区 2 个、民族之乡 12 个、舞蹈 10 个、社会组织习俗 10 个等 21 种类别的名录共 212 个，并对 140 个县级民族民间文化传承人的初稿进行了补充和整理。河口县第一批县级民族民间传统文化分类保护名录已于 2005 年 6 月 15 日通过了县民族文化资源调查成果专家评审委员会评审，并在 2007 年 7 月 24 日对河口县的 2 个传统文化保护区、12 个文化艺术之乡、170 名非物质文化遗产传承人进行命名，对34 名非物质文化遗产优秀传承人进行了表彰，以此鼓励一直在保护、继承、弘扬河口县非物质文化遗产的个人和集体。

附录 16 河口县民族关系历史事件编年表[*]

1950年1月1日，河口县人民政府成立。新中国成立之初，河口县财政经济困难，地方土匪武装在各区暴动，人民群众不能安居乐业。

1951年下半年，河口境内地域社会稳定，经济有所发展，培养少数民族干部的工作被提上政府工作的日程，年底吸收了第一批瑶族、彝族等少数民族的干部。

1952年举办了三期少数民族积极分子培训班，共培训400多人。今贵良自然村的李开荣（瑶族）就是这一时期参加培训后走上县主要领导岗位的。

1952～1953年间，胡发昌创办冲头（今斑鸠河）小学，古春才等在白岩等瑶山其他地区创办小学，开创了瑶族聚居区兴办学校教育之先河。

1953年3月，县人民医院在各区先后建立6个民族卫生站，培训新法接生员，新法接生普及面达80%。冲头乡（今斑鸠河）妇幼保健工作取得新进展。

1960年3月1日，河口屏边两县合并，成立河口瑶族苗族自治县。县长熊国强（苗族）、副县长侬开国（壮族），县人民委员会委员有李开荣（瑶族）、熊国强（苗族）、侬开国（壮族）、马正林（苗族）、曹希荣、杨文献、申寿旦等人。

1962年1月，红河地委和红河地边委在个旧召开边疆

---

* 根据调查笔记整理，以及参考河口瑶族自治县人民政府编《瑶族通史——河口瑶族自治县资料汇编》，2001，第228～229页。

工作会议，省边委书记王连芳亲临会议指导。会议总结了1958年"大跃进"以来的经验教训，会后，瑶山区除保留三十七、丫都坡两社外，其余全部恢复单干，从而使边境地区农业生产获得恢复发展。同年8月24日，县委在瑶山乡召开民族上层会议，对民族上层人士进行守法和爱国主义教育。10月6日，县委召开民族工作会议，到会民族上层人士7人，会议主要总结几年来开展民族工作的经验教训，检查民族政策和统战政策执行情况。

1963年初，红河哈尼族彝族自治州副州长普照，亲临瑶山视察工作。同年5月31日，河口县召开民族代表会议，出席会议代表60人，其中瑶族18人、苗族8人、壮族15人、布依族2人、彝族2人，还有部分寨老和民族上层人士。会议选举产生了"建立自治县"筹备委员会成员。7月6日，召开河口瑶族自治县第一届第一次人民代表大会，选举产生本届人民委员会委员17人，李开荣（瑶族）当选县长。7月11日宣告河口瑶族自治县成立，李开荣成为瑶山地区第一位瑶族自治县的县长。

1964年3月，县委组织两个政治经济马帮队，开赴瑶山区开展民族工作。其中二队定点在贵良、冲头乡工作，促进了该区瑶族村落各项工作的开展。

1965年3月1～26日，县委、县政府举办了全县保健员、接生员培训班，学员93人，为今后更好地服务于各族人民群众打下良好基础。同年10月15日，瑶山梁子寨至南屏简易公路开通，全长28公里，促进了瑶山经济文化交流。

1966年6月，县委组织工作人员深入瑶山区将已退回一家一户生产的农户重新组织起来开办农业生产合作社。同时组织群众兴修水利，开垦梯田，提高农田产量，减少毁林开荒。同年7月1日，成立河口县"文化大革命"领导小组，平静的瑶山地区也被带入"文化大革命"的混乱时期。

1967年2月18日，造反派勒令县长李开荣、副县长张宗彩于次日上午接受批判，李开荣出走失踪，至今下落不明。

1969年4月8日，县革命委员会根据上级指示，派工作队和部队到瑶山捅"马蜂窝"，清理阶级队伍，收缴群众猎枪，当地群众难以接受，于4月15日前后3000多人陆续逃进大围山老林躲避。这一事件被定性为"4·15反革命集团三民主义党"暴乱，错杀10人，错判31人。1979年2月8日，中共云南省委作出决定，对瑶山"4·15错案"彻底平反。

1972年9月，县人民政府决定在河口一中增设民族班，建盖校舍，招收第一批民族学生60名。

1978年，全县民办小学全部转为公办小学，教师也转为公办教师。同年2月，小牛场村瑶族妇女邓秀珍作为河口县全国人大代表到北京参加第五届全国人民代表大会。

1979年6月18日，小牛场村瑶族妇女邓秀珍赴京参加第五届全国人民代表大会第二次会议，其间受到邓小平等国家领导人的亲切接见。

1980年，小牛场村瑶族妇女邓秀珍担任河口瑶族自治县人民代表常务委员会委员。

1989年11月13~15日，全县各族人民万余人在河口镇首次欢度"盘王节"，湖南、广东、广西及文山、曲靖等地的代表应邀参加。

1990年7月11日，《河口瑶族自治县自治条例》公布实施。

1992 年 6 月 9 日，国务院批准河口为沿边开放县。从此河口进入深化改革、扩大开放、大力发展边贸、民族经济迅速发展的历史时期。

2004 年 4 月，红河州州委宣传部、文明办公室立项，由河口县委宣传部、河口县文明办公室和老范寨乡党委、政府实施的河口县小牛场民族文化生态示范村项目完成，有力促进了当地民族文化和生态的保护与发展。

2005 年，香港知名人士邵逸夫先生捐资 50 万元，建成老范寨乡中心小学教学楼——逸夫楼，于 2006 年正式投入使用，促进了边疆民族教育事业的发展。

参考文献

一 著作

《民族问题五种丛书》云南省编辑委员会编《云南苗族瑶族社会历史调查》，云南民族出版社，1982。

河口瑶族自治县人民政府编《瑶族通史——河口瑶族自治县资料汇编》，2001。

河口瑶族自治县地方志编纂委员会编《河口县志》，三联书店，1994。

马啸原主编《边疆少数民族地区政治发展与政治稳定》，云南大学出版社，2000。

中共红河州委党史研究室编《红河民族"直过区"研究》，2004。

徐祖祥著《瑶族文化史》，云南民族出版社，2001。

赵廷光著《论瑶族传统文化》，云南民族出版社，1990。

周建新著《中越中老跨国民族及其族群关系研究》，民族出版社，2002。

《民族问题五种丛书》云南省编辑委员会编《云南苗族瑶族社会历史调查》，云南民族出版社，1982。

二 论文

王元辅:《云南民族"直过区"经济社会发展调查》,《云南社会科学》2007年第1期。

邓文通:《蓝靛瑶传统科技中的陆稻生产技术》,《广西民族学院学报(自然科学版)》1999年第3期。

杨民康、杨晓勋:《简论云南瑶族道教科仪乐舞及其跨民族、地域性艺术文化特征》,《民族艺术研究》1997年第5期。

徐祖祥:《试论瑶族传统婚姻的本质——以云南瑶族为例》,《西南民族大学学报(人文社科版)》2004年第9期。

徐祖祥:《云南瑶族聚落背景探析》,《云南民族学院学报(哲学社会科学版)》2002年第6期。

张跃、谷跃娟:《云南河口瑶族社会发展态势分析》,《思想战线》2002年第3期。

徐祖祥:《试析云南瑶族生活习俗中的宗教因素》,《楚雄师范学院学报》2005年第1期。

徐祖祥:《试析近代以来云南瑶族传统游耕经济和村社制度中的宗教因素》,《楚雄师范学院学报》2003年第5期。

三 研究报告

河口县政府2007年《河口县经济社会发展和边境管理情况汇报》。

《老范寨乡推进和完成林改工作情况报告》2008年6月。

河口县民族事务局2007年《基本情况报告》。

老范寨乡边防派出所《2008年度人口及其变动情况统

计年报表》。

《老范寨乡经济社会发展情况汇报材料》。

斑鸠河村委会 2005 年、2006 年、2007 年《农村经济综合年报表》。

《河口县创建"民主法治村（社区）"工作的实施意见》。

河口县县区管理员 2007 年发布的《河口县村务管理工作》。

《河口县 2008 年新型农村合作医疗实施方案》。

老范寨乡卫生院《2006 年上（下）半年老范寨乡卫生院新农合工作情况分析汇报》。

老范寨乡卫生院《2007 年上（下）半年老范寨乡卫生院新农合工作情况分析汇报》。

老范寨乡卫生院《2008 年老范寨乡新型农村合作医疗情况汇报》。

老范寨乡新农村建设规划纲要。

老范寨乡 2008 年政府工作报告。

后　记

　　承蒙云南大学西南边疆少数民族研究中心方铁教授的推荐，我们有幸参加了国家社科基金特别委托项目"当代中国边疆·民族地区典型百村调查·云南部分"课题。在方铁教授的指导与布置下组成了调研工作小组，2007年7月至2008年8月期间，我们调查组一行6人利用学校的寒暑假前后三次前往河口瑶族自治县开展相关的调研工作。

　　我们的调查点选择了云南省河口瑶族自治县老范寨乡斑鸠河小牛场村，主要出于以下几方面的考虑：一是云南省各少数民族在新中国成立初期是以不同的社会发展形态进入社会主义的，其中有一部分民族地区处于原始社会末期或正在向阶级社会过渡的社会形态之中，生产力水平极其低下。全省约有66万人，其中包括边境地区的瑶族。党和政府采取特殊举措使他们直接过渡到社会主义，实现了社会形态的巨大跨越。这些地区被称为"直过区"，相关的民族被称为"直过民族"。新中国成立以来历经半个多世纪，这些当初的"直过区"和"直过民族"其社会经济发展情况如何？这是我们试图通过调查研究而关注的一个问题。我们的调查点所隶属的老范寨乡与瑶山乡、莲花滩乡是河口县瑶族主要聚居的地区，在新中国成立初期，同属一个行政区，称瑶山区，是当时的"直过区"，瑶族也是当时的"直过民族"。二是云南省是多民族地区，同时也是多山地区，山地民族的生产、生活方式是云南民族文化颇具特色的重要方面。老范寨乡斑鸠河小牛场村的蓝靛瑶在世代的山居生活中，形成了与大山生态环境相适应的生产、生活方式，以及民族的传统道德习俗等，值得我们调查和挖掘，进而把握瑶族山地民族文化的特色。三是改革开放以来，民族地区的经济、社会均有不同程度的发展和变迁。河口县利用当地气候条件等优势以热带水果种植为主要产业，经济获得了较大发展。瑶山的经济如何实现可持续发展，在关注经济效益的同时，还应当关注民族传统文化的保护与传承以及生态环境的保护。因此，在肯定发展的同时，需要探讨存在的问题。老范寨乡斑鸠河小牛场村的蓝靛瑶现在以热带水果菠萝、香蕉的种植为主，村民得到了经济利益，村庄的经济面貌也发生了改变，与此同时，生态环境的问题、民族传统文化保护与传承的问题，也应引起我们的关注。

再有，我们的研究方法主要是采取文化人类学的田野调查方法，通过深入村寨，运用参与观察、深度访谈等方法取得相关资料和数据，同时也注意收集前人的相关资料以及各级地方政府提供的资料，进而在分析、整理、研究资料的基础上拟定详细提纲并进行写作。书稿的撰写方法采用文化人类学民族志的方法，以田野调查资料为主，在全面反映村寨政治、经济、文化诸方面情况的同时，关注一些问题点，如经济的发展与民族传统文化的关系、与生态环境的关系等，属于带问题倾向的民族志。

我们的调查研究工作得到了中共河口县委、县人民政府的大力支持，尤其是县委组织部李迎春部长给予了热诚的帮助和指导。我们的调查点所在地老范寨乡的党委、乡政府的各位领导，对调研工作始终给予积极的配合与大力支持。特别令我们感动的是时任乡党委书记的周学兵在百忙之中，亲自对调研工作的选点、调查工作的开展进行布置安排，并多次陪同我们前往调查点斑鸠河村委会和小牛场村协调相关工作，在他的大力支持和帮助下，我们的田野调研工作得以顺利完成。斑鸠河村委会的李泽兴书记、邓金华主任等各位领导也对调查工作给予了大力支持，李明光副主任一直陪同我们在村中进行调查，并多次安排我们在他家用午餐，他也是我们重点访谈的对象之一。小牛场村的瑶族父老乡亲们对我们的调查工作给予了充分理解和热诚帮助。总之帮助过我们的人太多太多，我们无法一一写下他们的姓名，在此，对所有帮助过我们的各位表示我们诚挚的谢意！

我们还要感谢云南大学的方铁教授、中国社会科学院中国边疆史地研究中心的李方、翟国强教授。在书稿完成后，他们在百忙中仔细审阅了书稿，并提出许多宝贵的意见，为书稿的进一步修改和完善提供了帮助。还要感谢社会科学文献出版社的范迎和韩莹莹、孙以年责任编辑，他们为书籍的编辑和出版付出了极大的努力。

另外，所有调查组成员的辛苦努力与团结合作也是我们调查工作顺利完成的根本保障。尤其是2008年8月我们在调查点开展调查期间，曾遭遇雨季山体滑坡，道路一度中断，调查组成员不畏艰险冒雨进山调查的情景、老范寨乡党政各位领导冒着生命危险抢救村民生命与财产的动人情景仍历历在目，令人感动！

本书稿主要由金少萍、唐晓云执笔完成，金少萍统稿和定稿。硕士研究生彭朝荣参与了部分调查工作和调查资料的整理，并撰写了部分章节的初稿。还有博士研究生吴喜、王振刚，硕士研究生沈鹏等也参与了田野调查工作和部分资料的收集工作。特此致谢！

金少萍

2010 年盛夏于昆明荷叶山寓所

图书在版编目（CIP）数据

　　蓝靛瑶村寨调查：云南河口县老范寨乡斑鸠河小牛场村调查报告／金少萍，唐晓云著 . —北京：社会科学文献出版社，2012. 4
　　（当代中国边疆·民族地区典型百村调查／厉声主编 . 云南卷 . 第 2 辑）
　　ISBN 978 - 7 - 5097 - 3040 - 9

　　Ⅰ. ①蓝…　Ⅱ. ①金…　②唐…　Ⅲ. ①农村调查 - 调查报告 - 河口县　Ⅳ. ①D668

　　中国版本图书馆 CIP 数据核字（2011）第 271482 号

当代中国边疆·民族地区典型百村调查：云南卷（第二辑）

蓝靛瑶村寨调查

———云南河口县老范寨乡斑鸠河小牛场村调查报告

著　　者／金少萍　唐晓云

出 版 人／谢寿光
出 版 者／社会科学文献出版社
地　　址／北京市西城区北三环中路甲 29 号院 3 号楼华龙大厦
邮政编码／100029

责任部门／人文分社（010）59367215　　责任编辑／孙以年　韩莹莹
电子信箱／renwen@ ssap. cn　　　　　　责任校对／刁春波
项目统筹／宋月华　范　迎　　　　　　　责任印制／岳　阳
总 经 销／社会科学文献出版社发行部（010）59367081　59367089
读者服务／读者服务中心（010）59367028

印　　装／北京季蜂印刷有限公司
开　　本／889mm×1194mm　1/32　　　本册印张／10. 25
版　　次／2012 年 4 月第 1 版　　　　　本册彩插／0. 125
印　　次／2012 年 4 月第 1 次印刷　　　本册字数／226 千字
书　　号／ISBN 978 - 7 - 5097 - 3040 - 9
定　　价／196. 00 元（共 4 册）